Shadow Land
Tödliche Wildnis

## Alle Titel von Rainer Wekwerth im Planet!-Verlag:

**Beastmode**
Bd. 1: Es beginnt

**Beastmode**
Bd. 2: Gegen die Zeit

**Ghostwalker**

**Pheromon**
Bd. 1: Sie riechen dich

**Pheromon**
Bd. 2: Sie sehen dich

**Pheromon**
Bd. 3: Sie jagen dich

RAINER WEKWERTH

# SHADOW LAND

## TÖDLICHE WILDNIS

PLANET!

*Für Claudia*

# Prolog

*Heute, Jahr 2169, USA, Sicherheitszone*

Kaia spürte die rissigen Holzdielen der Veranda durch ihre Shorts, aber sie rührte sich nicht. Starrte hinaus auf die Wellen, die sich an der Küste brachen. Blau. So blau. Mit weißen Schaumkronen. Gischt, die wie gierige Teufel auf dem Wasser tanzte. Irgendwo klagte eine hungrige Möwe.

Der Wind zerzauste ihr Haar, während die Sonne heiß auf sie herabschien. Kaia roch das Wasser, das nach Tang schmeckte, spürte die salzige Luft auf ihrer Haut. Aber all das nahm keinen Platz in ihrem Bewusstsein ein, denn sie starrte nachdenklich auf ein altes, längst verblichenes Foto.

Sie wusste nicht, wer das Bild gemacht hatte, und im Grunde war es egal, denn dieses Foto zeigte den letzten Moment des Glücks in ihrem Leben.

Ihr Vater stand darauf, stolz aufgerichtet. Ein breites Grinsen auf seinen Lippen, während die blasse Frau neben ihm still lächelte. An seiner Hand die siebenjährige Kaia, daneben ihre zwei Jahre ältere Schwester Sarah.

Die Sonne schien heiß, damals wie heute. Kaia erinnerte sich an diesen Moment. An die Luft, die von Blütenduft erfüllt war. An die Gewissheit, dass alles für alle Zeit gut sein würde.

Aber es war nicht die Ewigkeit gewesen, wie sich herausgestellt hatte, nur ein kurzer Augenblick.

Kaia ließ das Foto sinken und nahm stattdessen einen vergilbten Zeitungsausschnitt in die Hand. Grob herausgetrennt, mit fransigen Rändern berichtete er von einem Mutiertenüberfall in Oregon. Ein Tross von einhundert Flüchtlingen war den Monstern der Wilden Welt zum Opfer gefallen. Überlebende: keine. Kaia verzog den Mund. So war es nicht richtig, denn ein kleines, sieben Jahre altes Mädchen hatte das Blutbad überstanden. Bis heute. Doch noch immer griff diese Nacht mit gierigen Fingern nach ihr.

Vorsichtig, als könnte der Zeitungsartikel zu Staub zerfallen, legte Kaia ihn zurück in die Holzkiste, in der sie all ihre Erinnerungen aufbewahrte. Ein Band aus rosafarbenem Stoff, mit dem ihre Haare früher gebunden gewesen waren. Das Kleid, das sie an diesem Tag getragen hatte. Teddy mit den klugen Glasaugen und dem verfilzten Fell.

Ihre Hand zitterte, als sie nach der Desert Eagle griff. Matt glänzend, wie ein altes Versprechen, lag sie schwer in ihrer Hand.

*Happy Birthday, Baby,* dachte sie.

Dann schob sich Kaia den kalten Lauf der Waffe in den Mund.

# 1.

*10 Jahre zuvor, Oregon*

»Wir müssen weiter«, sagte ihr Vater zu Hank Murdoch, dem Mann mit den grauen langen Haaren. Er wirkte nervös.

Kaia wusste, dass er Geld von den Flüchtlingen dafür bekam, sie durch die Wildnis zu führen. Sie stand still neben den beiden. Teddy im Arm. Die Augen weit aufgerissen.

»Nachts ist es zu gefährlich«, sagte der Scout. »Lass uns rasten. Morgen früh ziehen wir weiter.«

»Wovor hast du Angst?«, fragte ihr Vater.

Der Mann starrte ihn an. »Vor allem. Das hier ist das Wilde Land …«

»Mutierte?«, fuhr ihn ihr Vater an.

»Geister«, kam es ruhig zurück.

»Du spinnst doch!«

»Ich habe viele Dinge gehört.«

»Aber nichts gesehen. Du widerst mich an. Wir hätten dir niemals so viel Geld bezahlen dürfen.«

Der Alte räusperte sich. »Ihr seid dort nicht willkommen.«

»Was soll das heißen?«

»Wir haben darüber gesprochen. Die Stadt hinter den Mauern fürchtet sich vor Fremden.«

»Sie können uns nicht zurückweisen.«

»Ihr seid infiziert.«

»Sie auch. Jeder ist das!«

»Aber sie haben eine Möglichkeit gefunden, die Infektion zu verlangsamen und so fast ein normales Leben zu führen.«

Ihr Vater nickte. »Darum wollen wir dorthin. Ein besseres Leben. Nahrung für alle.«

»Da täuschst du dich, es reicht nicht für alle, die kommen. Die meisten werden davongejagt.«

»Trotzdem nimmst du unser Geld.«

»Ja.« Der Alte nickte. »Was sollte ich sonst tun?«

Selbst Kaia verstand, dass es keine Frage war.

»Haben sie tatsächlich Strom?«

Hank verzog den Mund. »Ja, ich war einmal hinter den Mauern. Dort ist es wie in den alten Erzählungen. Straßenlaternen leuchten, von Licht erfüllte Wohnungen. Manchmal sogar Klimaanlagen, die laut summen.« Er zögerte. »Es ist wie ein verdammtes Wunder, dass sie all das gerettet haben.« Dann spuckte er auf den Boden. »Und darum teilen sie nicht gern. Je weniger sie uns geben, desto mehr bleibt für sie.«

»Die ganze beschissene Welt ist durch das Virus untergegangen und sie verstecken sich hinter hohen Mauern.«

»Yeah, was würdest du an ihrer Stelle tun?«

»Helfen.«

»Zehntausende streunen durchs Land. Denen kann man nicht allen helfen. Beim besten Willen nicht.«

»Mag sein, trotzdem ist es unmenschlich, vor einem vollen Kühlschrank zu sitzen und den Rest der Welt verhungern zu lassen.«

»Richard, ich bringe euch dorthin, weil ihr es wollt und weil ihr mich dafür bezahlt habt, doch ich sage dir: Das ist kein guter Ort.«

»Ich weiß, damit liegst du uns seit dem ersten Tag in den Ohren, und wir sind schon zwei Monate unterwegs.«

»Etwas stimmt nicht mit den Leuten hinter der Mauer.«

»Da hast du recht«, sagte ihr Dad. »Sie sind gesund.«

»Oh nein«, stieß der Alte aus. »So würde ich das nicht nennen. Ihre Technik ist Teufelswerk.«

»Warst nicht du es, der mir erzählt hat, alle Menschen in der Stadt trügen einen implantierten Chip im Hals …«

»Jaja, habe ich«, unterbrach ihn Hank. »Er verzögert die Verwandlung, aufhalten kann er sie jedoch nicht. Wenn es so weit ist, wird eine Nachricht an die Zentrale geschickt, die sich darum kümmert, dass nichts Schlimmeres passiert.«

»Warum redest du immer drum herum? *Schlimmeres passiert?* Wir wissen beide, was das heißt. Die Leute werden eliminiert, bevor sie zur Gefahr für andere werden.« Er deutete auf sein Jagdgewehr. »Uns wird das nicht passieren und Mutierte fürchte ich auch nicht. Wir sind in der Lage, uns zu verteidigen.«

Kaia hatte nicht alles verstanden, aber jetzt bekam sie Angst. Sie schluchzte auf.

Ihr Vater bückte sich zu ihr. »Kaia, alles ist gut.« Sanft strich seine Hand über ihr Haar. »Willst du zurück zu Mama und Sarah?«

Sie schüttelte den Kopf. »Ich möchte bei dir –«

Ein Schrei erfüllte die Luft. Drüben beim Lagerplatz entstand Unruhe. Im Schein der untergehenden Sonne sah Kaia Schatten huschen.

Noch ein Schrei. Dann ein tiefes Stöhnen.

Ein Schuss fiel.

Das Gesicht ihres Vaters war bleich geworden. Er ließ Kaias Hand los, nahm das Jagdgewehr von seiner Schulter und lud durch.

Murdoch zog eine altmodische Pistole aus seinem Hosenbund. Er sprach kein Wort.

»Kaia, lauf weg und versteck dich!«

»Aber …«

»Tue, was ich dir sage. Wir haben keine Zeit. Egal, was du siehst oder hörst, rühr dich nicht, bis ich dich hole. Und jetzt lauf!«

Das letzte Wort schrie er.

Kaia rannte los. In den Wald hinein. Zwischen die hohen, finsteren Schatten der Bäume. Äste griffen nach ihr, Wurzeln ließen sie stolpern, aber sie fiel nicht.

Hinter ihr immer mehr Schüsse. Wildes, zornerfülltes

Brüllen, verzweifelte Schmerzensschreie. Doch je weiter sie sich in den Wald vorankämpfte, desto ruhiger wurde es. Kaia blieb stehen.

Lauschte.

Da war etwas! Irgendwas bewegte sich in den Schatten der Bäume. Geflüsterte Worte drangen an ihr Ohr. Das machte ihr mehr Angst als die Schreie zuvor.

Kaia spürte, dass das da draußen im fahlen Licht gefährlich war. Wer auch immer dort herumschlich, hatte die Flüchtlinge überfallen, und nun waren sie hinter ihr her. Sie kniff die Augen zusammen und schaute sich nach einem Versteck um.

Dort. Eine mächtige umgestürzte Eiche. Darunter konnte sie eine Ausbuchtung, eine kleine Erdhöhle ausmachen. Kaia ging hinüber, ließ sich auf den Waldboden fallen und kroch hinein.

Ihre Finger stießen auf etwas Weiches. Kaia zuckte zurück. Sie konnte nichts sehen, aber da war etwas Lebendiges. Ein Fiepen erklang. Angsterfüllt. Vorsichtig streckte sie ihre Hand wieder aus. Tastete. Erspürte Fell. Flauschige Ohren. Pfoten. Leises Knurren.

*Ein Hund.*

Wie es schien, war es ein Welpe. Nur wenige Wochen alt. Er zitterte unter ihren Fingern.

»Du musst keine Angst haben«, flüsterte Kaia. »Ich tue dir nichts.«

Sie kroch tiefer in das Erdloch. Drinnen konnte sie sich hinsetzen. Sie zog den kleinen Hund an sich.

»Bist du allein? Wo sind deine Mutter und dein Vater? Hast du Geschwister?«

Eine raue Zunge leckte über ihre Hand.

»Ich bin auch allein«, sagte Kaia. »Böse Menschen haben uns überfallen, aber mach dir keine Sorgen. Nachher kommt mein Dad und holt uns. Dann ist wieder alles gut. Bis dahin müssen wir leise sein, damit uns niemand findet.«

Der Welpe schmiegte sich an sie. Sie kraulte sein Fell.

Irgendwo brach ein Ast unter einem schweren Tritt. Sie waren nach wie vor da draußen. Suchten nach ihr.

Kaia begann leise zu weinen. Die Tränen kamen einfach so, sie konnte nichts dagegen tun. Ein Schluchzen kroch in ihre Kehle, aber sie gab kein Geräusch von sich.

Erneut drang ein Flüstern an ihr Ohr. Kaia drückte ihr Gesicht in das Fell des Hundes, damit sie nicht aufschrie.

Dann wurde es still.

# 2.

*Heute, Jahr 2169, USA, Sicherheitszone*

Die Mündung der Waffe schmeckte kalt und bitter in ihrem Mund. Neben ihr gab Storm ein leises Geräusch von sich. Sie blickte zu ihm. Er lag nicht weit entfernt. Seine gelben Augen fixierten Kaia. Sie spürte seine Unruhe.

Ihre Gedanken wanderten zu der Nacht zurück, in der sie ihn gefunden hatte. Verdreckt, verängstigt. Kein Hund. Ein Wolf. Allein, wie sie.

Drei Tage lang hatte sie sich an ihn gekauert, bis sie von Tom Hayes, einem Kundschafter der Sicherheitszone gefunden worden war.

Schwer bewaffnet, das Gesicht mit Tarnfarbe beschmiert, im Camouflage-Anzug hatte er wie ein dunkler Geist des Waldes gewirkt, aber ein breites, freundliches Lächeln ließ weiße Zähne aufblitzen.

»Komm«, sagte er nur und streckte seine Hand aus.

Kaia rührte sich nicht.

»Komm.«

»Sind die bösen Menschen weg?«, fragte sie leise.

»Ja.«

»Wo ist mein Dad?«

Er schwieg, dann ein Räuspern. »Tot. Sie sind alle tot.«

Kaia schluchzte auf. »Mama und Sarah auch?«

»Ja.«

»Dann will ich hierbleiben.«

»Ein Sturm zieht auf.«

Warum er das gesagt hatte, wusste Kaia bis heute nicht, aber die wenigen Worte hatten ihr klargemacht, dass sie nicht im Wald bleiben konnte.

Sie fasste nach der Hand des Soldaten. Er zog sie heraus, zögerte aber, als er sah, was sie an sich gepresst hielt.

»Was ist das?«

»Mein Hund.«

»Er kann nicht mit uns kommen. Du musst ihn zurücklassen.«

Kaia schüttelte wild den Kopf. »Dann gehe ich auch nicht.«

»Kind, es ist ein weiter, gefährlicher Weg. Wir müssen vorsichtig sein. Der Hund könnte uns verraten.« Kaia presste stumm die Lippen aufeinander. Der Mann schwieg, schließlich sagte er: »Also gut.«

Er hob sie hoch. Auf seinen Arm. Sie und den Hund, der ein Wolf war.

»Lass uns gehen.«

Tom Hayes hatte sie in die Sicherheitszone gebracht. Sie und Storm, wie sie den Wolf später genannt hatte. Er hatte sie wie eine Tochter aufgezogen und ausgebildet.

Als er zu alt wurde, hatte sie seinen Platz im System eingenommen, während Hayes damit beschäftigt war, sämtlichen Bars der Stadt seine Aufwartung zu machen.

Er hatte schon immer viel getrunken, aber in den letzten Jahren war es schlimm geworden. Sie wusste nicht, welche Schatten ihn quälten, doch sie mussten finsterer als die Hölle sein. Ließen ihn kaum Schlaf finden, trieben ihn in die Nacht hinaus.

Hayes war vor sechs Monaten vom Strandhaus in die Innenstadt gezogen. In eine kleine Wohnung, die nach Verzweiflung und billigem Schnaps roch. So war es ihm lieber. Näher an den Bars. Sie sahen einander nur selten, denn wann immer Kaia ihn besuchen wollte, war er nicht da. Ihre Funknachrichten blieben unbeantwortet, vielleicht hatte sein Funkgerät auch den Geist aufgegeben. Ersatzteile waren schwer aufzutreiben.

Ein Ruf erklang vom Weg, der zu ihrem Haus führte. Kaia zog hastig die Waffe aus ihrem Mund und legte sie auf den alten Schaukelstuhl neben sich.

»Kaia? Bist du da?«, tönte es erneut.

Sie seufzte. »Was willst du, Adam?«

Der Wind fuhr durch seine verstrubbelten braunen Haare, als Adam um die Ecke bog, und ließen ihn einmal mehr wie ein zu groß geratenes Kind aussehen. Seine dunklen Augen blitzten sie an. Er lächelte.

»Was versteckst du hinter deinem Rücken?«, fragte Kaia misstrauisch, als er vor ihr stand.

Ein Strahlen erschien auf seinem Gesicht, dann

streckte er die verborgene Hand aus, die einen Teller mit einem kleinen Topfkuchen hielt. Darauf eine Kerze.

»Alles Gute zum Geburtstag, Kaia«, sagte er leise.

»Du hast daran gedacht?«

»Ja, wieso nicht?«

»Mir hat niemand gratuliert. Nicht einmal Tom hat sich gemeldet.«

»Das ist schade.«

Sie nickte. »Hast du den selbst gebacken?«

Adam grinste. »Das ist Nummer drei, die beiden ersten sind nichts geworden.«

Kaia spürte, wie ein warmes Gefühl in ihr aufstieg. Adam war wie ein Sommerregen. Er tat einfach gut.

Sie beugte sich vor und küsste ihn auf die Wange. »Danke«, flüsterte sie in sein Ohr.«

»Dafür nicht.«

»Nein, dafür, dass du immer da bist.«

Nun trat er verlegen von einem Fuß auf den anderen. Kaia wusste, dass Adam in sie verliebt war, auch wenn er nie ein Wort dazu sagte oder Anstalten machte, ihr seine Zuneigung deutlich zu zeigen. Er war einfach da für sie und liebte sie stumm.

Kaia nahm seine Hand, zog ihn mit sich. »Ich habe etwas Kaffee auf dem Markt auftreiben können, den trinken wir zu deinem Kuchen. Kalte Milch habe ich auch. Es gab seit gestern Abend keinen Stromausfall mehr.«

»In der Zentrale haben sie heute darüber gesprochen, das Mobilfunknetz aufzubauen«, sagte Adam.

Kaia lachte leise. »Das erzählen sie doch bereits seit Jahren.«

»Ja, aber diesmal scheinen sie es ernst zu meinen, und wenn sie schon dabei sind, wollen sie auch gleich das Internet wieder an den Start bringen.«

»Jetzt mal ehrlich, Adam. Das sind doch Märchen. Seit dem Ausbruch des Virus und den Katastrophen danach ist es permanent bergab gegangen. Inzwischen gibt es nicht einmal mehr dauerhaft Strom. Essen ist bloß noch mit Lebensmittelmarken oder auf dem Schwarzmarkt zu bekommen. Meist ist von allem zu wenig zu kriegen, vieles überhaupt nicht mehr.«

»Ach …«

»Wann hast du die letzte Orange gesehen? Wusstest du, dass die Südfrüchte aus Kalifornien einmal weltberühmt waren?«

»Ja, aber der Anbau kostet zu viel Wasser. Es wird besser werden.«

»Du bist ein hoffnungsloser Optimist.« Kaia seufzte. »Jetzt komm rein. Draußen ist es zu heiß.«

Storm gab ein leises Knurren von sich, als Adam an ihm vorbeiging.

»Man sollte meinen, dass er sich inzwischen an mich gewöhnt hat.«

»Hat er doch, du liegst nicht mit aufgerissener Kehle auf der Veranda und verblutest.«

»Echt, über deinen Humor müssen wir mal reden.«

»Was ist damit?«

»Manchmal weiß ich nicht, ob du es witzig oder ernst meinst.«

»Lach einfach an den Stellen, die dir gefallen.«

Adam blieb stehen und schaute sie an. »Siehst du, genau darauf will ich hinaus.«

»Jetzt hör schon auf. Setz dich.«

Adam zog sich einen Stuhl heran und nahm am Tisch Platz, während Kaia eine kleine Eisenkanne auf den Gaskocher stellte, Wasser hineinschüttete und die Flamme entzündete.

Sie reichte ihm ein Messer und zwei Plastikteller, die bereits ziemlich verkratzt waren.

»Du kannst inzwischen den Kuchen anschneiden.«

»Erst musst du die Kerze ausblasen und dir etwas wünschen.«

Er fischte ein altmodisches Benzinfeuerzeug aus der Tasche seiner Jeans und zündete die Kerze an. Kaia kam an den Tisch, lächelte, dann pustete sie die Flamme aus. Für einen Moment schloss sie die Augen.

»Und?«, fragte Adam, als sie die Lider wieder aufschlug. »Was hast du dir gewünscht?«

*Dass dieser Moment ewig hält.*

»Du weißt, dass man das nicht verraten darf, sonst geht der Wunsch nicht in Erfüllung.«

Im Hintergrund blubberte das kochende Wasser. Kaia schaufelte aus einer verbeulten Blechdose zwei Löffel Kaffee hinein, rührte alles um und brachte die Kanne mit zwei Porzellantassen an den Tisch.

»Die kenne ich noch gar nicht«, meinte Adam.

»Sind nur für besondere Anlässe.«

»Wo hast du die her?«

»Schwarzmarkt. Gegen zwölf Schuss Gewehrmunition eingetauscht.«

»Wenn das der Kommandant mitkriegt, bist du fällig, dann wanderst du in den Knast.«

Kaia winkte ab. »Ich habe keine Angst vor Goya.«

*Eigentlich habe ich eine Menge Angst vor ihm, aber es tut gut, das zu sagen.*

»Solltest du aber«, beharrte Adam. »Ich arbeite täglich mit ihm zusammen. Der Typ versteht keinen Spaß.«

»Was machst du gerade für ihn?«

Kaia wusste, dass Adam ein hochbegabter Techniker war, dem es ständig gelang, aus alten Teilen etwas Neues zu basteln. Goya hatte das frühzeitig erkannt und ihm einen eigenen Technikraum in der Zentrale eingerichtet, in dem er vollkommen unabhängig von allen anderen arbeiten konnte.

Kaia selbst kam nur selten in die Zentrale. Meist zur Einsatzbesprechung, oft wurden ihr aber auch die Jagdbefehle und alle Informationen zum Ziel per Funk mitgeteilt.

»Goya will die Reichweite der Detektoren erhöhen, mit denen wir die Chips im Hals der Leute aufspüren können. Erscheint mir sinnlos, denn die jetzige Reichweite ist komplett ausreichend. Dreißig Meilen. Danach beginnt der Wald und da will niemand rein.«

Er räusperte sich.

»Geht es dir gut?«, fragte Kaia. Adams Stirn war schweißbedeckt und auf seiner Oberlippe sammelten sich kleine, klare Tröpfchen.

»Es ist verdammt heiß heute«, meinte Adam

*Wahrscheinlich hat er kein Insulin mehr.*

»Macht dir dein Diabetes zu schaffen? Hast du noch genug –«

»Alles in Ordnung. Ich komme schon klar.« Mehr wollte er anscheinend nicht zu diesem Thema sagen.

»Adam?«

»Was?«

»Erklär mir mal etwas.«

»Leg los, wenn ich kann, gern.«

»Wir leben doch inzwischen auf einem technischen Stand, der noch unter dem Niveau des zwanzigsten Jahrhunderts liegt. Es gibt zu wenig Nahrungsmittel, kaum Medikamente. Ersatzteile für Geräte jeder Art sind schwer aufzutreiben. Außer Militärfahrzeugen sind kaum noch Autos unterwegs. Fernsehen ist tot. Ebenso das Internet und der Mobilfunk.« Sie verzog den Mund. »Aber in der Zentrale arbeiten sie mit Computern, Luftraumüberwachung durch Drohnen, und sie pflanzen jedem Bürger kurz nach Geburt diesen Hightech-Chip ein, der unsere Körperfunktionen überwacht, die Mutation verzögert und meldet, wenn wir beginnen, uns zu verwandeln. Wie passt das zusammen?«

Adam sah sie nachdenklich an. »Die Stadt nutzt die verbliebenen Ressourcen, um uns vor der Gefahr da draußen zu schützen. Ein letzter Hort der Zivilisation in einer untergegangenen Welt. Kaia, da ist sonst nichts mehr. Bloß noch Wildnis und Mutierte, die bedenkenlos alles töten und zerstören. Ohne diese Technik wären wir verloren.«

»Das weiß ich doch. Was ich meine, ist etwas anderes. Ihre Technik ist genauso hoch entwickelt wie vor der Katastrophe. Gleichzeitig sind die Solarzellen auf meinem Dach defekt und niemand ist in der Lage, sie zu reparieren. Ich kann mir nicht mal einen neuen Toaster kaufen, aber wenn ich im Einsatz bin, folgt mir eine schwerbewaffnete Drohne auf Schritt und Tritt. Der Ablauf der Mission wird penibel an Computern ausgewertet und zu Hause gibt es nur das Radio mit einem Sender.«

»Was willst du damit sagen?«

»Ich … Ich weiß es nicht, aber das passt doch nicht zusammen.«

»Du glaubst also, die Regierung verweigert uns das aus einem bestimmten Grund. Warum sollte sie das tun? Satte und zufriedene Bürger sind einfacher zu kontrollieren. Es gab schon zwei Aufstände wegen der Versorgungslücken, die vielen Menschen das Leben gekostet haben. Glaub mir: Wir sind nicht mehr so viele freie Menschen, dass sich das ein Staat leisten kann. Ich denke, es ist einfach nicht mehr da und das Vorhandene wird nach Priorität eingesetzt.«

Kaia ließ den Kopf sinken.

»Ich verstehe es trotzdem nicht.«

»Komm, wir können uns nicht beschweren. Trotz allem geht es den meisten Menschen in der Sicherheitszone einigermaßen gut. Niemand verhungert, alle haben irgendwie ihr Auskommen und die Stadt sorgt für uns. Draußen in der Wilden Welt würden wir wahrscheinlich keinen Tag überleben. Ganz zu schweigen von den Mutierten, die im Wald lauern.«

»Das erklärt aber nicht die Ungereimtheiten. Warum stelle eigentlich nur ich mir solche Fragen? Weshalb scheint jeder, den ich kenne, die Zustände zu akzeptieren? Seit Jahren wird die Lage schlechter, aber niemanden kümmert das. Wohin soll das Ganze führen? Hat irgendjemand einen Plan?«

»Wie gesagt: Goya und der Stadtrat geben ihr Bestes. Vielleicht bekommen sie es mit dem Mobilfunk ja doch hin.«

»Und dann?«

»Haben wir wieder Handys und Smartphones. In den Lagern liegen Tausende davon herum.«

»Denkst du wirklich, die funktionieren noch? Die Akkus werden leer und die Geräte defekt sein.«

»Man kann sie reparieren.«

»Okay, und was machen wir damit?«

»Wieder telefonieren. So wie es die Leute vor der Katastrophe getan haben. Man rief sich an, plauderte oder verabredete sich.«

»Das klappt schon mit dem Festnetz nicht«, schnaubte Kaia.

Adam seufzte. »Weil ein Großteil der Leitungen defekt

oder lediglich notdürftig geflickt ist. Es gibt kein Ersatzmaterial, bei den Handys ist das ja anders. Funktionieren drahtlos.«

»Ehrlich, du bist ein hoffnungsloser Optimist, Adam. Ich glaube es erst, wenn ich es sehe.«

»Du wirst es erleben, irgendwann wird alles besser.«

»Das sagst du ständig.«

Adam knuffte sie in den Arm. »Komm, lass uns den Kuchen essen und den Kaffee trinken, solange er noch heiß ist.« Eine Weile herrschte Schweigen, dann sagte Adam: »Wäre es nicht schön, wenn es immer so wäre?«

*Er spricht aus, was ich mir vorhin gewünscht habe.*

Aber Kaia wusste, dass Adam etwas anderes meinte. »Wir haben darüber geredet.«

»Vor sechs Monaten, seitdem ist viel passiert. Alles ist noch schwerer geworden. Wenn wir zusammenwohnen, wärst du nicht mehr so viel allein.«

Kaia blickte zur Veranda. Sie sah Storm, der mit geschlossenen Augen in der Sonne lag, trotzdem bewegten sich seine Ohren unentwegt.

*Er nimmt jede Stimmungsänderung wahr.*

»Ich bin nicht allein«, sagte sie härter als beabsichtigt.

»Das ist ein Wolf, kein Mensch. Niemand, mit dem du sprechen kannst, wenn du einsam bist.«

»Ich bin –«

»Doch, bist du. Ich sehe es dir an. Und ich habe auch die Waffe draußen auf dem Schaukelstuhl bemerkt. Sag mir, Kaia, warum liegt sie da?«

»Das geht dich nichts an.«

»Du hast dir wieder das alte Foto angeschaut.«

»Und? Das ist meine Familie.«

»Sie sind tot. Lange schon.«

»Ich denke, es ist besser, du gehst jetzt. Danke für den Kuchen.«

»Kaia, jetzt sei nicht so. Ich bin dein Freund, wir können über alles reden.«

»Darüber nicht, und ich bitte dich, das endlich zu akzeptieren.«

»Okay.« Er sah aus wie ein geprügelter Hund.

»Außerdem würden dir deine Eltern niemals die Erlaubnis geben, hier einzuziehen, und vor deinem einundzwanzigsten Geburtstag darfst du nicht selbst für dich entscheiden. So ist das Gesetz.«

»Ich kann mit ihnen reden. Sie werden einsehen …«

»Nein.«

Sie hatte das Wort zu laut ausgestoßen. Von draußen erklang ein dumpfes Grollen.

Adam erhob sich. »Also dann …«

Kaia zögerte kurz, presste schließlich ein Danke heraus.

»Man sieht sich.«

Adam wandte sich um und ging ohne ein weiteres Wort in die heiße Sonne hinaus. Kaia blickte ihm traurig nach. Er war ein netter Kerl, herzensgut und voller Wärme, aber sie konnte seine Gefühle nicht erwidern. Nicht so, wie er es verdient hätte.

# 3.

*Heute, Jahr 2169, USA, Sicherheitszone*

Kaia trank einen Schluck Wasser aus der Leitung, dann trat sie vor das Haus. Der Wind hatte sich gelegt, aber die Wellen trugen noch weiße Schaumkronen, rollten unablässig an Land und zogen sich wieder zurück. Der ewige Kreislauf seit Menschengedenken. Sie fischte einen alten Haargummi aus der Hosentasche und band sich einen Pferdeschwanz. Die Sonne kribbelte auf ihren nackten Armen, allerdings war es kein unangenehmes Gefühl.

»Storm, komm«, sagte sie.

Der Wolf erhob sich sofort.

Kaia folgte dem Pfad die Felsen hinab und hielt auf den verfallenen Bootssteg zu. Ein altes, sechs Meter langes und blau-weiß gestrichenes Fischerboot war daran festgemacht.

John Peters war gerade dabei, seinen Fang zu sortieren, als sie zum Boot trat.

»Hi, John.«

Er sah nicht auf. Langes weißes Haar und ein grauer Vollbart bedeckten sein sonnenverbranntes Gesicht, auf dem stets ein Lächeln lag.

*Er ist so alt wie die Zeit selbst.*

»Guten Tag, Kaia.«

Das war auch etwas, das sie an ihm mochte, diese altmodische Höflichkeit.

»Wie war es draußen? Hast du einen guten Fang gemacht?«

»Nicht viel, drei Makrelen und ein kleiner Barsch, der nur für die Suppe taugt. Es wird täglich schwerer, ausreichend Fische ins Netz zu kriegen.« John blickte auf. Er hielt eine Makrele in einer Hand, in der anderen ein Messer mit dünner Klinge. »Erträgst du den Anblick, oder soll ich das später machen?«

»Nimm sie ruhig aus, mich ekelt das nicht.«

»Okay. Dein Wolf scheint Hunger zu haben.«

Kaia drehte sich zu Storm um, der in gespannter Haltung auf dem Bootssteg saß. Beide Ohren aufrecht, die Augen fest auf den Fisch in Johns Hand gerichtet.

»Er ist immer hungrig«, seufzte Kaia. »Manchmal weiß ich nicht, wie ich ihn satt bekommen soll. Es gibt nur wenig Fleisch zu kaufen und das ist teuer. Abends lasse ich ihn raus, in den Dünen Wildkaninchen jagen.«

»Bringt er sie dir?«

»Nein, niemals. Das ist kein Hund, der seine Beute apportiert. Er verschlingt seine Opfer an Ort und Stelle.«

John schnitt den Kopf der Makrele ab und warf ihn Storm zu, der ihn aus der Luft schnappte und mit laut krachendem Kiefer zerbiss. Dann saß er wieder da wie eine ägyptische Statue.

»Warum ist das so?«, fragte Kaia.

»Was meinst du?«

»Seit Jahrzehnten gibt es keinen kommerziellen Fischfang mehr, bloß noch einzelne Boote wie deines, die rausfahren. Die Bestände müssten sich längst erholt haben.«

»Oh, das haben sie. Im Meer tummeln sich große Schwärme, Fische aller Arten, aber sie sind zu weit draußen, und Schiffsdiesel ist viel zu teuer geworden, als dass es sich lohnen würden, weiter als eine Stunde in die Fanggebiete zu fahren. Und noch etwas ist anders.« Er sah sie ernst an. »Halt mich nicht für verrückt, wenn ich das sage, aber ich glaube, die Fische haben gelernt, die Küstengebiete zu meiden, an denen Menschen leben.«

»Denkst du das wirklich?«

Er nickte. »Ich spüre, dass es so ist. Mein Leben lang fahre ich aufs Meer, schon als Junge war ich mit meinem Vater draußen. Ich kenne die See wie kein Zweiter, etwas ist anders geworden seitdem. Etwas ist da draußen, sorgt dafür, dass ich kaum noch etwas fange.«

Eine kalte Hand griff nach Kaias Nacken. »Klingt unheimlich. Bedrohlich.«

»Ja, das ist es wohl.«

»Hast du keine Angst, wenn du allein auf dem Boot bist?«

Er lächelte sie an, kleine Grübchen erschienen auf seinen Wangen und für einen Moment erinnerte er sie an Santa Claus auf den Bildern ihrer Kinderbücher.

»Wenn mich die See holen will, bin ich bereit. Ich möchte nicht an Land sterben, da gehöre ich nicht hin.«

Ein weiterer Fischkopf flog in Storms Richtung.

»Warum hast du nie geheiratet?« Kaia hatte sich schon oft mit dem Alten über belanglose Dinge unterhalten, aber noch nie nach seiner Vergangenheit gefragt.

John wurde ernst. »Ich war verheiratet, hatte einen Sohn, der starb, weil es keine Medikamente gab. Er wurde fünf Jahre alt.«

Kaia schluckte schwer, bedauerte, dass ihre Frage alte Wunden aufriss. »Das tut mir leid.«

»Muss es nicht. Meine Frau ertrug den Schmerz nicht. Eines Tages kam ich vom Fischfang zurück und sie hatte sich mit einer Wäscheleine am Dachbalken unseres Hauses aufgehängt. Ich blieb zwei Tage bei ihr, bevor ich sie in dasselbe Grab wie unseren Sohn legte. Dort.« Er deutete die Klippen hinauf. »Grooves Head, da habe ich sie begraben. Man kann die Kreuze von hier aus nicht sehen, aber ihr Grab ist in direkter Nähe des Meeres. Sie sind mir nah.«

»Und du willst nicht dort beerdigt werden?«

Er schüttelte den Kopf. »Nein, so war es auch, als sie noch am Leben waren. Ich bin raus auf See gefahren, während sie an Land blieben. Meine Frau hat meine Sehnsucht nach dem Meer nie verstanden. Nie verstanden, was mich bei Wind und Wetter raustrieb. Obwohl sie mich als Fischer kennenlernte, stand das zwischen uns. Sie konnte oder wollte ihre Angst, mich zu verlieren, nicht kontrollieren und hat mich immer wieder gedrängt, mir einen Job in der Stadt zu suchen, aber das war nichts für mich. Ich bin ein Kind des Meeres, in meinen Adern fließt kein Blut, sondern Salzwasser.« Er lachte dröhnend. »Als du klein warst, hast du mich gefürchtet.«

Kaia lächelte. »Ich war oft hier unten, habe mich zwischen den Felsen versteckt und dich beobachtet.«

»Ja, ich weiß, ich habe dich jedes Mal gesehen und den Wolf auch. Ich wusste, eines Tages würdest du deine Angst überwinden und wir würden uns kennenlernen. Es war nur eine Frage der Zeit.«

»Manchmal hast du einen Fisch auf dem Bootssteg vergessen, den habe ich mir dann geholt.«

John grinste wissend.

»Was? Du hast ihn gar nicht vergessen?« So oft hatte sie sich bereits mit ihm unterhalten, aber auf das Thema *vergessene Fische* waren sie nie gekommen.

»Sehe ich aus wie jemand, dem so etwas passiert? Mehrfach?«

»Nein, wenn ich es mir jetzt überlege, wird mit klar, dass der Gedanke unsinnig ist.«

»Es waren Geschenke an dich.«

»Ich habe mich nie bedankt.«

»Das musstest du nicht.«

»Dann tue ich es jetzt – danke.«

Peters schaute zu den zerfetzten Schleierwolken auf. Der Himmel war ansonsten strahlend blau.

»Es wird noch heißer werden«, sagte er. »Der Wind lässt nach.«

Kaia stöhnte. »Die Hitze bringt einen jetzt schon um.«

Der Alte sah zu dem Wolf. »Wie hält er das aus?«

»Ehrlich gesagt: keine Ahnung.«

»Ich fahre heute Abend noch mal raus. Willst du mitkommen?«

Kaia verzog den Mund. »Nein danke, ist nicht so mein Ding. Du weißt schon, Wasser hat keine Bretter.«

»Aber du kannst schwimmen wie ein Fisch. Ich habe dich oft baden gesehen.«

»Das ja. Aber da draußen, fern dem Ufer«, sie deutete auf den Ozean, »habe ich Angst.«

»Okay, wenn du es dir anders überlegst, sind meine alte *Sea Witch* und ich bereit. Ich fahre mit dir zu den Klippen, dort kann man herrlich tauchen, obwohl ich inzwischen zu alt dafür bin. Du wirst es nicht bereuen.«

»Ich gehe dann mal, möchte noch etwas am Strand spazieren, danke für die Fischköpfe.«

»Gern geschehen.«

Kaia zog die Kampfstiefel aus, rollte ihre Hosenbeine hoch und ging ein Stück in die Brandung. Das Wasser war angenehm kühl. Sie folgte der weißen Linie, die von den Wellen in den Sand gezogen wurde, und dachte nach. Storm blieb am Strand, er traute dem Wasser noch weniger als sie.

Das Gespräch mit John hatte ihr gutgetan. Ihren aufgewühlten Geist allerdings kaum beruhigt.

Heute war ihr Geburtstag und dieser Tag war niemals ein Tag der Freude gewesen, denn sie hatte ihn nicht mit ihrer Familie begehen können. Dass Hayes nicht aufgetaucht war oder sich gemeldet hatte, schmerzte sie, aber wahrscheinlich hing er um diese Uhrzeit schon wieder in irgendeiner Bar ab und ließ sich volllaufen.

Und dann war da noch der Umstand, dass sie Adam enttäuscht hatte. Wieder einmal.

*Manchmal denke ich, es wäre besser, wir würden uns nicht mehr sehen, doch dann wäre ich ganz allein, in dem Punkt hat er recht.*

Mit Hayes konnte sie nicht mehr rechnen. Schon seit geraumer Zeit. Irgendetwas ging in ihm vor, aber was, wusste sie nicht. Er sprach nie darüber, ersäufte alles lieber in Unmengen von Alkohol.

*Wie lange wird das gut gehen? Er verfällt vor meinen Augen und ich kann nichts dagegen tun.*

Manchmal war Tom unglaublich stur. Verschlossen und finster wie eine mondlose Nacht. Trotzdem liebte sie ihn wie einen Vater, und das war er auch für sie gewesen, seit ihre Familie von Mutierten überfallen und zerfetzt worden war.

Brennender Zorn loderte in Kaia auf, trotzdem zwang sie sich zur Ruhe. Hayes hatte ihr oft genug erklärt, dass diese Menschen nicht für das verantwortlich zu machen waren, was sie taten. Das Virus hatte ihren Geist zerstört, sie zurückgeworfen auf das Niveau wilder Tiere. So war es seit der großen Katastrophe.

Kaia spuckte ins Wasser. Das alles konnte sie sich sagen, so oft sie wollte, der Schmerz blieb.

Als Kaia ins Haus zurückgekehrt war, füllte sie Storms Napf mit Wasser, über das er sich sofort hermachte. Dann ließ sie eine kleine Plastikschüssel volllaufen und wusch sich den Sand zwischen den Zehen heraus.

In ihrem Rücken knisterte das Funkgerät. Ein altes Teil aus Army-Beständen, von dem der Lack abblätterte.

Eine harte Stimme erklang, begleitet von lautem Rauschen.

»Zentrale an 612. Sind Sie da?«

Kaia setzte sich vor den Kasten und zog das Mikrofon heran. »612 hört.«

»Neuer Einsatz. Melden Sie sich in einer Stunde in der Zentrale.«

»Irgendwelche Anweisungen vorab?«

»Negativ. Seien Sie einfach pünktlich da. Goya hat heute verdammt schlechte Laune. Over and out.«

Kaia ging hinaus, griff nach der Desert Eagle und schob sie in ein Oberschenkelhalfter aus schwarzem Plastik. Dann zog sie sich um. Camouflage-Anzug in Tarnfarben mit hellen Mustern. Wüstenausrüstung. Sie schnürte das Halfter an ihrem Schenkel fest und schlüpfte in ihre schweren Kampfstiefel. Zum Schluss griff sie nach der Sonnenbrille, ohne die man draußen im Ödland blind werden konnte. Waffen, Munition und Proviant würde sie in der Zentrale erhalten.

Sie warf noch einen Blick auf den halb gegessenen Kuchen. Bis sie zurückkam, würde er ausgetrocknet sein. Kaia würde den Kuchen allerdings auch essen, wenn er hart wie Stein war. Das war sie Adam schuldig.

Storm erhob sich sofort, als sie an ihm vorbeiging, und trabte ihr hinterher. Kaia lief zu dem alten Pick-up, klappte die Ladeklappe herunter und Storm sprang mit einem mächtigen Satz hinauf. Hinter der Fahrerkabine rollte er sich zusammen.

Der Motor sprang erst beim dritten Versuch an. Der Tank war fast leer, aber in der Zentrale würde sie Benzin bekommen.

Als sie aufs Gaspedal trat, wirbelte sie eine Staubwolke auf, in der das kleine Strandhaus verschwand.

Kaia blickte nicht zurück.

# 4.

*Heute, Jahr 2169, USA, Sicherheitszone*

Kaia befahl Storm, auf der Ladefläche zu bleiben und zu warten, dann trat sie vor das hohe Tor, das von zwei Wachen in Kampfanzügen und schwarzen Masken bewacht wurde. Sie trugen Sprechfunk auf ihren Schultern. Schmale Mikrofone klemmten neben ihrem Mund. Die Augen blieben hinter dunklen Schutzbrillen verborgen.

Vor ihr ragte die Sicherheitszentrale auf. Ein Koloss, errichtet aus hohen Steinplatten. Nur wenige kleine Fenster ließen Licht ins Innere. Das Gebäude wirkte archaisch, so als hätte man hier einen Tempel für eine längst vergessene Gottheit errichtet. Doch das meiste davon war funktional.

Die massiven Steinplatten wurden innen durch Metall verstärkt, das jedem Bombenangriff standhalten konnten. Der Eingang war durch eine Tür aus Panzerglas gesichert.

In den Zeiten des Chaos waren viele Armeebestände geraubt und Angriffe auf die Stadt verübt worden. Nicht von Mutierten, sondern von Horden herumziehender Plünderer.

Dies war die Festung, in der die Verteidigung organisiert wurde, aber es war auch die Zentrale für sämtliche innere Sicherheitsfragen der Stadt und der Gebiete, die dahinter lagen. Polizei gab es schon lange nicht mehr. Das Militär regelte jedes Detail des sozialen Miteinanders, sorgte dafür, dass sich die Kriminalität in Grenzen hielt.

Eine der Wachen trat vor. Die andere richtete ihre automatische Waffe auf Kaia.

Kaia kramte ihren Sicherheitsausweis aus der Brusttasche und hielt sie dem Wachmann hin, der ihn wortlos nahm, zurück in den Schatten trat und ihre Daten per Funk durchgab. Wenige Augenblicke später reichte er Kaia den Ausweis zurück und nickte stumm. Sie selbst würdigte ihn keines Blickes mehr, sondern stellte sich vor das Metalltor, das surrend und leise zur Seite rollte, sich so weit öffnete, dass sie hindurchgehen konnte.

Drinnen erwartete sie das kalte Licht der Neonlampen, die an dünnen Kabeln von der hohen Decke herabbaumelten. Es war kühl nach der Hitze der Nachmittagssonne. Ihre Stiefel knarrten auf dem Steinboden, als sie den Hauptraum durchquerte und an weiteren Wachen vorbei zur Treppe ging, die sie in den dritten Stock hinaufführte. Dort gab es erneut Sicherheitskontrollen und sie musste noch zweimal ihren Ausweis vorzeigen, bis sie in die Kommandozentrale eingelassen wurde.

Goya stand vorgebeugt über einem großen Bildschirm, der in einen mächtigen Stahltisch eingelassen war. Seine

Finger tippten auf das Display, und in rasend schneller Folge liefen Zahlen und Daten über den Bildschirm, während er offensichtlich gebannt die Aufnahmen einer Drohne auswertete.

Er war groß. Mit langen schwarzen Haaren und einem ebenso dunklen Bart. Durchtrainiert von oben bis unten. Schmale Hüften, breite Schultern. Kaia wusste, dass er bereits Mitte vierzig war, aber er wirkte fitter als jeder, den sie kannte.

Trotzdem war er kein attraktiver Mann. Düsternis umgab ihn wie eine Aura. Um seine Mundwinkel und in den schwarzen Augen lag eine Härte, wie sie Kaia zuvor noch nie kennengelernt hatte. Sich vorzustellen, dass dieser Mann lächelte, war vollkommen abwegig.

Man munkelte, er habe seine Frau und beide Kinder an die Mutierten verloren, aber niemand wagte, danach zu fragen, was geschehen war. Goya war nicht der Typ, mit dem man über Privates sprach, und alles, was seinen Mund verließ, waren Befehle, die widerspruchslos befolgt werden mussten. Kaia blickte zur Überwachungskamera an der Decke, die ebenso wie versteckte Mikrofone alles aufzeichnete, was im Kommandoraum gesprochen wurde.

»Sie sind drei Minuten zu spät«, stellte Goya fest, ohne aufzublicken oder sich umzudrehen.

»Tut mir leid, Sir. Ich –«

»Kommen Sie her!«

Sie trat an den Tisch.

»Sehen Sie!«

Kaia betrachtete den Bildschirm. Die Aufnahme war aus geringer Höhe gefilmt worden. Sie zeigte einen Mann, der durch die Wüste stolperte. Am oberen Rand waren seine persönlichen Daten und ein Foto eingeblendet.

*Name: Richard Fraser*
*Afroamerikaner*
*Geboren 11.03.2117*

Weitere Angaben nannten Wohnort und Beruf. Neben diesen Daten blinkte das Wort »Alert« in roter Farbe auf. Wie der Pulsschlag des Menschen, der gerade versuchte, aus der Sicherheitszone zu fliehen. Daneben die Angabe: *Verwandlung vollzogen.*

»Ist das eine Liveaufnahme?«, fragte Kaia.

»Ja.«

»Wo befindet er sich?«

»Zwanzig Meilen westlich der Stadt.«

»Wie konnte er es so weit schaffen?«

»Er muss etwas geahnt haben und geflohen sein, bevor sein Chip die Verwandlung meldete. Die Drohne, die ihn aufgespürt hat, ist unbewaffnet, aber selbst wenn wir ihn von hier aus eliminieren könnten, würde ich keine Rakete verschwenden. Sie werden rausgehen und den Job erledigen.«

»Sir, ich habe –«

»Ich weiß. Bisher waren Sie nur mit Hayes draußen

und haben ihn gesichert, während er die Aufträge ausführte. Ansonsten ein paar Patrouillen. Jetzt ist es an der Zeit, dass Sie sich im Einsatz bewähren. Das tun, wofür Sie ausgebildet wurden.«

»Ja, Sir.«

Kaia versuchte selbstsicher zu klingen, aber ein mulmiges Gefühl breitete sich in ihr aus. Sie würde zum ersten Mal einen Menschen jagen und töten, auch wenn das da draußen kein Mensch mehr war, sondern ein geistloses, gefährliches Wesen, das bloß noch zwei Triebe kannte: Flucht oder brennende Mordgier.

Laut Aufzeichnungen hatte es in früheren Zeiten schwere Vorfälle gegeben, bei denen Menschen ihre ganze Familie ausgelöscht hatten oder Amok gelaufen waren, bevor die Sicherheitskräfte sie ausschalten konnten. Heutzutage war die Sensibilität der Chips erhöht worden, um eine Warnung an die Sicherheitszentrale zu geben. Deshalb war es so erstaunlich, dass es Fraser aus der Stadt herausgeschafft hatte.

»Gehen Sie in die Waffenkammer und lassen sich ausrüsten. Der Vollzug muss noch vor Sonnenuntergang gemeldet werden.«

»Ja, Sir.«

»Haben Sie wieder diesen Hund dabei?«

»Es ist ein Wolf, Sir.«

»Was auch immer. Haben Sie ihn unter Kontrolle?«

»Zu einhundert Prozent.«

»Ich mag es nicht, wenn Dinge aus dem Ruder laufen.«

»Ich weiß, Sir.«

»Dann ist es ja gut. Sie können gehen. Die Koordinaten geben wir Ihnen per Funk durch.«

»Aye, Sir.«

Kaia wandte sich um und verließ die Zentrale.

Im Untergeschoss wurden ihr von einem missmutig dreinblickenden, schweigsamen Sergeant ein vollautomatisches M30-Gewehr und zwei Magazine 5,56 × 45 mm Munition ausgehändigt. Im Licht der herabhängenden Funzel glänzte sein kahler Schädel.

»Das sollte reichen für einen einzelnen Mann.« Er schaute auf ihr Oberschenkelhalfter. »Brauchst du dafür Munition?«

»Nein, ist geladen.«

»Privateigentum?«

»Ja.«

»Weiß der Kommandant davon?«

Kaia zuckte mit den Schultern. »Gibt es etwas, das er nicht weiß?«

Der Mann lachte bellend. Dann wurde er wieder ernst. »Unterschreib das hier.«

Er reichte ihr ein Klemmbrett mit Handzettel zur Waffenübergabe darauf. Kaia kritzelte ihren Namen auf die vorgesehene Stelle.

»Muss alles seine Ordnung haben, nicht wahr? Die Welt geht unter und wir zählen die Kugeln ab, die sie auf ihrem Weg begleiten.«

»So sieht es aus. Vielleicht hättest du Philosophin und nicht Jägerin werden sollen.«

Kaia verzog den Mundwinkel. »Im nächsten Leben dann.«

Auf dem Parkplatz vor der Zentrale befestigte Kaia das Gewehr in einer Halterung neben ihrem Sitz und verstaute die Magazine im Handschuhfach. Sie ging nach hinten zu Storm und füllte seinen Trinknapf mit Wasser aus ihrer Feldflasche.

Es waren zwar nur dreißig Meilen, doch der größte Teil der Strecke bestand aus verrotteten alten Highways und unwegsamem Gelände. Storm würde ordentlich durchgeschüttelt werden, aber das war er von klein auf gewöhnt. Allerdings machte ihm die Hitze zu schaffen, daher war es wichtig, dass er vor Antritt der Fahrt noch mal Wasser bekam.

Als Storm getrunken hatte, trottete er zurück in den Schatten der Fahrerkabine und rollte sich erneut zusammen. So, wie er dalag, erinnerte er an einen Haufen alter Decken, die jemand dorthin geworfen hatte. Kaia grinste.

*Decken mit Zähnen, so lang wie mein kleiner Finger.*

Sie schlug die Ladeklappe wieder zu und stieg ein. Bevor sie den Motor startete, aktivierte sie das GPS-System, das Hayes an der Armatur angebracht hatte. Die farbige Abbildung der Umgebung wurde in Draufsicht angezeigt. Daneben die Koordinaten ihres Standorts. Das Ding funktionierte ähnlich wie die Navigationssysteme der Fahrzeuge vor der Katastrophe, nur dass man keinen Zielort, sondern Längen- und Breitengrade eingeben musste. Umständlich, wenn auch wesentlich zuverlässiger.

Als das System komplett hochgefahren war, rief sie die Zentrale per Funk.

»612 an Zentrale. Bereit zum Aufbruch. Erwarte Standortkoordinaten des Ziels.«

Eine schnarrende Stimme ratterte das Gewünschte herunter und schloss mit den Worten: »Zielobjekt bewegt sich mit drei Meilen Geschwindigkeit pro Stunde Richtung Nordost. Abstand zur Grenze der Sicherheitszone neun Meilen. Objekt verlässt den Zugriffsbereich bei Beibehaltung der Marschgeschwindigkeit in drei Stunden. Sie haben ausreichend Zeit, ihn zu stoppen. Eine X3-Drohne überwacht Sie aus der Luft.«

Kaia fluchte stumm. Die Zentrale würde also jeden ihrer Schritte beobachten können.

*Keine Zeit für Fehler, Baby, wenn du nicht willst, dass dir Goya nach deiner Rückkehr den Kopf abreißt.*

»Verstanden. 612 bricht zur Mission auf. Zeit 5.46 pm. Ich werde ihn auf jeden Fall vor Sonnenuntergang kriegen.«

»Viel Glück, 612.«

Das Funkgerät erstarb.

Kaia ließ den Wagen an und rollte langsam durch die Straßen zum Haupttor. Als sie hindurchfuhr, nickten ihr die Wachen zu, ohne sie aufzuhalten. Offensichtlich waren sie von der Zentrale benachrichtigt worden. Im Rückspiegel konnte sie sehen, wie sich das mächtige Tor schloss und die automatischen Waffensysteme auf den hohen Mauern auf sie ausgerichtet wurden. So würde es bleiben, bis sie die direkte Sperrzone um die Stadt verließ. Bei ihrer Rückkehr würde ihr eingepflanzter Chip eine Kennung an die Verteidigungsanlage senden, damit die Maschinengewehre sie nicht zerfetzten.

Kein schöner Gedanke.

Ein Surren ertönte.

Kaia streckte den Kopf aus dem offenen Fenster und blickte zum Himmel. Die Drohne hatte sich ihr angeschlossen und folgte ihr in zwanzig Yard Höhe. Kaia musste an sich halten, um nicht den Arm rauszustrecken und denen da oben den Mittelfinger zu zeigen. Sie fluchte.

# 5.

*Heute, Jahr 2169, USA, Sperrgebiet*

Kaia fuhr ein kurzes Stück auf der Landstraße, bevor sie die Auffahrt zum Highway nahm. Der Asphalt war rissig und an vielen Stellen von kratergroßen Löchern zerpflügt. Überall spross die Vegetation durch Spalten und Risse. Selbst hüfthohes Wüstengras hatte sich hier angesiedelt. Dazu Haufen von Geröll und große Steinbrocken.

Sie kam nur langsam voran. Oftmals im Schritttempo. Verrostete Autowracks begleiteten sie auf dem Weg. Über ihr surrte die Drohne wie eine wütende Wespe auf der Suche nach einem Feind, den sie stechen konnte.

Die Sonne stand noch immer hoch am Himmel und heiße Luft wehte durch das offene Fenster herein. Das Geschaukel im Pick-up war atemberaubend und mehr als einmal hatte Kaia das Gefühl, sich an Bord eines Schiffes zu befinden.

Sie drehte sich kurz nach Storm um, blickte durch das Rückfenster, aber von ihm war nichts zu sehen.

Nach dreißig Minuten hatte sie lediglich zehn Meilen geschafft und nun kamen die noch schlechteren Streckenabschnitte. Während sie durch die verlassene Gegend rumpelte, warf Kaia immer wieder Blicke hinaus in die vorüberziehende Landschaft.

Steppe, verbranntes Gras. In der Ferne die Silhouetten von hohen Bäumen. Da begannen die großen Waldgebiete. Lockten mit Schatten, frischer Luft und üppiger Pflanzen- und Tierwelt, aber es war gefährlich dort.

Kaia hatte den Wald nie betreten, doch sie wusste, dass die Mutation der Lebewesen weit fortgeschritten war. Sie hatte Luftaufnahmen von Überwachungsdrohnen gesehen, auf denen gigantische Hirsche mit wild verzweigten Geweihen zu erkennen waren. Im Gegensatz zu ihren Vorfahren war ihr Fell nicht mehr rotbraun, sondern gelb und ocker gestreift.

Andere Bilder hatten wilde, mutierte Hunde aufgenommen. Hasen von doppelter Größe und seltsame Vögel gezeigt, die an Flugsaurier aus den alten Büchern erinnerten. Überall quoll das Leben hervor, explodierte regelrecht, aber es war ein gefährlicher Ort mit gefährlichen Wesen, die allesamt wussten, wie man sich verteidigte. Fressen und Gefressenwerden hatte in der Wildnis eine neue Dimension erreicht. Menschen wie sie würden da draußen keine Woche überleben.

Und doch gab es dort Menschen. *Andere Menschen.* Mutierte, die sich angepasst hatten. Ebenso gefährlich waren wie jedes Tier in dieser grünen Hölle.

Kaia schauderte, wenngleich sie eine tiefe Sehnsucht nach diesem Ort spürte. Im Wald war ihre Familie gestorben. Eines Tages würde sie dorthin zurückkehren müssen, um Frieden zu finden, auch wenn sie keine Ahnung davon besaß, wo der Überfall stattgefunden hatte. Aber Hayes wusste es, und wenn er sich bis jetzt auch zu allem, was in der Vergangenheit geschehen war, ausgeschwiegen hatte, würde sie irgendwann aus ihm herausbekommen, wo ihre Eltern und ihre Schwester von den Soldaten begraben worden waren.

*Wahrscheinlich ist die Stelle längst überwuchert und unauffindbar.*

Kaia zog die Nase hoch und spuckte aus dem Fenster.

*Ich werde spüren, wo sie sind.*

Vor ihr tauchte die Abfahrt vom Highway auf. Noch acht Meilen bis zum Zielpunkt, wahrscheinlich mehr, denn Fraser hatte sich sicherlich weiterbewegt, während sie durch die Gegend zockelte.

Sie bog in eine scharfe Kurve und rollte die Highway-Rampe hinunter. Von dort verlief die Landstraße nur noch ein kurzes Stück, danach ging es in freiem, unwegsamem Gelände weiter.

Die Stoßdämpfer des Pick-ups ächzten und stöhnten, während Kaia über ein verwildertes Feld holperte. Grasbüschel streiften die Kotflügel, wurden von den an der Front angebrachten Stoßfängern zur Seite gedrückt. Büsche und Wurzeln knackten, wenn die breiten Profilreifen sie platt walzten.

Kaia wurde von links nach rechts und wieder zurück geworfen. Einmal glaubte sie Storm aufjaulen zu hören, aber das konnte auch der Wind sein, der über die Ebene strich. Hier schmeckte die Luft bitter und die Hitze war wie eine Wand, die gegen das Fahrzeug prallte.

Kaia fluchte unaufhörlich. Dann wurde es etwas besser, als sie einen kleinen Feldweg erreichte, der noch einigermaßen befahrbar erschien. Ein Blick auf ihr GPS-System zeigte an, dass sie exakt in die Richtung des Fliehenden fuhr.

Sie war nun schon über eine Stunde unterwegs und hatte noch immer ein gutes Stück Weg vor sich. Kurz dachte sie an Goya, der alles über die Drohne mitverfolgte und dabei zornig die Kiefer zusammenpresste.

Goya war kein geduldiger Mann.

*Scheiß drauf. Schneller geht es nicht.*

Wenn sie es übertrieb, würde sie mit einem Achsenschaden oder gebrochenen Stoßdämpfern liegen bleiben. Dass der Kommandant sie in diesem Fall abholen ließ, war eher unwahrscheinlich. Dann gab es für sie nur den Fußmarsch zurück in die Zivilisation. Ohne ausreichend Wasser für sich und den Wolf.

Nein, es war besser, etwas vorsichtig zu sein. Außerdem musste sie damit rechnen, dass der Flüchtende sich umdrehte und den Weg zurückkam oder irgendwo willkürlich abbog. Doch wenn sie ehrlich zu sich selbst war, glaubte sie das nicht.

Menschen, die das letzte Stadium der Verwandlung erreicht hatten, wurden magisch von der Wilden Welt angezogen. Ohne jedes Hilfsmittel spürten sie, in welche Richtung sie gehen mussten.

*Wie Lachse, die aus dem Meer zurück zu ihrem Geburtsort schwimmen.*

Im Endstadium bekämpften sie sich selbst, rissen sich Augen aus, Ohren ab, zerbissen ihre Lippen. Kaia hatte grausame Dinge gehört und wünschte niemandem ein derartiges Schicksal. Eine Kugel war in diesem Fall eine Gnade, aber deswegen war sie nicht hier. Sie war eine Jägerin, keine Erlöserin.

Goya konnte nicht zulassen, dass die Technik des Chips im Hals dieses Mannes den Mutierten in die Hände fiel.

Fraser hingegen war ein Stadtmensch. Seine Mutation war sein ganzes Leben lang durch den Chip aufgehalten worden und so war er ein Homo sapiens geblieben. Was da draußen in den Wäldern lebte, hatte kaum noch etwas mit dieser Menschenart zu tun. Ebenso wie die Hirsche, Hasen und Vögel hatte sie sich verändert. Nur selten gelangen Aufnahmen von ihnen. Sie waren wie Schatten in den dunklen Wäldern, ihre Existenz war jedoch unbestritten.

Erkundungsteams, aber auch einzelne Späher, die tief in den Wald eindrangen, um herauszufinden, ob dort Menschen lebten, kehrten niemals zurück. Jeder Versuch, die nächste größere Stadt im Osten zu erreichen, war ebenfalls gescheitert, obwohl niemand ernsthaft glaubte, dass da noch jemand lebte.

Hinter dem Sperrgebiet endete die zivilisierte Welt. Dort herrschten die Dunkelheit und der wilde Geist.

»Aber täusch dich nicht, Kaia«, hatte Hayes oft zu ihr

gesagt. »Das da draußen mögen Wilde sein, vielleicht sogar Bestien, dennoch sind sie schlau und gerissen. Benutzen unsere Waffen und Technik. Goya glaubt, dass sie eines Tages ihre Wälder verlassen und es zur letzten Schlacht um die Freie Welt kommt. Für diesen Tag will er gerüstet sein, denn wenn wir verlieren, wird es für immer sein. Eine weitere Schlacht wird es nicht geben.«

*Alle Schauergeschichten, die man früher Kindern erzählt hat, sind für uns wahr geworden. Die Monster haben die Schlafzimmerschränke verlassen und belauern uns.*

Ein kalter Schauer lief über Kaias Rücken und trotz der Hitze fröstelte sie. Hier draußen in der freien Ebene war sie sicher.

Vor ihr tauchten die verlassenen Gebäude eines kleinen Dorfes auf. Mehr ein Weingut als eine Ansammlung von Privathäusern. Kaia konnte die alten Holzvorrichtungen erkennen, an denen in früheren Zeiten saftige Reben gewachsen waren. Die um einen Hof gruppierten Häuser waren damals sicherlich von dem Winzer, seiner Familie und den Erntearbeitern bewohnt worden. Heute waren es nur noch verfallene Mauern mit eingestürzten Dächern.

Kaia stoppte den Wagen. Nachdem sich die Staubwolke gelegt hatte, sondierte sie die Gegend.

Nichts.

Nicht einmal Fliegen summten in der Luft. Lediglich ein leichter Windhauch bewegte das gelbe Gras.

»612 an Zentrale«, meldete sich Kaia über Funk. »Zielkoordinaten erreicht. Objekt nicht sichtbar.«

Die Stimme des Operators erklang. »Ziel nun eine halbe Meile westlich von Ihnen.«

»Bewegt er sich noch?«

»Negativ.«

Kaia stieß einen Seufzer der Erleichterung aus. Wenn sie Glück hatte, war Fraser bereits tot und sie musste ihn nicht erschießen.

Sie blickte durch die dreckverschmierte Frontscheibe. Nichts zu sehen. Ab hier musste sie zu Fuß weiter.

*Wo bist du?*

Irgendwo vor ihr konnte der Flüchtende im Staub liegen. Kaia griff nach dem Gewehr, schob ein Magazin ein und lud die Waffe durch. Kurz kontrollierte sie noch ihre Desert Eagle. Alles okay.

»612 an Zentrale. Verlasse jetzt das Fahrzeug und gehe zu Fuß weiter.«

»In Ordnung. Melden Sie Vollzug, sobald Sie das Ziel eliminiert haben.«

»Ja, Sir. Over and out.«

Als Kaia aus dem Pick-up kletterte, stieg die Drohne in die Höhe. Der Operator wollte vermeiden, dass die Aufklärungseinheit getroffen wurde, wenn Kaia zu schießen begann.

*Blödmann. Ich weiß, was ich tue.*

Storm sprang von der Ladefläche und nahm eine geduckte Haltung ein. Seine Ohren zucken aufmerksam, obwohl Kaia sich sicher war, dass er nichts hörte, ansonsten hätte er ihr das über seine Körperhaltung signalisiert.

Der Wind, der sanft über die Steppe wehte, kam aus ihrem Rücken, also konnte er auch nichts riechen, doch das spielte keine Rolle. Sie wusste, wo sich das Zielobjekt befand.

Das Gewehr im Anschlag ging sie langsam vorwärts. Sicherte in die Richtung, in der sich Fraser befinden musste. Die Zentrale hatte gemeldet, dass er sich nicht mehr bewegte, aber das konnte auch bedeuten, dass er die Drohne entdeckt hatte und ihr nun regungslos im hohen Gras auflauerte.

Niemand wusste, ob er bewaffnet und wie viel von seinem Verstand noch vorhanden war.

Schritt für Schritt. Das abgestorbene Gras raschelte unter ihren Füßen, die Drohne surrte in der Luft, ansonsten war es still.

Kaia fluchte stumm. Sie war sehr nah, aber der Mann war immer noch nicht auszumachen. Sie gab Storm ein Handzeichen, der daraufhin einen Halbbogen lief und sich dem Ziel von der anderen Seite näherte.

Weitere Schritte.

*Warum sehe ich ihn nicht?*

Sie blickte nach oben. Die Drohne stand fast still in der Luft. Das hektische Surren des kleinen Elektromotors machte Kaia zusätzlich nervös. Plötzlich gab es eine Bewegung vor ihr. Zwischen den gelben abgestorbenen Halmen bewegte sich etwas. Kaia war drauf und dran, den

Abzug durchzureißen, doch da erkannte sie, dass Fraser mühsam versuchte, sich vom Boden zu erheben. Es gelang ihm nicht, aber er schaffte es in eine sitzende Position. Kaia trat einen Schritt nach vorn. Die Mündung ihrer Waffe war auf seine Stirn gerichtet.

Fraser blickte auf seine Hände, die wie zum Gebet gefaltet in seinem Schoß lagen. Etwas blitzte auf. Metall. Er hatte eine Pistole.

»Waffe fallen lassen!«, knurrte Kaia.

»Ich werde dir nichts tun«, kam es ruhig zurück.

»Fallen lassen.«

»Das kann ich nicht. Ich brauche sie.«

»Ich sage es nicht noch einmal.«

Fraser hob den Kopf. Seine Augen waren blutunterlaufen. Leuchteten rot wie Feuer im Glanz der Sonne.

»Ich verstehe es jetzt«, sagte er ruhig.

Kaia schwieg. Behielt die Hand mit der Waffe im Auge, überlegte, was sie tun sollte. Natürlich war es ihr Auftrag, Fraser zu eliminieren, aber das käme einer Hinrichtung gleich. Fraser bedrohte sie nicht und versuchte auch nicht zu fliehen.

*Scheiße, was mache ich jetzt?*

Ihr war klar, dass die Zentrale sie beobachtete und sich fragte, was sie da trieb. Wenn doch nur Hayes bei ihr wäre, der wüsste, was zu tun war.

*Er würde den Abzug durchziehen.*

Sie tat es nicht. Stattdessen fragte sie: »Was hast du verstanden?«

»Das alles. Ich hätte ein Teil davon sein sollen.«

Dann begann er zu summen. Ein altes Kinderlied. Kaia erkannte es als eines der Lieder, die ihre Mutter Sarah und ihr abends vor dem Einschlafen vorgesungen hatte. Für einen Moment tauchte ein Bild vor ihr auf. Ein Bild aus einer Zeit, als alles noch gut gewesen war.

Sarah und sie unter einer dicken Decke im Bett aneinandergekuschelt. Das lächelnde Gesicht ihrer Mutter. Der sanfte Mund, der Töne wie Schmetterlinge in die Welt entließ.

Damals …

Unvermittelt stoppte Fraser sein Summen. Sagte: »Es ist nicht deine Schuld.«

Dann schob er sich die Waffe in den Mund und drückte ab.

Der Knall war ohrenbetäubend, rollte über die Steppe, während Frasers Kopf nach hinten geworfen wurde. Kurz schwankte er wie ein Halm im Wind, dann kippte er zur Seite und blieb regungslos liegen.

Kaias rechtes Auge zuckte wild. In ihren Ohren dröhnte der Schuss des schweren Revolvers, mit dem Fraser sich erschossen hatte.

Sie ließ sich auf die Knie fallen. Verwirrt fragte sie sich, was gerade geschehen war. All die Jahre des Trainings, das Durchspielen möglicher Situationen und die vielen Diskussionen mit Hayes, ob es gerechtfertigt war, einen Verwandelten zu töten oder nicht, hatten sie nicht auf das hier vorbereitet.

Fraser hatte friedlich gewirkt. Wehmütig. Und sie hatte gespürt, dass er ihr nichts tun würde. Nun lag er da, von eigener Hand gerichtet.

*Ich hätte ihn erschießen müssen. Es war meine Aufgabe, ihn zu erlösen. Ich habe versagt.*

Das Surren über ihr klang nun wie eine Anklage. Kaia konnte sich sehr gut vorstellen, dass Goya gerade das Gesicht verzog und sie laut beschimpfte, aber das war jetzt nicht wichtig.

Wichtig war das Gefühl, das sie für einen kurzen Moment mit einem vollkommen fremden Mann verbunden hatte.

*Heute Morgen habe ich mir den Lauf meiner Waffe in den Mund geschoben und war bereit, mir das Hirn rauszublasen. Stunden später stirbt dieser seltsame Mann auf genau diese Art und Weise. Das muss doch etwas bedeuten.*

Und dann war da noch dieses Kinderlied, das er gesummt hatte.

Das da vor ihr war kein Monster gewesen. Fraser hatte sich trotz Verwandlung einen Teil seiner Menschlichkeit bewahrt. Sie waren also nicht alle bloß blutrünstige Bestien. Kaia spürte, dass das eine wichtige Erkenntnis war. Vielleicht gab es doch einen Weg, diesen Menschen zu helfen.

Dann dachte sie an Goya und wusste: Er würde diesen Weg nicht suchen. Er bevorzugte einfachere Lösungen und die kamen aus dem Lauf eines Gewehres.

Storm trabte heran. Legte sich neben Kaia ins Gras.

Ihre Hand fuhr durch sein Fell, und gern wäre sie noch einen Augenblick so sitzen geblieben, aber die Drohne zeichnete alles unbarmherzig auf.

Was jetzt kam, war unangenehm und blutig. Sie musste dem Toten den Chip aus dem Hals schneiden.

Als sie das Messer ansetzte, wurde ihr übel und sie übergab sich heftig. Im zweiten Anlauf ging es etwas besser und sie konnte den daumennagelgroßen Chip bergen.

»612 an Zentrale. Auftrag erledigt.«

»Hier Zentrale. Verstanden. Kehren Sie sofort in die Sicherheitszone zurück. Kommandant Goya will Sie sprechen.«

Kaia grinste bitter. *Sicher will er das.*

»Zentrale, ich muss noch etwas tun. Geben Sie mir eine Stunde.«

»612, der Befehl war unmissverständlich. Kehren Sie …«

Kaia schaltete das Funkgerät aus. Sie schnappte sich eine Schaufel von der Ladefläche und marschierte zurück zu dem Toten. Fraser lag da, als hätte er sich zum Schlafen niedergelegt.

Kaia stieß die Schaufel in den trockenen Boden. Es würde harte Arbeit werden.

*Aber das bin ich dir schuldig.*

# 6.

*Heute, Jahr 2169, USA, Sicherheitszone*

Als Kaia in der fahlen Dunkelheit durch die Straßen der Stadt rollte, fragte sie sich, ob es wirklich eine gute Idee gewesen war, Fraser zu beerdigen. Es hatte nicht eine, sondern fast drei Stunden gedauert. Nun war sie vollkommen verdreckt und verschwitzt. Dazu durstig und hungrig, aber zuerst musste sie sich bei Goya melden und ihren Anschiss abholen.

*Er wird voll angepisst sein. Gut möglich, dass er mich rausschmeißt.*

Was sie dann mit ihrem Leben anfangen sollte, war ihr nicht klar, denn seit sie von Hayes in den Wäldern gefunden worden war, hatte man sie auf diese Aufgabe vorbereitet. Und Kaia hatte sie nie hinterfragt, bis heute.

Allerdings musste sie zugeben, dass sie bis heute nicht in einer solchen Situation gewesen war.

*Erster Job und schon versagt. Glückwunsch.*

Sie lachte bitter.

Vor der Zentrale stand eine düstere Gestalt. Lässig an die Wand gelehnt rauchte Iceman eine selbst gedrehte Zigarette.

*Wo bekommt er nur den Tabak her?*

Tabak war selten und teuer geworden, aber Robert Miller, *Iceman* genannt, schien einen unerschöpflichen Vorrat zu besitzen, denn eigentlich kannte sie ihn nur mit einer Kippe im Mund.

Kaia hatte keine Ahnung, wie alt er war. Iceman hatte weißes, Millimeter kurz geschorenes Haar und dunkelblaue Tätowierungen im Gesicht und auf allem, was sie von seiner Haut gerade sehen konnte. Dadurch wirkte er alterslos, wobei Kaia glaubte, dass er Mitte zwanzig war. Ein Jäger, wie sie. Mit dem Ruf, grausam und unerbittlich zu sein, doch viel schlimmer schien ihr, dass man ihm nachsagte, das Töten von Mutierten mache ihm Spaß. Hayes hatte sie mehrfach vor ihm gewarnt.

»Der Typ ist nicht ganz richtig im Kopf«, hatte er gesagt. »Wenn es nicht absolut verboten wäre, würde er Skalps nehmen oder sich abgeschnittene Ohren an einer Kette um den Hals hängen. Sei vorsichtig, wenn du mit ihm im Einsatz bist, und kehre ihm niemals den Rücken zu.«

Dazu war es nicht gekommen und Kaia war froh darüber. Iceman jagte ihr kalte Schauer über den Rücken.

Die Spitze der Zigarette glühte auf.

»Du hast Mist gebaut«, sagte Iceman ruhig. »Goya ist wütend.«

»Kann ich mir denken«, erwiderte Kaia.

»Warum hast du ihn nicht einfach abgeknallt?«

»Das ist nicht dein Problem.«

»Wenn wir da draußen sind. Du und ich, lässt du die Scheiße und tust, was ich dir sage.«

*Du Arsch hast mir überhaupt nichts zu sagen*, dachte Kaia, sagte aber: »Woher weißt du davon?«

»Ich war in der Zentrale, als du draußen warst.«

»Hast du einen Auftrag?«

»Nein, Goya wollte mich sehen.«

»Warum?«

»Geht dich nichts an.«

»Ach ja, dann halt dich auch aus meinen Sachen raus.«

Er grinste schief. »Hast du deine Tage?«

»Was soll das jetzt?«

Iceman sog geräuschvoll die Luft ein. »Ich kann dich riechen.«

Für einen Moment war Kaia völlig aus der Bahn geworfen, aber sie zwang sich, einen gleichmütigen Gesichtsausdruck beizubehalten.

»Ich wollte dir das schon lange sagen, Iceman: Du bist ein Arschloch. Jeder Mutierte ist besser als du, also fick dich selbst.«

Storm knurrte laut, als er die Wut in ihrer Stimme hörte. Iceman ließ das vollkommen unbeeindruckt. Er grinste noch breiter und entblößte strahlend weiße Zähne. »Jetzt bin ich sicher, dass du deine Tage hast. Bei der Laune kann es gar nichts anders sein.«

Kaia wandte sich von ihm ab und ging durch das Tor.

Natürlich sah Goya noch so sauber und elegant aus wie bei ihrer Abfahrt vor Stunden.

*Klar, er hat ja auch keine Leiche in der Wüste vergraben.*

Das Gesicht des Kommandanten wirkte verschlossen, hart wie Stein. Kein Muskel zuckte darin, aber seine Augen glänzten unheilvoll. Kaia trat vor ihn.

»Haben Sie den Chip?«, fragte Goya ohne Begrüßung.

Kaia legte das blutige elektronische Bauteil in einem kleinen Plastikbeutel vor ihm auf den Tisch.

Goya ballte die Fäuste. »Was sollte das?«

»Er hat sich selbst erschossen, Sir.«

»Das habe ich gesehen. Alle haben es gesehen, aber es war Ihr Job, ihn auszuschalten, stattdessen zögerten Sie.«

»Etwas war merkwürdig.«

»Geht es auch genauer?«

»Er sagte seltsame Dinge, wirkte irgendwie friedlich.«

»Was hat er gesagt?«

Kaia wiederholte die wenigen Worte. Als sie endete, stieß Goya ein Zischen aus.

»Sind Sie nicht auf die Idee gekommen, dass sich sein Gehirn bereits in einem Zustand der Zersetzung befand?«

Kaia wollte antworten, sagen, dass Fraser nicht verwirrt, sondern nachdenklich gewirkt hatte, doch der Kommandant hob die Hand, als sie den Mund öffnete.

»Haben Sie sichtbare Anzeichen der Verwandlung gesehen?«

»Ja, Sir. Seine Augen waren blutunterlaufen, aber –«

»Was heißt das?«

»Fraser hatte den kritischen Zustand erreicht.«

»Trotzdem haben Sie nicht sofort geschossen?«

Es klang nicht wie eine Frage.

»Sir, ich war verwirrt …«

»Offensichtlich.«

»Was er sagte, klang …«

»Ja?«

»Ich kann es nicht in Worte fassen, Sie hätten dabei sein müssen. Es selbst hören.«

»Kaia, ich verstehe, dass es nicht einfach ist, ein Wesen zu töten, das einmal ein Mensch war, aber die Sicherheit aller in der Sicherheitszone hängt davon ab, dass wir uns vor den Mutierten schützen. Sie sind irgendwo da draußen und eines Tages werden sie kommen, sich holen, was unser ist, und alles niedermachen. Dann wird die Menschheit, wie wir sie kennen, nicht mehr existieren. Wir sind die Letzten. Seit Jahren herrscht Stille auf der Welt. Keine Nachrichten von anderen Kontinenten. Keine Nachrichten aus anderen Teilen unseres Landes. Mit uns gehen Tausende Jahre der Zivilisation unter. Kunst, Kultur, all die Errungenschaften der Wissenschaft und Technik, die Geschichte der Menschheit, nichts wird bleiben. Es wird sein, als hätte es Homo sapiens niemals gegeben.« Goya öffnete die Hände, machte eine fast schon verzweifelte Geste, die an ein Flehen erinnerte. »Dieser Planet wird in Dunkelheit fallen, für alle Zeit.«

»Ich verstehe das, Sir und es tut mir leid …«

»Für Entschuldigungen gibt es in unserer Situation keinen Raum. Nicht nur, dass Sie versagt haben, Sie haben sich auch dem direkten Befehl zur sofortigen Rückkehr widersetzt. Sich selbst und das Ihnen anvertraute Material in Gefahr gebracht.«

»Ich hatte das Gefühl, Fraser begraben zu müssen. Er war lange Zeit einer von uns. Ich wollte ihn nicht im Dreck liegen lassen.«

Goya wandte sich ab. Blickte auf den im Tisch eingelassenen Bildschirm.

»Ich suspendiere Sie vom Dienst. Geben Sie Ihre Waffe und Ihre Munition ab. Bis auf Weiteres fahren Sie nicht hinaus. Sollte es Vorfälle geben, wird Iceman den Job übernehmen.«

»Sir …«

»Wegtreten! Und noch was: Wagen Sie es nicht mehr, dieses Vieh mit in die Zentrale zu bringen. Sonst lasse ich es erschießen.«

Kaia verließ die Zentrale und fuhr zurück zum Strandhaus. Kurz dachte sie daran, dass es in diesem Moment schön wäre, zu jemandem zurückzukehren. Licht hinter den geschlossenen Jalousien zu sehen und zu wissen, dass es einen Menschen gab, der auf sie wartete.

Sie biss sich auf die Lippen. *So ist es nicht und wird es nie sein. Das weißt du.*

Das Haus war leer, wenig einladend und der Strom war ausgefallen. Kaia entzündete zwei Kerzen, dann gab sie dem Wolf Futter und Wasser. Als sie aus dem Kühlschrank ein lauwarmes Bier nahm, entdeckte sie eine kleine blaue Wüstenblume auf der Anrichte. Daneben einen Zettel.

*Alles Gute zum Geburtstag, Little Monkey*

Hayes war da gewesen. Schon immer hatte er sie *kleiner Affe* genannt. Nun war er wieder fort und sie hatte nicht mit ihm gesprochen.

Ohne es verhindern zu können, begannen ihr Tränen die Wangen herabzurollen. Stumm biss sie die Zähne zusammen, bis der Anflug von Einsamkeit verging.

Dann trank sie das Bier aus.

# 7.

*Heute, Jahr 2169, USA, Sicherheitszone*

Kaia erwachte mit einem bitteren Geschmack im Mund. Im Raum lag der Geruch von altem Schweiß, Dreck und Niedergeschlagenheit. Am Abend zuvor hatte es keinen Strom gegeben. Also auch kein Wasser und somit keine Möglichkeit zu duschen. Das war jetzt anders, der alte elektronische Wecker auf einem Stuhl neben ihrem Kopf klackerte fröhlich vor sich hin. Natürlich zeigte er nicht die richtige Zeit an, das tat er niemals, denn Kaia hatte es längst aufgegeben, ihn jeden Tag mindestens zweimal neu zu stellen.

Mit einem Ruck richtete sie sich auf und stieg aus dem Bett. Sie stieß mit ihren Füßen gegen weiches Fell. Storm.

»Na, Langschläfer?«

Der Wolf erhob sich. Streckte die Hinterbeine durch und tappte in die Küche, wo er mit vorwurfsvollem Blick vor seinem Futternapf stehen blieb. Kaia ging ihm hinterher, füllte einen Napf mit Trockenfutter und den anderen mit frischem Wasser. Dann lief sie ins Bad.

Das Wasser der Dusche war nur lauwarm, da der Boiler nicht genug Zeit zum Aufheizen gehabt hatte. Als sich

Kaia das Shampoo aus den Haaren spülen wollte, wurde es eiskalt.

Sie fluchte laut und … fühlte sich besser. Zumindest war sie jetzt wach.

Mit einem Handtuch um den Kopf und einem Badetuch um den Körper gewickelt, setzte sich Kaia an den Tisch. Der Toast war alt und trocken, aber nach dem Aufbacken mit Erdnussbutter beschmiert war er zumindest genießbar.

»Wir müssen heute in die Stadt, Vorräte besorgen«, sagte sie laut zu Storm, der sie jedoch im Moment nicht beachtete. »Ich hoffe, wir laufen nicht Goya oder einem seiner Handlanger über den Weg, sonst wird es bitter für uns. Seine Ansage war klar und wir wissen ja, besonders flexibel ist er nicht in seiner Einstellung zum Thema Befehlsverweigerung.«

Kaia grinste. So ein bisschen Rebellion tat ihr gut, aber gleich darauf wurde sie wieder ernst. Sie musste heute versuchen Hayes zu finden, und das konnte schwierig werden, denn auch wenn die Stadt, die ganze Welt unterging, Bars hatten nach wie vor geöffnet, verkauften billigen, selbst gebrannten Schnaps und noch billigeres gepanschtes Bier. Goya und der Stadtrat sahen weg, denn ohne Alkohol ging in der Zone gar nichts.

*Vielleicht halten sie auch die Hand auf und lassen sich schmieren.*

Letztendlich war es egal. Kaia selbst trank keine harten Sachen. Niemals. Ein, zwei Bier waren okay, mehr jedoch nicht. Sie hasste Schwäche an sich selbst, und der Gedanke, die Kontrolle über ihren Körper zu verlieren, erzeugte Schauer auf ihrem Rücken.

Storm kam heran, legte seinen Kopf auf ihren Schoß. Kaia kraulte ihn hinter den Ohren und der Wolf schloss genussvoll die Augen.

*Mein stummer Bruder. Du bist der Einzige, dem ich vertraue. Okay, Hayes auch noch und Adam ein wenig, aber sonst gibt es da niemanden.*

Ihre seltsame Familie, ein alter Säufer, ein riesiger Wolf und ein Junge, der an Diabetes litt.

Das brachte sie zu der Frage, wie es Adam ging. Am Vortag hatte er nicht gut ausgesehen. Sie hoffte, es war ihm oder seinen Eltern gelungen, Insulin aufzutreiben.

*Besser, ich schaue mal nach.*

Kaia erhob sich. Schlüpfte in Slip, Cargohose und ein schwarzes T-Shirt und zog die schweren Stiefel an. Sie kramte die Lebensmittelmarken dieses Monats aus der Schublade und steckte sie ein. Mit etwas Glück würde sie dafür heute etwas Essbares auftreiben und mit noch mehr Glück einen Ochsenknochen für Storm. Kaia kannte jeden Stand auf dem Markt und seinen Besitzer und sie kannte die dunklen Gassen, in denen man den Rest besorgen konnte. Sie schnallte sich die Automatik an den Oberschenkel, griff nach den Fahrzeugschlüsseln und ging hinaus in die Sonne.

Es war noch nicht heiß, trotzdem spürte sie die kommende Hitze des Tages. Kaia blinzelte gegen die Helligkeit an, schloss die Tür hinter sich und marschierte zum Pick-up hinüber. Nachdem Storm auf der Ladefläche Platz genommen hatte, öffnete sie das Tor und rollte langsam hinaus.

Das Haus der Winters lag am Ende des Strandes. Etwas zurückgesetzt von der Straße wirkte es baufällig wie alles andere in der Gegend. Zwei Stockwerke, ehemals weiße Farbe, die nun in großen Fladen von der Fassade blätterte. Ein alter, knochiger Schaukelstuhl wippte knarrend im Wind, der vom Meer heranstrich. Kaia hielt in einer Staubwolke an und stieg aus, als sie sich gelegt hatte. Vor dem Fliegengitter blieb sie stehen und klopfte an den Holzrahmen der Tür.

Nichts.

Stille. Kein Laut drang heraus.

»Mrs Winter«, rief sie. »Mr Winter? Adam? Ist jemand da?«

Ein schwaches Krächzen war die Antwort.

»Adam? Bist du das?«

Wieder dieser Laut.

»Ich komme rein, okay?«

Diesmal blieb eine Antwort aus.

Sie fand Adam in seinem Zimmer. Licht fiel in Streifen durch die Fensterläden. Unzählige alte Filmplakate pinnten an den Holzwänden. Der Geruch nach Krankheit schwebte in der Luft.

Adam selbst lag auf dem Bett. Sein Oberkörper war frei, ebenso schweißbedeckt wie das gerötete Gesicht. Der Rest war von einem durchgeschwitzten Bettlaken bedeckt. Hier drin war es hell genug, um sofort zu erkennen, dass es Adam sehr schlecht ging. Dass es ernst war.

Seine Augen waren geschlossen. Der Atem ging keuchend. Die linke Hand lag auf seinem Brustkorb, der sich hektisch hob und senkte. Kaia trat ans Bett, nahm die Hand und setzte sich zu ihm.

»Adam?«

Er öffnete die Lider.

»Mann, was ist los mit dir?«

»Bin nicht so fit heute.«

»Hast du kein Insulin bekommen?«

Er schüttelte schwach den Kopf. »Meine Eltern sind unterwegs, versuchen etwas aufzutreiben, aber wir haben fast nichts mehr zum Tauschen.«

Kaia bemerkte seine trockenen, rissigen Lippen. »Wann hast du das letzte Mal etwas getrunken?«

»Weiß nicht«, kam es krächzend zurück.

»Warte.«

Sie ging in die Küche, nahm ein Glas aus dem Schrank und füllte es mit Wasser. Kaia musste Adam den Kopf stützen, damit er trinken konnte. Danach sah er etwas besser aus. Kaia verließ erneut den Raum, befeuchtete ein Geschirrtuch und tupfte ihm den Schweiß von der Stirn. Adam glühte regelrecht.

»Hast du Fieber?«

»Keine Ahnung. Das Thermometer ist seit Jahren kaputt.«

»Sollen wir den Arzt holen?«

Er lachte. Es klang wie ein Würgen. »So weit raus fährt er nicht, und was würde es ändern? Ich weiß ja, woher meine Probleme rühren, und Insulin hat er auch nicht.«

»Du hast recht, war dumm von mir, das zu sagen«, gab Kaia zerknirscht zu.

»Ist schon okay. Wird wieder besser werden.«

*Nein, wird es nicht. Ohne Insulin stirbst du.*

»Wie läuft es bei dir?«, fragte Adam.

Kaia beschloss, ihm nichts von der Suspendierung zu erzählen. »Ganz okay.«

»Dann ist ja gut.«

Von draußen klang das Geräusch eines Motors, der kurz darauf abgestellt wurde. Autotüren schlugen zu. Adams Eltern waren zurück.

Kurz darauf standen seine Mom und sein Dad im Zimmer. Ihre Mienen waren ernst. Als sie sahen, dass Kaia sich um ihren Sohn gekümmert hatte, lächelten beide schwach.

»Haben Sie was auftreiben können?«, fragte Kaia.

Mr Winter schüttelte den Kopf. »Wir hatten nur meine alte Armbanduhr zum Tauschen. Der Typ hat gelacht und den Ärmel seiner Jacke hochgezogen. Er hatte schon zehn Uhren und meine war nicht einmal besonders wertvoll.«

»Wo war das?«, fragte Kaia.

»In der Kennedy Street. Der Kerl heißt Maloy, betreibt dort eine kleine Apotheke. Aber diese Art von Geschäften macht er im Hinterzimmer.«

Adams Mutter stieß einen Schluchzer aus. »Es tut mir so leid.«

Adam sah sie an. »Muss es nicht. Ist schon okay. Ich packe das auch so.«

Sie trat heran und Kaia erhob sich, um ihr Platz zu machen.

»Ich geh' dann, Adam. Wenn es in Ordnung ist, komme ich später noch mal vorbei.«

»Versprochen?«

»Klar.«

Sie nickte seinen Eltern zu und verließ das Haus.

# 8.

*Heute, Jahr 2169, USA, Sicherheitszone*

Sie fand Maloy in seiner Apotheke. Hochgewachsen, so dürr, dass der verschmutzte weiße Kittel an ihm schlotterte. Sein Gesicht erinnerte an einen Raubvogel. Kaia zuckte innerlich zusammen, als sich der Blick seiner wässrig blauen Augen auf sie richtete.

»Kann ich dir helfen, Mädchen?«

»Haben Sie Insulin?«

»Das gibt es nur auf staatliche Anordnung und nein, habe ich nicht. Die Bestände sind seit Monaten leer.«

»Ich habe etwas anderes gehört.«

»So, hast du das? Und jetzt verpiss dich, ich habe zu tun.«

Kaia zog ihre Automatik aus dem Oberschenkelhalfter.

»Hey, hey, hey, wer wird denn gleich so unfreundlich werden.«

Sie knallte die Waffe auf die Ladentheke. »Wie viele Dosen kriege ich dafür?«

Maloy zögerte kurz, dann hatte er sich wieder gefangen.

»Darf ich?« Er nahm die Waffe in die Hand, drehte sie hin und her. »Eine Desert Eagle. Ich denke, aus der Produktion der frühen Zweitausender. Sehr selten. Wer sagt mir, dass du mich nicht reinlegen willst, und gleich stürmt hier ein Trupp Sicherheitsbeamter durch die Tür?«

»Ich würde das Geschäftsrisiko nennen.«

»Hast du das Ding geklaut?«

»Und wenn es so wäre?«

»Würde es mich nicht kümmern.«

»Also, wie viele Dosen?«

»Welcher Diabetes Typ?«

»Typ eins.«

»Wie alt ist der Patient und wie viel wiegt er?«

»Seine Eltern waren heute Morgen hier. Mit einer Armbanduhr zum Tausch.«

»Ah, ich erinnere mich. Verzweifelte Leute. Und jetzt haben sie dich geschickt.«

»Niemand hat mich geschickt.«

»Hast du Patronen für die Knarre?«

»Sie ist voll geladen.«

Maloy ließ das Magazin aus der Automatik herausfallen, überprüfte ihre Angaben. Ohne Munition war die Waffe lediglich die Hälfte wert.

»Ich gebe dir sechzehn Ampullen.«

»Fünfundzwanzig.«

Er schaut sie fast nachdenklich an. »Zwanzig, mein letztes Wort.«

Kaia schnaubte. »Deal, aber Sie tun mir einen Gefallen.«

Maloy hob die Augenbrauen, sagte jedoch nichts.

»Sie fahren das Zeug jetzt sofort zu dem Patienten. Ich gebe Ihnen die Adresse. Ich muss weitere Besorgungen machen und habe keine Zeit. Adam braucht das Insulin und Sie legen ein paar saubere Spritzen drauf. Ich weiß nicht, ob er noch welche hat.«

»Wir bieten keinen Lieferservice an und Spritzen kosten extra.«

»Jetzt schon und Sie packen alles ein, was ich Ihnen gesagt habe, denn mit einem haben Sie recht: Ich arbeite für die Sicherheitszentrale. Nichts hält mich davon ab, Ihr kleines Geschäftsmodell auffliegen zu lassen. Bei der Verhaftung bekäme ich auch meine Waffe wieder. Sie sehen also, es ist besser, mich nicht zu verarschen.«

Maloy hob beide Hände und lächelte. »Natürlich machen wir für besondere Kunden Ausnahmen. Ich werde selbst alles vorbeibringen.«

Kaia griff sich einen Zettel von der Theke und kritzelte die Adresse der Winters darauf. Maloy nahm ihn schweigend entgegen.

»Es eilt.«

Als sie die Ladentür öffnete, erhob sich Storm aus dem Schatten, in dem er gewartet hatte.

»Du bist das«, rief Maloy hinter ihr. »Das Mädchen mit dem Wolf. Ich habe von dir gehört. Komm bald wieder, ich verkaufe noch viele interessante Dinge. Medikamente, Drogen, Aufputschmittel. Alles, was du willst.«

Kaia zeigte ihm den Mittelfinger, ohne sich umzudrehen.

Bevor sich Kaia auf die Suche nach Hayes machte, ging sie auf den alten Markt an der Baker Street. Wie an jedem Tag, so hatten auch heute Händler und die Bauern aus der Umgebung ihre Stände aufgebaut und boten Lebensmittel, Handwerkskunst und Reparaturen aller Art an. Es war ein buntes Treiben und das Summen unzähliger Unterhaltungen schwebte über dem Markt. Es roch nach Obst, Gemüse, Kräutern, getrocknetem Fisch und Gewürzen.

Hier schien das Leben noch in Ordnung zu sein, aber Kaia wusste, dass dieser Eindruck täuschte. Viele Lebensmittel gab es nicht mehr und der Rest war teuer. Südfrüchte hatte sie seit Jahren nicht gesehen. Rindfleisch war kaum zu bezahlen, da die meisten Farmer zur Haltung von Schafen und Ziegen übergegangen waren, die die Hitze in Zeiten des Klimawandels deutlich besser vertrugen.

Kaia fasste in die Hosentasche und zog die zerknitterten Lebensmittelmarken heraus. Viel würde sie dafür nicht bekommen und das mit dem Knochen für Storm war mehr als fraglich.

Während sie über den Markt schlenderte und die friedliche Atmosphäre genoss, trabte der Wolf einen Schritt hinter ihr. Sobald die Menschen ihn entdeckten, wichen sie ängstlich zur Seite. Kaia machte sich erst gar nicht die Mühe zu sagen, dass ihr vierbeiniger Freund ihnen nichts tat, denn so war es nicht. Wenn ihr oder Storm jemand zu nahe kam und der Wolf es als Bedrohung auffasste, schnappte er zu. Schnell und unbarmherzig. Es war also besser, die Menschen gingen ihm aus dem Weg, damit es nicht zu Missverständnissen kam.

An einem Stand kaufte Kaia Salz und Pfeffer, an einem anderen Karotten, eine Stange Lauch und getrocknete Nudeln. Sie erwarb Streichhölzer und eine kleine Gaskartusche für ihren Campingkocher. Der Kaffee war zu teuer und die Milch würde schlecht werden, bis sie heute wieder nach Hause kam.

Kaia stopfte alles in einen Beutel, den sie stets bei sich trug. Nach weiteren Besorgungen befahl sie Storm, vor einem großen alten Gebäude zu warten, und ging in die Markthalle.

Hier war es kühler. Alte verrostete Klimaanlagen ächzten gegen die Hitze an, die von draußen hereindrang. Der metallische Geruch von Blut lag in der Luft. Kaia zog ihr Halstuch über die Nase und hielt auf den ersten Stand zu. Hinter dem großen Klapptisch, auf dem Fleischstücke von unterschiedlichen Tieren lagen, ragte ein Berg von einem Mann auf. Glatzköpfig, mit einem Hals, den Kaia auch mit beiden Händen nicht hätte umspannen können. Fett, aber mit gütigen Augen und immer einem freundlichen Ausdruck im Gesicht. Vielleicht zehn Jahre älter als sie.

»Hi, Mädchen«, brummte er.

»Guten Morgen, Joe. Sieht gut aus.«

Dicke Fliegen summten in der Luft, manche landeten auf der Ware oder den kleinen Blutlachen darunter. Kaia musste würgen.

Joe Beerman lachte dröhnend. »Ja, bei dem Anblick läuft einem das Wasser im Mund zusammen, aber ich weiß: Fleisch ist nicht so deins. Du willst mir doch bestimmt wieder einen Knochen für deinen Wolf billig abschwatzen.«

Kaia zog das Halstuch herunter und grinste. »So ist es.«

Sie öffnete ihren Beutel und zeigte Beerman, was sie hatte.

»Irgendetwas dabei, das du gebrauchen könntest?«

»Kein Kaffee?«

»Nein.«

Der dicke Mann schüttelte den Kopf. Kaia sah ihre Chancen schwinden.

»Wusstest du, dass man vor der Katastrophe künstliches Fleisch aus Soja und allem möglichen anderen Kram hergestellt hat?«

»Nie davon gehört.«

»Soll ganz gut geschmeckt haben.« Er ließ seine riesige Pranke auf den Verkaufstisch krachen. Mehrere Fleischstücke hüpften in die Luft und für einen Moment war der Tisch fliegenfrei. »Das Original ist immer noch am besten.«

»Okay, Joe, ich geh' dann mal.«

Beerman breitete die Arme weit aus. »Nicht so schnell, kleine Lady. Ich habe nicht gesagt, dass ich dir nichts gebe.«

»Aber ich habe –«

»Nennen wir es einen Kredit. Du bezahlst einfach beim nächsten Mal.«

Er fasste nach einem Knochen, an dem noch blutige Fleischfetzen hingen, wickelte ihn in eine alte Zeitung und reichte ihr das Paket.

Kaia starrte ihn an. Beerman hatte ihr noch nie etwas kostenlos gegeben. Woher der plötzliche Sinneswandel? Aber sie entschloss sich, das Geschenk anzunehmen.

»Danke, Joe. Das ist nett.«

»Kein Thema.« Als sie sich umdrehte, sagte Joe unvermittelt: »Das Kino an der Ecke hat wieder aufgemacht. Sie zeigen dort alte Filme, wenn du mal Lust hast … Ich könnte uns Karten besorgen.«

Kaia zuckte zusammen.

*Wusste ich es doch.*

»Nein danke, Joe. Kino ist nicht so mein Ding.«

»Ich verstehe.« Beerman wirkte bedrückt. »Das war ohne Hintergedanken, einfach so. Seit Mary gestorben ist, bin ich viel allein, und du hast doch auch niemanden. Da dachte ich …«

»Bin nicht so der gesellige Typ.«

Sie wollte ihm das Paket zurückgeben, aber Beerman hielt beide Hände abwehrend vor sich.

»Behalt es, so war es nicht gemeint.«

»Dann danke ich dir.«

»Vielleicht überlegst du dir das mit dem Kino noch einmal. Wäre nur für ein paar Stunden und würde uns sicher guttun. Denk darüber nach.«

»Mache ich.«

Draußen vor der Halle setzte sie sich zu Storm in den Schatten und wickelte den Knochen aus. Er war nicht besonders groß, aber Kaia hatte keine Lust, das blutige Stück bei der Hitze durch die Gegend zu schleppen.

Storm erhob sich und beschnüffelte den Knochen, dann fasste er vorsichtig zu und zog sich in eine Ecke zurück. Kurz darauf waren Knack- und Knirschgeräusche zu hören.

Kaia griff in ihre Hosentasche und zog eine kleine Blechdose heraus. Während Storm an seinem Knochen nagte, drehte sie sich einen Joint und rauchte ihn langsam. Den Stummel packte sie wieder ein, den restlichen Tabak und den Stoff darin würde sie später herauskrümeln und im nächsten Joint verbauen.

Als Storm den Knochen komplett gefressen hatte, erhob sich Kaia und ging quer über den Markt in die finsteren Gassen der Stadt. Die Häuser standen eng beisammen, sodass die Sonne kaum den Boden erreichte. Hier war es nicht so heiß wie draußen auf dem Markt, aber immer noch drückend und deutlich schmutziger. Abfall und Unrat lagen überall herum. Es roch nach saurer Fäulnis und Pisse.

Die erste Bar war das *Blue Flamingo*, ein heruntergekommener Laden, über dem die defekte Neonbeschriftung schief hing. Kaia schluckte kurz, dann öffnete sie die Tür und hielt sie so lange offen, dass auch Storm hineinschlüpfen konnte.

Drinnen war es nicht besser als draußen. Das schummrige Licht der Barbeleuchtung fiel auf eine lange Theke und einige Tische und Stühle. Alles abgewetzt, alles hatte seine beste Zeit hinter sich. Drei Typen, die aussahen, als wären sie ihre eigenen Großväter, hockten an der zerkratzten Holztheke und starrten in ihre Gläser, als könnten sie darin die Antworten auf die großen Fragen des Lebens finden. Hayes war nicht dabei.

Tiller, der Besitzer des Schuppens, stand hinter der Theke und putzte mit einem schmutzigen Tuch Gläser, die dadurch keinen Deut sauberer wurden. Ein Mann in den Fünfzigern mit blonden fettigen Haaren, die ihm bis auf die Schultern reichten, und einem Rattengesicht.

Kaia kannte ihn. Sie war bereits mehrfach hier gewesen, um den betrunkenen Hayes nach Hause zu bringen. Tiller war okay, mehr auch nicht. Sie hasste die schmierige Art, mit der seine Blicke über ihren Körper wanderten. Auch heute glotzte er ihr auf die Brüste.

»War Tom hier?«

Tillers Augen wurden zu Schlitzen. Kaia hatte keine Ahnung, was ihn an der Frage störte.

»Nein.«

»Was heißt das? Heute nicht oder auch gestern oder die ganze Woche nicht?«

»Hab ihn seit Tagen nicht gesehen.«

»Okay, hast du eine Ahnung, wo er abhängen könnte?«

»Sehe ich aus wie seine Mutter?«

Die drei Typen an der Theke kicherten. Kaia schickte ihnen einen finsteren Blick und sie schwiegen.

»Hunde sind hier drin nicht erlaubt«, meinte Tiller. »Das weißt du.«

»Und du weißt, dass es kein Hund ist. Also nerv mich nicht. In deinem verdreckten Laden spielt es keine Rolle, wer oder was hier reinspaziert. Abgefuckter kann es kaum werden.«

»Besser, du gehst jetzt, Kleine.«

»Hatte ich eh vor, aber du solltest nicht auf die Idee kommen, mir drohen zu können.«

»Wie ich sehe, hast du deine große Knarre nicht dabei.« Er fasste unter den Tisch und zog einen Revolver, den er vor sich auf die Theke legte.

Storm trat neben Kaia und richtete sich zu voller Größe auf. Sein dunkles Knurren wanderte durch den Raum. Es klang wie ferner Donner.

Kaia betrachtete Tiller ruhig. »Alles klar. Versuch danach zu greifen. Der Wolf geht dir an die Kehle, bevor du die Hand auch nur fünf Zentimeter bewegt hast.«

Langsam zog er die Hand zurück.

»Wenn du Tom siehst, sag ihm, dass ich ihn suche«, sagte sie.

»Sehe ich aus wie *deine* Mutter?«

»Tiller, sag es ihm einfach, okay? Sei mal für fünf Minuten kein Arschloch. Es ist wichtig.«

Er nickte.

»Danke.«

»Kein Problem.«

Die nächste Bar war das *6th Street Café*, wobei der Name nichts mit der Spelunke zu tun hatte, denn eines gab es dort drin mit Sicherheit nicht – Kaffee. Hank Bayhem, der Barmann, Besitzer und Mutter aller Säufer, saß auf einem Barhocker hinter der Theke. Er trug trotz der Hitze einen braunen Samtanzug, dessen Jackett über seinem Bauch spannte. Das und der weiße Haarkranz, der sich um seinen Schädel zog, ließen ihn wie einen Mönch aussehen. Eine seiner buschigen Augenbrauen hob sich, als Kaia die Bar betrat. Dann fiel sein Blick auf Storm, aber er sagte nichts.

»Hallo Hank.«

»Er ist nicht hier.«

Gegen ihren Willen musste Kaia lachen. »Woher weißt du, was ich will?«

»Sicherlich keinen Drink. Du tauchst hier nur auf, wenn du deinen Stiefvater suchst.«

»Er ist nicht mein Stiefvater, sondern einfach Hayes.«

»Und trotzdem nicht da. Hab ihn seit Tagen nicht gesehen. Ist erstaunlich, normalerweise schaut er mittwochs vorbei.«

»Was ist da? Bingo-Abend? Happy Hour? Oder machst du neuerdings Table Dance?«

Er grinste breit und klopfte auf seinen Wanst. »Keineswegs. Ich muss auf meine Figur achten, man nimmt ja so leicht ab.« Dann lachte er dröhnend. Als sich Bayhem beruhigt hatte, sagte er: »Mittwochs spielt Mary Lou Brighton hier alte Songs auf der Gitarre und singt dazu. Sie ist keine Dolly Parton …«

»Wer?«

»… aber sie macht es nicht schlecht. Sie und Tom trinken ab und zu danach etwas zusammen und manchmal auch die ganze Nacht durch.«

»Was willst du mir damit sagen?«

Bayhem öffnete unschuldig die Hände. »Ich? Nichts?«

»Du meinst also, er könnte bei ihr sein? Haben die was miteinander?«

»Keine Ahnung. Frag ihn selbst danach.«

»Okay, wo finde ich diese …«

»Mary Lou Brighton.«

»… Dame?«

»Man sagt, sie habe unten an den Docks einen kleinen Laden, in dem sie alles Mögliche verhökert. Ich war noch nie dort. Frag dich einfach durch.«

»Okay, danke. Zuvor will ich noch zwei andere Kneipen besuchen und mal bei ihm zu Hause vorbeischauen.«

»Warst du noch nicht dort?«

»Nein. Hayes ist normalerweise überall zu finden, nur nicht in seinen eigenen vier Wänden.«

Bayhem nickte. »Wenn er so weitermacht, wird das kein gutes Ende nehmen.«

»Ich weiß, aber du kennst ihn ja. Stur wie ein Maulesel. Man kann sagen, was man will, die Sauferei gewinnt immer.«

»Tja, und irgendwie lebe ich von solchen Typen.«

Es klang aufrichtig, fast bedauernd.

»Wenn er nicht bei dir trinkt, dann woanders. Hier ist das Zeug nicht ganz so schlimm gepanscht. Trotzdem ist die Bezeichnung Bier für die gelbe Brühe, die du ausschenkst, kaum zutreffend.«

Bayhem lachte erneut. »Setze ich selbst an. Hinten im Hof. Ich bin ein Künstler.«

Kaia sah ihn vorwurfsvoll an, sagte aber nichts.

»Willst du ein Glas Wasser?«

»Gern.«

Erst jetzt merkte Kaia, wie durstig sie war. Bayhem reichte ihr ein sauberes Glas und befüllte es aus einer Karaffe. Kaia trank in großen Zügen. Der Barbesitzer verschwand kurz und kehrte mit einer Wasserschüssel für den Wolf wieder. Storm machte sich sofort darüber her.

»Entschuldige die Sauerei«, sagte Kaia und betrachtete die Lache, die sich um die Schüssel bildete.

»Ist schon okay.«

»Ich geh dann mal. Danke für deine Hilfe.«

»Mach's gut.«

Draußen hatte die Hitze weiter zugenommen. Als Kaia die letzte der beiden Bars verließ, war sie vollkommen durchgeschwitzt. So langsam begann sie sich Sorgen zu machen.

Tom zog jede Nacht, eigentlich den ganzen Tag von Bar zu Bar, soff sich das Hirn raus und quatschte mit wildfremden Leuten über alten Zeiten.

Aber heute war er in keiner Bar und niemand hatte ihn in den letzten Tagen gesehen. Gegen jede Vernunft machte sich Kaia auf den Weg zu Hayes' Wohnung. Dort war er eigentlich nie, nicht mal zum Schlafen, aber sie versuchte es trotzdem.

Als sie die Stufen in dem mit Graffiti verschmierten Treppenhaus in den dritten Stock hochging, wusste sie bereits, dass es auch heute so war. Mit ihrem Zweitschlüssel öffnete sie die Tür und wurde von einem Schwall abgestandener Luft empfangen. Hier war seit Tagen nicht gelüftet worden.

Sie zog die Jalousien hoch und riss die Fenster auf. Im grellen Tageslicht sah alles noch viel schlimmer aus. Zerknitterte Klamotten, vollgestopfte Aschenbecher. Vertrocknete Lebensmittelreste auf schmutzigen Tellern. Es wirkte, als wäre ein Tornado durchs Zimmer gefegt, war aber der Normalzustand für Hayes, der sich schon lange nicht mehr um Äußerlichkeiten kümmerte.

Kaia stieß den Atem aus, dann ging sie ins Schlafzimmer. Der gleiche Anblick. Zu guter Letzt schaute sie im Badezimmer nach.

Tom war nicht da. Er lag auch nicht besoffen oder bewusstlos herum, sondern war irgendwie spurlos von der Bildfläche verschwunden.

Sie riss eine Seite aus einem alten Buch und hinterließ Hayes die Nachricht, sich unbedingt bei ihr zu melden.

Ihre düsteren Gedanken, ihm könnte etwas zugestoßen sein, hielten sich noch in Grenzen, denn am Tag zuvor war er ja in ihrem Haus gewesen, hatte die Blume und Geburtstagswünsche hinterlassen. Dennoch war es ungewöhnlich, dass ihn niemand in letzter Zeit gesehen hatte. Das war noch nie vorgekommen.

Ein merkwürdiges Gefühl breitete sich in ihrem Magen aus. Es fühlte sich an, als rollte ein Stein hin und her. Konnten die Sorgen um Tom sein, aber sie hatte auch schon lange nichts mehr gegessen und der verdammte Joint wirkte stärker als erwartet.

Kurz überlegte sie, ob sie Goya nach Hayes fragen sollte. Durch den Chip in seinem Hals konnte er keinesfalls komplett verschwinden, das war unmöglich. Aber der Kommandant war derzeit nicht gut auf sie zu sprechen, also verwarf sie den Gedanken wieder und versuchte sich damit zu beruhigen, dass ihr Mentor früher oder später sicherlich wieder auftauchen würde.

Jetzt war es Zeit, nach Adam zu sehen und zu überprüfen, ob Maloy das Insulin geliefert hatte.

# 9.

*Heute, Jahr 2169, USA, Sicherheitszone*

»Du hättest im Bett bleiben sollen«, sagte Kaia Stunden später vorwurfsvoll.

Adam, der neben ihr im Sand saß und zu den Sternen hochsah, schüttelte den Kopf.

»Es geht mir gut.« Er machte eine kurze Pause, dann sagte er: »Dank dir.«

»Schon okay.«

»Was hast du ihm dafür gegeben?«

»Ist das wichtig?«

»Für mich schon.«

Kaia lauschte dem Rauschen der Wellen. Sie atmete tief die salzige Luft ein, bevor sie sagte: »Die alte Knarre.«

»Was?«, rief er entsetzt aus.

»Ich brauche sie eigentlich nicht. Waffen bekomme ich vor jedem Einsatz von der Zentrale.«

»Aber sie war zu deinem Schutz. Du lebst hier draußen allein …«

Kaia nickte in Richtung Storm, der etwas entfernt im Sand lag und schlief.

»Trotzdem«, beharrte Adam. »Das hättest du nicht tun dürfen.«

Sie legte noch ein Holzscheit in das Feuer, das sie entzündet hatten. Funken stoben wie Glühwürmchen zum nachtschwarzen Himmel empor. Kaia sah ihnen wehmütig nach.

»Es war für einen Freund«, sagte sie leise. »Ich hatte nichts anderes zum Tauschen. Dieser Freund hätte das auch für mich getan, also muss darüber nicht gesprochen werden.«

Adam legte kurz seine Hand auf ihren Arm, drückte ihn leicht. »Danke.«

Schweigen.

Schließlich sagte Adam: »Die Menschen wollten mal zu den Sternen reisen und haben dabei die Welt vergessen, auf der sie leben. Nun wird daraus niemals etwas werden.«

»Vielleicht ist es besser so«, meinte Kaia. »Hätten wir andere Planeten erreicht, wäre dort das Gleiche wie auf der Erde geschehen. Wir hätten alles maßlos ausgebeutet und zerstört.«

»Ich kann nicht fassen, wie dumm sich die Menschen vor der Katastrophe verhalten haben. So, als gäbe es kein Morgen. Keinen nächsten Tag. Kein nächstes Jahr. Sie haben Milliarden dazu verdammt, im Dreck zu leben, und Milliarden sind für ihre Sünden gestorben. Das Virus ist die Antwort der Natur auf dieses Verbrechen. Es soll uns ausrotten, vom Antlitz der Erde fegen.«

»Sehe ich auch so«, sagte Kaia. »Goya und die anderen versuchen etwas aufzuhalten, das nicht aufzuhalten ist. Wir können nicht gewinnen. Wir wissen nicht mal, ob da draußen noch etwas außer uns ist. Die Welt ist leer geworden.«

»Nein, das stimmt nicht«, widersprach Adam. »Sie ist *anders* geworden. Die Natur wird es immer geben, in irgendeiner Form, nur uns nicht mehr.«

»Denkst du, dass die Mutierten etwas fühlen können?«

»Du meinst Schmerz?«

Sie schüttelte den Kopf. »Liebe. Hoffnung. Sehnsucht.«

»Nein, glaube ich nicht. Sie sind auf das Niveau von Tieren zurückgefallen. Für sie geht es nur noch um Fressen und Gefressenwerden, und nach allem, was man so hört, machen sie auch nicht vor ihrer eigenen Rasse halt. Aber so war das eigentlich schon immer, nur dass es jetzt keine Gesetze und Regeln mehr gibt, die diese Mordlust bändigen.«

»Ich habe noch nie einen Mutierten aus der Wilden Welt gesehen. Einen ohne Chip, der sich vollkommen verwandelt hat. Goya hat mir Aufnahmen von Drohnen gezeigt, aber die sind oft unscharf. Man erkennt bloß schemenhafte Gestalten darauf.«

Adam betrachtete sie. »Meine Vorgesetzten sagen, man solle sich nicht von ihrem primitiven Aussehen täuschen lassen. Sie seien durchaus in der Lage, moderne Technik zu nutzen, teilweise sogar, sie zu modifizieren.«

»Kann ich mir nicht vorstellen«, widersprach Kaia. »Auf der einen Seite wird ständig behauptet, sie seien nicht mehr als wilde Tiere, und gleichzeitig sagt man uns, sie können unsere Waffen und unsere Technologie gegen uns einsetzen. Wie soll das denn gehen? Entweder – oder? Bist du schon mal einem Schimpansen begegnet, der einen Computer bedienen kann?«

»Ehrlich gesagt, ich bin noch gar keinem Schimpansen begegnet, und du hast sicherlich recht: Einen Computer wird er nicht bedienen können, aber mit einem Maschinengewehr käme er vielleicht nach ein bisschen Herumprobieren zurecht.«

»Okay, war vielleicht nicht das beste Beispiel, aber warum in Teufels Namen muss unbedingt verhindert werden, dass den Mutierten unsere Chips in die Hände fallen? Da draußen gibt es keinen Strom, also sicherlich auch keine Technologie, um den Chip zu untersuchen oder zu kopieren. Das ist High Tech …«

»Wir wissen nicht, was da draußen noch ist«, gab Adam zu bedenken.

»Echt, Adam, das ist alles so verwirrend.«

»Ich weiß.«

»Es tut mir leid, dass ich dauernd davon anfange und jetzt auch noch den schönen Abend verderbe. Wir sollten einfach am Feuer sitzen und die warme Nacht genießen.«

»So bist du eben. Ich kenne dich nicht anders. Über alles machst du dir Gedanken. In der Schule hast du damit jeden genervt.«

Kaia verzog den Mund.

»Trotzdem konnte ich dich von Anfang an gut leiden«, fuhr Adam fort. »Dein erster Schultag. Du standest da, als hätte man dich dorthin geprügelt. Eine alte abgewetzte Ledertasche in der Hand, die gar nicht zu einem kleinen Mädchen passte. Neben dir dieser komische Mann mit dem harten Gesichtsausdruck und der größte Hund, den ich jemals gesehen hatte. Du hast so verloren gewirkt.«

»Ich kann mich erinnern. In der Pause bist du zu mir gekommen und hast dein Frühstücksbrot mit mir geteilt, weil Hayes vergessen hatte, mir etwas einzupacken. Es war das erste von vielen Pausenbroten. Ich bin schuld, dass du heute so wenig wiegst, und wahrscheinlich wärst du doppelt so groß geworden, wenn ich dir nicht alles weggefuttert hätte. Das Insulin hat nur einen kleinen Teil dieser großen Schuld beglichen.«

»Du warst mir nie etwas schuldig. Es hat mich stolz gemacht, dass du meine Freundin warst. Das tut es bis heute.«

Kaia nickte. Für einen Moment wusste sie nicht, was sie sagen sollte.

»Das Leben ist seltsam.« Er griff in den Sand und hob die Faust an. »Es ist wie dieser Sand, rinnt unaufhörlich durch unsere Finger, wir können nichts dagegen tun, aber vielleicht ist es so auch richtig.«

»Schwermütige Gedanken«, sagte Kaia.

»Du hast damit angefangen.« Adam grinste sie an. »Sollen wir schwimmen gehen?«

»Echt jetzt?«

»Klar.«

»Ich habe keinen Badeanzug und kein Handtuch zum Abtrocknen dabei.«

»Die Nacht ist warm. Früher sind wir immer nackt schwimmen gegangen.«

»Da waren wir Kinder.«

»Wer sagt, dass man so etwas nur tun darf, wenn man jung ist?«

»Niemand.«

Kaia zögerte. Dann sah sie, dass Adam verstand.

»Okay, trinken wir stattdessen eben noch ein Bier«, sagte er.

Sie spürte, dass sie ihn erneut verletzt hatte, konnte dagegen aber nichts tun.

*Warum ist alles immer so kompliziert?*

Ihre Hand fuhr durch den warmen Sand, so wie es zuvor Adams getan hatte.

*Nein, das ist es nicht.* Ich *mache es kompliziert!*

Sie sprang auf. Adam sah sie überrascht an, aber da schlüpfte sie schon aus ihrer Hose und zog das T-Shirt über den Kopf. Beides flog in hohem Bogen in den Sand. Nur in BH und Slip stand sie da, warf den Kopf in den Nacken, dann rannte sie los.

»Warte auf mich!«, rief Adam hinter ihr.

Aber sie stürmte schon in die Gischt, tauchte in die kühle Frische des Ozeans. Das dunkle Wasser schlug über ihrem Kopf zusammen und plötzlich war die Welt still.

So still.

Kaia machte ein paar Züge, dann tauchte sie auf und sog tief die Luft ein.

Adam, in weißen Boxershorts, hatte das Wasser ebenfalls erreicht. Er tauchte unter und neben ihr prustend wieder auf.

»Es ist herrlich«, sagte er.

Kaia sah ihn an. Sie konnte kaum seine Augen ausmachen, wusste aber, dass er sie anschaute. Ihr Blick wanderte zu dem gelben Streifen Licht, der das dunkle Meer teilte.

»Lass uns zum Mond und wieder zurück schwimmen«, sagte sie leise.

So war es in ihren Kindertagen gewesen.

»Ja«, flüsterte er.

Dann schwammen sie in die Dunkelheit hinaus.

Später, als sie sich voneinander verabschiedet hatten, saß Kaia allein auf der Veranda des Hauses, den Wolf zu ihren Füßen. Sie blickte zum Himmel auf und fragte sich, ob ihre Schwester Sarah zu einem der Sterne da oben geworden war, wie es eine alte Kindergeschichte behauptete.

Das Bier war alle, also trank sie Wasser. Vom Strand drang das Rauschen der Wellen zu ihr und für eine Sekunde war alles gut.

Kaia dachte an ihre Familie, versuchte sich die Gesichter ihrer Mutter, ihres Vaters und von Sarah ins Gedächtnis zu rufen, aber alles verschwamm. Es war so lange her und dennoch war sie in diesem Augenblick zufrieden. Storm seufzte im Schlaf. Seine Pfoten zuckten. Kaia fragte sich, ob er in seinen Träumen mit anderen Wölfen durch die Wildnis zog, jagte, liebte.

Plötzlich schnarrte das Funkgerät im Haus. Kaia zuckte bei dem unmelodischen Geräusch zusammen. Nur widerwillig erhob sie sich und ging hinein.

»Zentrale an 612. Melden Sie sich.«

Goyas Stimme. Hart und unerbittlich. Etwas Besonderes musste geschehen sein, wenn er selbst ans Funkgerät ging und die Sache nicht einem Operator überließ. Außerdem hatte er sie doch suspendiert.

»612 an Zentrale. Ich höre.«

»Kommen Sie augenblicklich in die Zentrale. Wir haben einen weiteren Fall von fortgeschrittener Verwandlung und diesmal ist es alles andere als einfach.«

*Das ist es nie*, dachte Kaia.

»Ist die Identität der Zielperson bekannt?«

Blöde Frage. Der Chip hatte längst alle Daten an die Zentrale übermittelt.

»Ja«, kam es zurück.

»Wer ist es?«

»Tom Hayes.«

# 10.

*Heute, Jahr 2169, USA, Sicherheitszone*

Goya schien nicht einmal die Uniform gewechselt zu haben, seit Kaia ihn zuletzt gesehen hatte, aber er wirkte sauber und zornig wie immer. Nur, dass man ihm diesmal Nervosität anmerkte. Mit großen Schritten ging er auf und ab, als Kaia die Kommandozentrale betrat. Goya war nicht allein im Raum. Zwei Operatoren saßen vor Bildschirmen und Iceman fläzte in einem Bürostuhl herum, einen Zigarettenstummel im Mund, auf dem er kaute.

»Sir!«, meldete sich Kaia und stellte sich vor den Kommandanten.

Auch wenn sie versuchte, äußerlich ruhig zu wirken, tobte ein Sturm aus Angst und Verwirrung in ihrem Inneren. Ihr war unglaublich schlecht und sie musste sich beherrschen, nicht vor Goya auf den Boden zu kotzen. Und irgendwie bekam sie keine Luft, was die aufkommende Panik noch unterstützte.

»Es ist nicht zu fassen«, begann Goya. »Ausgerechnet Hayes.«

Was meinte er damit? Tom hatte ein Alter erreicht, in dem eine Verwandlung wahrscheinlich wurde. Natürlich war es ein Schock, aber besonders für Goya sollte es nicht überraschend sein.

»Er hat uns alle ausgetrickst«, fuhr der Kommandant sie an. »Wie er das gemacht hat? Keine Ahnung.«

»Was meinen Sie, Sir?«

»Als Sie im Einsatz und wir alle durch Fraser abgelenkt waren, hat er sich aus dem Staub gemacht. Die Wachen am Tor haben ihn nicht aufgehalten, da Hayes behauptet hat, er fahre zu Ihrer Unterstützung raus. Da Sie kurz zuvor die Stadt verlassen haben, hat niemand Verdacht geschöpft.«

»Ich verstehe immer noch nicht … Hat der Chip seine Verwandlung gemeldet, oder nicht?«

»Es ist kompliziert. Als Hayes sich davonmachte, gab es noch keine Warnmeldung. Deshalb ist auch lange nicht aufgefallen, dass er weg war, aber vor einer Stunde tauchte sein Name in Sperrgebiet auf. Eine Position unmittelbar in der Nähe der Grenze zur Wilden Welt. Natürlich mit der Warnung, dass er dabei sei, sich zu verwandeln.«

»Sir, Entschuldigung, ich verstehe immer noch nicht …«

»Halten Sie den Mund!«, brüllte Goya so laut, dass alle im Raum, außer Iceman, zusammenzuckten. »Ich verstehe es selbst nicht. Entweder hat er wie Fraser etwas geahnt, nur viel früher, oder es ist reiner Zufall, dass er abhaut und kurz danach die Verwandlung eintritt.« Der Kommandant fuhr sich mit einer fahrigen Bewegung durch das schwarze Haar. »Tatsache ist: Hayes ist da draußen, sein Chip meldet uns, dass die Mutation eingesetzt hat, und wir müssen ihn stoppen, bevor er das Sperrgebiet verlässt.«

»Warum hat er es noch nicht verlassen?«, fragte Kaia.

»Was weiß ich denn? Vielleicht ist er verletzt, oder die Verwandlung ist so weit fortgeschritten, dass er beginnt, sich selbst zu zerfleischen. Sie und Iceman gehen jetzt da raus und lösen das Problem, bevor er sich wieder in Bewegung setzt.«

Kaia sagte nichts.

Goya trat einen Schritt an sie heran, beugte sich vor, bis seine Nasenspitze fast ihr Gesicht berührte. »Haben Sie damit ein Problem, Jäger?«

Sie schluckte trocken. »Sir, Sie wissen, wie ich zu ihm stehe.«

»Deswegen schicke ich Sie mit Iceman mit und lasse ihn das nicht allein machen. Falls etwas Unvorhergesehenes geschieht, wissen Sie am besten, wie sich Hayes verhalten wird.«

»Sir, ehrlich, ich brauche sie nicht. Mit Hayes komme ich klar«, sagte Iceman.

Goya fuhr herum. »Sie Idiot! Hayes, besoffen oder verwandelt, ist noch immer gefährlich. Mit einhundertprozentiger Sicherheit ist er bewaffnet und knallt Sie ab, bevor Sie von drei runtergezählt haben.«

Iceman lächelte selbstsicher. »Das wird ihm nicht gelingen.«

Der Kommandant wandte sich erneut an Kaia. »Sie gehen mit. Dieser Idiot da …« Er nickte in Icemans Richtung und sagte laut: »Versaut es mit Sicherheit. Von Ihnen will ich nur wissen: Sind Sie in der Lage, Hayes auszuschalten, wenn es so weit ist?«

Kaia holte tief Luft. Sie war es Tom schuldig, nicht zuzulassen, dass er zum Mutierten wurde, er hatte sie selbst ein Leben lang gejagt.

Sie nickte. »Ja, Sir.«

Ihr wurde wieder schlecht. Der Inhalt ihres Magens stieg auf und sie musste ihn hart herunterwürgen.

»Ist Ihnen nicht gut?«, fragte Goya misstrauisch. Anscheinend hatte er etwas mitbekommen.

»Nein, Sir. Alles in Ordnung.«

»Okay, volle Bewaffnung. Wir schicken zwei Drohnen raus, aber das wird nicht viel bringen, Hayes versteckt sich am Waldrand. Wahrscheinlich unter Bäumen, wo ihn die Drohnen nicht ausmachen können. Wir werden also keine Bilder haben, wenn Sie auf ihn treffen. Vermasseln Sie es nicht.«

Kaia sagte nichts dazu. Sie hatte kein gutes Gefühl. Irgendetwas stimmte hier nicht. Zwei Jäger und zwei Drohnen im Einsatz, um einen alten Mann auszuschalten, waren ein hoher Aufwand. Goya wollte auf Nummer sicher gehen, aber merkwürdig war es trotzdem.

»Du willst echt den Scheißwolf mitnehmen?«, fragte Iceman, nachdem sie sich beide in der Waffenkammer ausgerüstet hatten und nun vor ihrem Pick-up standen.

»Wo ich hingehe, geht er auch hin.«

»Fuck«, knurrte Iceman. »Also gut, ich fahre.«

»Einen Scheiß wirst du, das ist meine Karre.«

Der Jäger verzog unwillig den Mund. »Goya hat mir das Kommando gegeben.«

»Nicht über mein Auto.«

»Leck mich doch. Wir haben keine Zeit zu verlieren. Dann fahr du, aber das ist das letzte Mal auf dieser Mission, dass du nicht tust, was ich dir sage. Ist das klar?« Er starrte sie an.

»Jaja«, gab Kaia lustlos zurück. »Steig ein.«

Bevor Kaia den Motor startete, tippte sie die Zielkoordinaten ein. Diesmal würde sie nach Norden fahren. Laut GPS brauchten sie zwei Stunden, wobei das Navigationssystem von befahrbaren Straßen ausging. Am Ende würden es mehr als drei Stunden werden, da war sich Kaia sicher. Sie warf einen kurzen Blick nach hinten, doch wie immer war von Storm nichts zu sehen.

Dann fuhr sie los.

Zunächst hielt Iceman den Mund, aber nach einer Stunde Fahrt über holprige Straßen voller Löcher schien er seine Geselligkeit zu entdecken. Er fuhr den Beifahrersitz zurück und legte die Stiefel auf die Armaturen vor ihm.

»Ich hoffe, das ist okay.«

Kaia sagte nichts dazu.

»Wie ist er so?«, fragte Iceman.

»Wer?« Sie wusste, wen er meinte.

»Hayes.«

»Du kennst ihn.«

»Ja, aber nur so im Vorbeigehen. Ich war noch nie mit ihm draußen. Ist er wirklich so gut, wie alle sagen?«

Kaia sah ihn an. »Ist das eine ernst gemeinte Frage?«

»Ja, sag es mir.«

»Er ist der Beste.«

»Erzähl mal, was macht ihn so besonders?«

Sie dachte nach. Warum sollte sie Iceman sagen, wer Hayes wirklich war? Andererseits lenkte das Gespräch sie von ihren düsteren Gedanken ab.

»Früher ist er allein rausgegangen. Ich meine, nicht nur ins Sperrgebiet. In die Wälder. Dorthin, wohin niemand sonst sich getraut hat.«

»Was hat er da gemacht? Mutierte gejagt?«

»Das auch, aber ich glaube, er suchte etwas anderes. Vielleicht Vergebung. Vielleicht Erlösung für all die schlimmen Dinge, die er getan hat.«

»Klingt nicht nach dem harten Typen, von dem immer alle reden, als wäre er der Tod selbst.«

Kaia biss sich auf die Lippe. *Warum spreche ich mit diesem Arschloch? Er versteht ja doch nichts.*

Iceman lachte leise. »Ich denke, seine Zeit ist vorbei. Vielleicht war er mal wirklich gut, aber heute nicht mehr. Heute ist der Iceman das Maß aller Dinge.« Er tätschelte sein Gewehr. »Bald ist Hayes Geschichte.«

Zorn stieg in Kaia auf. All die Verzweiflung suchte sich einen Weg, und hier war er. Um Storm auf der Ladefläche nicht zu gefährden, bremste sie vorsichtig ab und hielt am Straßenrand.

»Raus!«, zischte sie.

Iceman sah sie verständnislos an. »Was?«

»Du verpisst dich, oder bei Gott: Ich knalle dich jetzt und hier ab.«

»Bist du bescheuert? Was soll der Scheiß?«

»So redest du nicht von Hayes! Dieser Mann ist tausendmal mehr wert als du Missgeburt.«

Kaia nahm ihr Gewehr aus der Halterung. Lud die Waffe durch und entsicherte sie. Dann richtete sie die Mündung auf Iceman, der im Licht der Armaturen bleich wie ein Geist wirkte.

»Hör auf damit«, sagte er mit zusammengebissenen Zähnen.

»Raus. Ich hol dich auf dem Rückweg wieder ab, wenn alles erledigt ist.«

»Goya reißt dir die Augen aus.« Er deutete mit dem Finger durch die Windschutzscheibe. »Dort draußen sind zwei Drohnen, die uns im Blick haben.«

»Mir doch egal.«

Der Lauf der Waffe rührte sich nicht.

Iceman seufzte. Dann sagte er: »Tut mir leid. Ich hätte so Zeug nicht über Hayes sagen sollen.«

Kaia schwieg.

»Was noch?«, begehrte er auf. »Ich habe mich entschuldigt. Lass uns weiterfahren. Wir beide bekommen mächtig Ärger, wenn wir das nicht gemeinsam durchziehen.«

Da hatte er zweifellos recht, aber das kümmerte Kaia in diesem Moment nicht. Sie hatte allerdings auch nicht vor, Iceman zu erschießen, und dieses Arschloch wusste das. Also sicherte sie die Waffe und steckte sie in die Halterung zurück.

Als sie den Gang einlegte, schaute sie Iceman noch einmal an.

»Ab jetzt hältst du die Schnauze!«

# 11.

*Heute, Jahr 2169, USA, Sperrgebiet*

»Wir sind da«, sagte Kaia, schaltete die Scheinwerfer aus und ließ den Wagen an den Straßenrand rollen. Es war noch dunkel, aber die Morgendämmerung zeichnete bereits einen grauen Schleier über die hohen Bäume vor ihnen. Irgendwo dort war Hayes. Die Zentrale hatte kurz zuvor gemeldet, dass ihr Ausbilder sich noch an Ort und Stelle befinden musste.

Fast schien es, als wartete Tom auf etwas. Worauf? Sie hatte keine Ahnung.

Kaia wusste nicht, ob sie wollte, dass er tiefer in den Wald floh, dorthin, wo er sicher vor ihnen war, denn andererseits konnte sie auch nicht zulassen, dass er vollständig mutierte. Sie war ihm einen gnädigen Tod schuldig. Schnell und schmerzlos.

Tränen traten in ihre Augen. Neben ihr machte sich Iceman bereit. Sie schluckte trocken und gab der Zentrale durch, dass sie fertig zum Aufbruch waren.

Kaia stieg aus, ging nach hinten und öffnete die Ladeklappe für Storm. Vollkommen geräuschlos sprang der Wolf heraus und stellte sich an ihre Seite. Kaia sah zum dunklen Himmel und versuchte die Drohnen auszuma-

Lieblingsbücher
fürs Leben
THIENEMANN-ESSLINGER
www.thienemann-esslinger.de

chen, aber nichts war zu sehen und zu hören. Trotzdem konnte Kaia spüren, dass sie da waren.

»Wo genau ist er?«, fragte Iceman.

»Etwa eine Meile in diese Richtung.«

»Bleib hinter mir, ich erledige ihn.«

»Das ist meine Aufgabe. Hayes war ein Vater für mich. Ich will nicht, dass du ihn abknallst wie einen tollwütigen Hund.«

»Okay, aber bau keinen Mist.«

Sie marschierten los.

Die Luft war noch angenehm kühl. Kaia sog sie tief ein und versuchte sich auf das vorzubereiten, was jetzt kam. Sie würde den Mann, dem sie ihr Leben und alles andere verdankte, erschießen müssen. Konnte es ein grausameres Schicksal geben?

Iceman ging schräg vor ihr. Er bewegte sich weder vorsichtig noch geräuschlos. Anscheinend war er sich seiner Sache sehr sicher und glaubte nicht, dass von Hayes eine Gefahr ausging.

»Meinst du, er versteckt sich vor uns?«, fragte er nach hinten, ohne sich umzudrehen.

»Kannst du nicht leiser reden? Hayes ist keine halbe Meile entfernt.«

»Nun sag schon.«

»Mann, halt einfach die Klappe.«

»Wieso? Was soll passieren?«

Da war er wieder, der alte Iceman, der sich ständig maßlos überschätzte. Kaia hätte kotzen können.

»Du sollst still sein.«

»Mach dir nichts ins Hemd.« Dann äffte er Goya nach. »›Der knallt Sie ab, bevor Sie von drei runtergezählt haben.‹« Er lachte laut. »Okay, let's do it.«

*Scheiße*, dachte Kaia.

»Drei.«

»Zwei.«

Zur Eins kam es nicht mehr, denn plötzlich flog sein Kopf in den Nacken und eine blutige Wolke breitete sich aus. Einen Sekundenbruchteil später zerriss der Knall eines Schusses die Stille.

Kaia starrte auf ihren Partner, der wankend auf seinen Beinen stand und wie ein Mann wirkte, der nicht wusste, in welche Richtung er gehen sollte. Dann kippte er einfach um und fiel längs zu Boden.

Kaia wartete auf den nächsten Schuss. Er kam nicht. Sie hob ihr Gewehr über den Kopf, warf es ins hohe Gras. Die Hände behielt sie oben. Irgendwo vor ihr lag Hayes mit einem Scharfschützengewehr und aufmontiertem Nachtsichtgerät in der Dunkelheit und hatte sie im Visier.

»Ich bin es, Tom«, sagte sie vollkommen überflüssig.

Fünf Minuten lang passierte nichts, dann schälte sich ein grauer Schatten aus der Dunkelheit. Hayes kam auf sie zu. In Tarnkleidung, das Gesicht mit schwarzer Farbe beschmiert. Er war in all den Schatten der Bäume kaum auszumachen. Die Waffe hielt er auf sie gerichtet, aber Kaia wusste, dass Tom nicht auf sie schießen würde. Das hätte er längst erledigen können.

»Komm her«, zischte er leise.

Kaia ging langsam zu ihm hinüber, die Hände erhoben. Storm schlich neben ihr her. Als sie Hayes erreichte, wandte sich dieser um und marschierte tiefer ins Buschwerk. Nach etwa zehn Minuten, in denen er kein Wort sprach, blieb er stehen.

Hayes hatte ein kleines Lager errichtet. Kaia konnte im fahlen Licht nicht viel erkennen, aber sie sah seinen alten verschlissenen Schlafsack und ein paar leere Konservendosen.

»Ich nehme an, das war Iceman, dieser Idiot«, sagte Tom als Erstes.

»Du weißt genau, wer das war, du hattest ihn im Visier.«

Hayes lachte leise. »Ja, ist nicht schade um ihn.«

»Sicher nicht.« Kaia betrachtete ihn aufmerksam. Ihr Mentor wirkte wie immer. Zum ersten Mal seit Langem schien er nichts getrunken zu haben.

»Goya hat mich geschickt, um dich auszuschalten.«

»So habe ich es geplant.«

»Was?«

»Ich wollte, dass du herkommst.«

Kaia war verwirrt. »Das verstehe ich nicht.«

Hayes schaltete eine kleine Stabtaschenlampe ein und leuchtete sich selbst ins Gesicht. Seine Augen waren blutunterlaufen.

Sie zuckte zurück.

»Ja, es ist wahr«, sagte Hayes. »Ich mutiere und es gibt kein Zurück.«

»Aber … Aber …«

»Warum ich noch bei klarem Verstand bin und mit dir rede? Nicht herumlaufe, Menschen zerfetze oder mich selbst?« Er seufzte leise. »Ich verstehe es auch nicht, habe aber eine Ahnung.«

»Was willst du mir sagen?«, fragte Kaia.

»Lass mich damit beginnen, dass es nicht Mutierte waren, die deine Familie getötet haben, sondern Soldaten der Stadt.«

»Was?«, ächzte Kaia.

»Goya hat damals Trupps raus in die Wälder geschickt, um die Leute zu vertreiben, die auf dem Weg in die Sicherheitszone waren. Sagte, die Stadt könne niemanden mehr aufnehmen. Er hat den Führern dieser Trupps freie Hand gelassen, und an diesem Tag eskalierte die Sache. Irgendwer begann zu schießen und dann schossen alle. Niemand aus dem Konvoi überlebte. Außer dir.«

Kaia schwieg lange, schließlich sah sie Hayes in die Augen. »Warst du dort, als es geschah? Hast du geschossen?«

Er schüttelte langsam den Kopf. »Nein, ich wurde vom Stadtrat ausgesandt, um den Vorfall zu untersuchen. Diesmal wollten sie Goya nicht davonkommen lassen, denn selbst für seine Verhältnisse war das nicht akzeptabel. Gleichzeitig erhob ein Wissenschaftler, der an dem Virus forschte, Anschuldigungen gegen Goya. Es hatte irgendetwas mit dem Chip zu tun. Worum es genau ging, weiß ich nicht und habe ich auch nie erfahren. Ich bin dem Mann nur einmal in der Zentrale begegnet, kurz bevor ich in den Wald aufbrach. Als ich an den Ort des Massakers kam, musste ich feststellen, dass die Leichen von den Soldaten verbrannt worden waren. Es gab keine Beweise mehr für das, was geschehen war. Nur ein kleines Mädchen in einer Erdhöhle.«

»Warum ist Goya dafür nicht zur Rechenschaft gezogen worden?«

»Wie gesagt, ich fand nichts, das man ihm hätte anhängen können, und der einzige Mann, der bereit gewesen war, gegen ihn auszusagen, hatte Selbstmord begangen, während ich draußen im Wald gewesen bin. Der Wissenschaftler, der Goya beschuldigte, war spurlos verschwunden. Etwas später hat Goya ganze Arbeit geleistet und alle aus dem Stadtrat geworfen, die sich in dieser Sache gegen ihn gestellt hatten. Nun beherrscht er die Stadt, ohne irgendwem Rechenschaft schuldig zu sein.«

»Du hättest etwas tun können. Etwas tun müssen!«

»Goya zwang mich zu schweigen.«

»Wie? Was hatte er gegen dich …?« Sie stockte. »Es war meinetwegen, er hat dich mit mir erpresst.«

Hayes nickte. »Ich musste ihm schwören, dass du nichts gesehen hast. Er drohte mir, dich zu töten, solltest du jemals die Wahrheit von mir erfahren. Und wie gesagt: Es gab keine Beweise für diesen Vorfall. Die Leichen waren verbrannt worden, um zu vertuschen, dass sie durch Kugeln getötet und nicht von Mutierten zerfetzt worden waren.«

Kaia begann zu weinen. Sie verbarg ihr Gesicht in den Händen und schluchzte laut auf. Als Hayes ihr eine Hand auf die Schulter legen wollte, schlug sie diese weg.

»Es war schon zuvor hart. Ich habe alles und jeden verloren, aber viel schlimmer ist, dass du mich mein Leben lang belogen hast. Ich habe dir vertraut.« Sie sah ihn an. »Du hättest mich damals im Wald lassen sollen. Bei meiner Familie.«

»Nein, ich mag ein schlechter Mensch sein, aber dazu war ich nicht in der Lage. Ich musste dich retten, nicht nur deinetwegen, sondern auch wegen all jenen, die dort gestorben waren. Ohne dich wäre nichts von ihnen auf dieser Welt geblieben.«

Kaia schwieg lange. Sie war noch immer wütend. Hayes hatte sie all die Jahre in dem Glauben gelassen, dass ihre Familie von Mutierten getötet worden war. Sie ahnte, dass er es aus Liebe getan hatte und um sie zu schützen, aber das half nicht gegen das bodenlose Ohnmachtsgefühl, das sich ihrer nun bemächtigte. Doch jetzt war nicht der Zeitpunkt für Vorwürfe. Hayes' Verwandlung war weit fortgeschritten. Bald würde sie zu Ende sein.

»Spürst du etwas?«

»Halt mal die Taschenlampe.«

Er reichte sie ihr, dann zog er den Schal an seinem Hals herunter. Kaia zuckte zusammen. Die Haut an der Stelle, unter der sich der Chip befand, war fürchterlich verbrannt, regelrecht verkohlt.

»Was hast du getan?«

Hayes schob den Schal wieder hoch. »Ich weiß nicht, wie viel Zeit ich noch habe, aber mir stellen sich Fragen, und ich glaube, die Antworten finde ich dort.« Er deutete in den Wald.

»Wie hast du das gemacht?« Kaia zeigte auf seinen Hals.

»Mit einem heißen Bügeleisen. Hat scheiß wehgetan, und ich konnte wahrscheinlich nicht alle Funktionen des Chips zerstören, aber das ist gut so, denn sonst hättest du mich nicht gefunden.«

»Warum bin ich hier?«

Hayes musterte sie eindringlich. »Goya will mich schon lange aus dem Weg räumen. Ich weiß zu viel. Dass ich mich verwandle, gibt ihm einen Grund, mich zu töten. Ich wusste, dass er dich beauftragen würde, mich zu erledigen. Mit dem Idioten Iceman habe ich allerdings nicht gerechnet. Goya hat ihn wahrscheinlich mitgeschickt, um dich zu töten, nachdem du mich erschossen hast. Nun sind wir hier. So wie geplant. Lass uns gemeinsam in den Wald gehen. Dort finden wir heraus, was uns Goya verschweigt. Denn dass er etwas verschweigt, ist sicher.«

»Ich werde nicht mitkommen«, sagte Kaia ruhig. »Das ist deine Sache. Ich kehre zurück in die Sicherheitszone und konfrontiere Goya mit dem Mord an meiner Familie und vielen anderen. Er wird nicht davonkommen.«

»Du hast nichts in der Hand. Goya gehört die Stadt, alles tanzt nach seiner Pfeife. Man wird dich verhaften, einsperren und einen Tag später erhängt in deiner Zelle auffinden. Er wird niemals zulassen, dass du die Wahrheit sagst.«

»Ich muss es zumindest versuchen.«

»Kaia, ich flehe dich –«

Plötzlich explodierte die Welt. Erst erschien ein feuriges Licht, das auf sie zuraste. Danach zerriss ein ohrenbetäubender Knall die Stille. Kaia wurde zu Boden geschleudert.

Und dann war da nichts mehr.

# 12.

*Heute, Jahr 2169, USA, Die Wilde Welt*

Kaia schlug die Augen auf und schloss sie gleich wieder, als ein greller Schmerz durch ihren Schädel fuhr. Sie stöhnte und versuchte es erneut.

Grün. Um sie herum war Grün. Alles war grün, bis auf ein Gesicht, das sich über sie beugte.

Ein junger Mann. In ihrem Alter. Blonde Haare. Haut, die von der Sonne gebräunt war. Grüne Augen, die leuchteten. Kaia zuckte zurück. Wer war das? Ein Mutierter? Ein Mensch wie sie? Vielleicht aus einer anderen Stadt?

Aber was machte er hier im Wald?

Der Junge öffnete den Mund, aber entweder war er stumm oder sie hörte nichts mehr.

Noch zweimal bewegte er die Lippen und sie verstand.

»Wie geht es dir?«, war seine Frage.

Kaia deutete auf ihre Ohren und er nickte, machte mit den Händen eine Geste, als hielte er einen Ball darin, der plötzlich aufplatzte.

*Eine Explosion.*

Nun deutete er zum Himmel, danach in einer schnellen Bewegung zur Erde.

*Rakete. Es wurde eine Rakete abgefeuert. Wahrscheinlich aus einer Drohne.*

Sie zeigte auf sich selbst, neben sich und hielt zwei Finger hoch.

*Wo ist der Mann, der bei mir war?*

Das Gesicht des jungen Mannes trübte sich. Er fuhr sich mit einer unmissverständlichen Geste über die Kehle. Kaia schluchzte auf. Hayes war tot. Sie hob den Kopf an, drehte ihn nach links und rechts.

Storm lag nicht weit entfernt und blickte sie ruhig an. Er wirkte unverletzt. Kaia sank zurück auf den Boden. Atmete mehrmals ruhig durch, dann befühlte sie ihr Gesicht. Es schien alles in Ordnung zu sein. Danach den Körper. Arme, beide Hände und ihre Beine waren noch dran. Schmerzen, aber nichts, das nicht auszuhalten war.

»Ich bin Pern«, sagte die Stimme neben ihr.

Kaia zuckte zusammen.

*Das habe ich gehört, nicht von den Lippen abgelesen.*

»Ich kann dich jetzt hören«, sagte sie und fuhr zusammen, als ein neuer Schmerz durch ihr rechtes Ohr jagte. Danach flüsterte sie. »Ist er wirklich tot?«

Pern nickte.

»Wo ist seine Leiche?«

»Ich habe seinen Körper mit Blumen und Blättern bedeckt, so wie es bei uns üblich ist.«

»Du hast ihn nicht begraben?«

»Warum sollte ich das tun?«

Kaia ließ es dabei bewenden. Mühsam richtete sie sich auf und schaute sich um.

»Wo sind wir? Was ist geschehen? Wer bist du? Kommst du aus einer Stadt?«

»Ich bin Pern. Der Wald ist meine Heimat. Ich hörte einen Schuss, fand einen toten Mann, folgte euren Spuren. Dann tauchte eine Drohne auf, schoss eine Rakete auf euch ab. Der andere starb dort. Dich habe ich gefunden und weggetragen.«

»Du weißt, was eine Drohne ist? Eine Rakete?«

»Ja, die Faye, die Anführerin hat es mir erklärt. Zuvor hatte ich so etwas noch nie gesehen.«

»Wo ist diese Anführerin? Ist sie ein Mensch wie du? Gibt es noch andere?«

Erst sah Pern sie ratlos an, dann streckte er den Arm aus. Deutete in den Wald. »Wir leben in einem kleinen Dorf.«

Kaia seufzte auf. »Wie weit?«

Pern zuckte mit den Schultern.

»Geht es genauer?«

Pern antwortete nicht, blickte nur auf Kaia herab. Er überragte sie sicherlich um einen Kopf. Die einfachen Hosen, die er trug, wirkten, als wären sie aus Leinen. Sein nackter Oberkörper war glatt und muskulös. In die Haare hatte er Federn und etwas, das wie ein kleiner Knochen aussah, gewoben. Kaia entdeckte auf dem Boden neben ihm einen selbst geschnitzten Bogen, den Köcher mit den dazugehörigen Pfeilen trug er auf dem Rücken.

*Wäre er nicht blond, würde er aussehen wie die Native American aus den Büchern.*

Einem richtigen Ureinwohner der alten Welt war Kaia nie begegnet. Seit der Katastrophe waren sie verschwunden. Sie blickte Pern an und fragte sich, warum Storm zugelassen hatte, dass er sie berührte. Wegtrug.

*Er hat mir das Leben gerettet.*

Da ihr Chip noch sendete, würde Goya sicherlich einen Trupp ausschicken, um sie endgültig zu erledigen. *Der Angriff der Drohne zeigt, dass er es ernst meint.*

Ein anderer Gedanke tauchte auf und ließ sie zusammenzucken.

Es gab keine Menschen, die im Wald lebten. Pern musste ein Mutierter sein. Ein Monster. *Aber weshalb greift er mich nicht an? Warum hat er mir geholfen? Er hat auch keine blutunterlaufenen Augen und sieht bis auf seine merkwürdigen Klamotten vollkommen normal aus.*

Konnte es sein, dass es doch Menschen gab, die im Wald überlebt hatten? Aber wie? Ohne Chip, der die Verwandlung hinauszögerte?

Alles war so verwirrend.

Kaia kam auf die Füße. Schwankend stand sie da. Pern machte keine Anstalten, sie zu stützen. Ihr wurde schlecht und sie fiel zurück auf die Knie, übergab sich würgend. Als nichts mehr kam, sagte sie: »Vielleicht habe ich innere Verletzungen.«

»Nein«, meinte er ruhig.

»Woher willst du das wissen?«

»Ich habe dich berührt.«

»Was? Und das ersetzt ein Röntgengerät?«

Er betrachtete sie verständnislos.

»Na gut, lassen wir das. Gib mir bitte deine Hand.«

Er streckte sie aus. Kaia fasste danach, doch als sie sich daran hochziehen wollte, entdeckte sie es.

Auf Perns Arm erschienen leuchtende grüne Linien, Adern gleich blühten sie auf, schlängelten sich hinauf bis zu seiner Schulter. Dann über den Hals zu den Schläfen, die in grünem Licht pochten. Seine Augen glühten nun in der gleichen Farbe.

Kaia schrie auf und ließ ihn wieder los. »Was ist das?«

Pern sah sie ruhig an, antwortete nicht.

»Deine Haut hat geleuchtet. Deine Augen. Verdammt! Was war das? Ich …«

Erschöpft schloss sie die Augen und suchte nach Worten. Als sie die Lider wieder öffnete, war Pern nicht mehr da.

Kaia saß nach wie vor auf dem Boden. Vollkommen verwirrt. Die Ereignisse der letzten Tage forderten ihren Tribut. Fraser, Iceman, Hayes tot. Nichts in ihrer Welt war noch an seinem Platz und sie befand sich allein in einer fremden Umgebung.

Der einzige Mensch, der ihr hätte helfen können, war verschwunden. Wenn es sich bei ihm überhaupt noch um einen Menschen handelte. Kaia fragte sich erneut, warum Pern sie gerettet und nicht angegriffen hatte.

All die Jahre hatte sie ein festes Bild von den Mutierten in der Wilden Welt gehabt und das passte nicht zu Pern. Er sprach völlig normal und wirkte nicht wie eine blutrünstige Bestie. Ganz im Gegenteil: Statt sie zu zerfetzen, hatte er sie in Sicherheit gebracht.

Im Umkehrschluss hieß das jedoch nicht, dass alle anderen Mutierten im Wald sich ebenso friedlich gegenüber Fremden verhielten.

*Was mache ich jetzt?*

Kaia wusste nicht, wie man jagte, Wasser fand, einen Unterschlupf baute und sich vor wilden Tieren und den Mutierten schützte. Das Gewehr hatte sie ins Gras geworfen, als Hayes aufgetaucht war. Die Desert Eagle war nicht mehr an ihrem Oberschenkel.

*Ich habe nicht mal ein verdammtes Messer.*

Bei dem Gedanken wurde sie unruhig.

*Gesteh es dir ein. Ohne Hilfe bist du verloren. Du wirst in diesem Wald sterben.*

Sie hatte keine Wahl.

Kaia erhob sich mit einem Ruck.

»Komm, Storm. Wir müssen Pern finden.«

# 13.

*Heute, Jahr 2169, USA, Die Wilde Welt*

Die Strahlen der hoch stehenden Sonne fielen wie ein Vorhang aus Licht durch die hohen Wipfel der Bäume. Es war angenehm warm. Die Luft frisch. Überall summten Insekten, andere Tiere sah Kaia nicht. Zwar hörte sie ab und zu ein Rascheln, und einmal hatte laut ein Ast geknackt, was sie zusammenzucken ließ, ansonsten war es still. Die Wilde Welt wirkte friedlich, aber Kaia fühlte sich dennoch verloren.

Sie tappte nun schon seit Stunden durch den Wald, versuchte Perns Spuren zu entdecken, doch das schien unmöglich, der Typ war barfuß gewesen. Er hinterließ keine Abdrücke. Also ging sie in die Richtung, in die er gedeutet hatte, als er von seinem Dorf sprach. Zumindest glaubte Kaia, dass sie die Richtung hielt, denn der kleine Wildpfad, dem sie folgte, schlängelte sich willkürlich zwischen den Bäumen und Büschen hindurch. Kaia überlegte, ob er von Hirschen oder Rehen stammte, die hier öfter entlangzogen.

Ihre Zunge fuhr über die trockenen Lippen. Inzwischen hatte sie brennenden Durst, aber keinen Bach oder Tümpel gefunden. Für einen Moment dachte sie darüber nach, ein paar der saftigen grünen Blätter abzureißen und zu kauen, dann verwarf sie die Idee wieder. Wahrscheinlich würde sie danach Durchfall bekommen oder sich die Seele aus dem Leib kotzen.

*Wo bist du?*

Sie blieb stehen und lauschte.

Nichts. *Okay, dann anders.*

Kaia formte mit den Händen einen Trichter um den Mund und rief laut Perns Namen.

Keine Antwort. Es schien noch stiller geworden zu sein.

»Pern! Wo bist du?«

Falls er sie hörte, hatte er wohl keine Lust, sich zu melden.

Langsam wurde Kaia wütend.

*Erst rettet er mich, nur um mich dann zurückzulassen.*

Hitze stieg in ihr Gesicht. Storm war neben Kaia stehen geblieben. Er hechelte laut. Kaia fuhr ihm mit der Hand durch das Fell.

»Na, alter Junge. Du hast sicherlich auch Durst. Was machen wir jetzt?«

Unerwartet setzte sich der Wolf in Bewegung. Er wandte sich nach links, verließ den Pfad.

»Hey, wo willst du hin?«

Aber er stoppte nicht, suchte sich einen Weg zwischen den Bäumen hindurch. Kaia hatte Mühe, ihm zu folgen.

*Vielleicht wittert er etwas. Womöglich sogar Pern.*

Mit neuer Hoffnung schritt sie voran.

Zweige streiften ihre Arme. Manche mit winzigen Dornen besetzt, die über ihre Haut kratzten. Kaia versuchte das nicht zu beachten, aber schon nach kurzer Zeit begannen die Stellen zu brennen und zu jucken.

Sie hielt an. Die Haut war gerötet. Sie spuckte in ihre Handfläche und verteilte den Speichel darauf. Das half ein wenig. Dann folgte sie erneut dem Wolf.

Nach weiteren zehn Minuten stoppte er unvermittelt. Kaia bemerkte, dass er etwas am Boden beschnupperte, aber was das war, konnte sie nicht sehen. Die Haltung des Wolfs wirkte angespannt. Er stand steif und aufrecht. Dieses Verhalten legte er sonst nur an den Tag, wenn er eine Bedrohung ausgemacht hatte oder auf etwas gestoßen war, das er nicht kannte.

Vorsichtig ging sie auf Storm zu. Als sie neben ihm zum Halten kam, hörte sie sein leises Knurren. Noch immer verdeckte sein Körper das, was auf dem Boden lag. Sie schob ihn mit dem Knie beiseite und erstarrte.

Es war ein totes Tier.

Kaia bückte sich.

*Ist das ein Kaninchen?*

Die Größe konnte stimmen und graubraunes Fell hatte das Tier auch, aber ansonsten wirkte es fremdartig. Da, wo die langen Ohren sein sollten, gab es zwei Löcher, die von dunkelgrünen Lamellen bedeckt waren, und auch die Augen sahen anders aus, als sie es von einem Kaninchen kannte. Gelb, mit schwarzen Schlitzen darin, wie Schlangen sie hatten. Darunter eine kurze

Nase, die in einem hautfarbenen Trichter, gleich einem Blütenkelch, endete.

Alles in allem ein bizarrer Anblick. Von so einem Tier hatte Kaia weder gehört noch es jemals in einem der Bücher gesehen, die Bibliotheken der Stadt waren jedoch unvollständig. Gut möglich, dass es diese Tiere schon immer gegeben hatte, man darüber aber keine Aufzeichnungen finden konnte.

Das *Kaninchen* war tot. Es rührte sich nicht. Erst jetzt bemerkte Kaia, dass die Pfoten abgebissen worden waren. Sie schrak zusammen. Es war ihr zuvor nicht aufgefallen, weil es kein Blut gab und der seltsame Kopf des Tieres sie abgelenkt hatte. Sie zwang sich, genauer hinzusehen, und entdeckte im Fell des Kaninchens kleine, tiefe Löcher.

*Jemand hat ihm das Blut ausgesaugt.*

Kaia schauderte. Das Tier, das das Kaninchen getötet hatte, musste ebenso bizarr wie dieses sein, aber sicherlich um einiges gefährlicher. Sie erhob sich. Schaute sich suchend um.

Da war nichts. Der Wald lag friedlich vor ihr.

Blieb die Frage, warum Storm sie hierhergeführt hatte. Wegen eines toten Tieres?

*Hat er es gewittert?*

Sie schaute ihn an. Der Wolf stand nach wie vor stocksteif, machte keine Bewegung. Merkwürdig.

Als sie wieder aufblickte, vernahm sie ein leises Rauschen. Nein, nicht wie Blätter im Wind. Es war mehr ein Gluckern oder Plätschern.

Kaia grinste erleichtert. Storm hatte Wasser geschnuppert. Das tote Tier lag nur zufällig auf ihrem Weg. Erleichtert schritt sie vorwärts.

Um zum Wasser zu gelangen, mussten sie durch das Dickicht zwischen den Bäumen. Erneut kratzte sich Kaia die Arme auf. Als sie einen Moment innehielt und die Haut betrachtete, stellte sie fest, dass die Rötung zugenommen hatte. Als hätte sie ungeschützt zu lange in der Sonne gelegen.

*Verdammt! Hoffentlich entzündet sich das nicht.*

Obwohl, entzündet sah es bereits aus. Sie ging weiter.

Nachdem sie weiteres Buschwerk hinter sich gebracht hatte, erreichte Kaia einen kleinen Fluss, der sich träge durch den Wald schob. Hier war die Vegetation lichter und die Strahlen der Sonne glitzerten auf der Wasseroberfläche.

Kaia stürzte ans Ufer, warf sich ins Gras und begann mit einer Hand Wasser zu schöpfen. Kühl und herrlich frisch rann es durch ihre Kehle. Neben ihr trank Storm, als hätte er seit Tagen nichts bekommen.

*Wir müssen viel Flüssigkeit verloren haben.*

Als sie ihren Durst gestillt hatten, richtete sich Kaia wieder auf und schaute sich um. Nichts zu sehen. Dann fiel ihr Blick abermals auf die geröteten Arme. Es brannte höllisch, als hätte jemand die Haut darauf abgeschmirgelt.

Kaia bückte sich, wölbte ihre rechte Hand, schöpfte Wasser und ließ es über den linken Arm laufen. Das tat gut. Anschließend machte sie das Gleiche umgekehrt. Das Brennen ließ nach.

Ihre Gedanken wanderten zu Hayes. Zu den letzten Minuten seines Lebens, zu dem, was er ihr gesagt hatte. Diese Überlegungen wurden jedoch von Bildern aus besseren Tagen abgelöst. Sie und Tom am Strand. Sie dachte an ihren ersten Angelversuch und die vielen Tränen, als sie tatsächlich einen Fisch gefangen hatte. Gemeinsam hatten sie ihn vorsichtig vom Haken gelöst und in die Freiheit entlassen.

Sie erinnerte sich an Toms dunkles Lachen und sein Lächeln, das mehr ein Grinsen war. An die Geschichten, die er ihr abends vor dem Schlafengehen erzählt hatte. Geschichten von der Welt, wie sie früher gewesen sein mochte, und beide hatten sie davon geträumt, nur einmal, nur für einen Tag durch die Zeit zu reisen und alles selbst zu erleben.

Nun war er tot.

Der letzte Mensch außer Adam, der ihr etwas bedeutete, aber auch ihn würde sie niemals wiedersehen.

Während Kaia an ihr altes Leben dachte, blickte sie auf die Wasseroberfläche, die sich leicht kräuselte. Es ging kein Wind. Woher also kam diese Bewegung? Sie schaute genauer hin. Irgendetwas bewegte sich da.

*Fische*, dachte sie und ließ weiter Wasser über ihre Arme laufen.

Nur wenige Augenblicke später bemerkte Kaia einen dünnen grünen Faden, der auf dem Wasser lag und sich in ihre Richtung schob. Das war mit Sicherheit kein Fisch, es erschien eher wie ein Wurm oder eine winzige Schlange. Kaia hatte das Gefühl, etwas stimmte damit nicht.

Neben dem Wurm erschien ein zweiter, wie aus dem Nichts. Auch er bewegte sich auf Kaia zu.

Neben ihr knurrte Storm plötzlich. Er fletschte die Reißzähne und ließ ein regelrechtes Donnergrollen hören. Kaia war verwirrt. Ihr Blick hetzte zwischen Storm und den Würmern hin und her. Hatte es mit ihnen zu tun?

Hastig drehte sie sich um, sah zum Waldrand. Doch da war nichts und Storm hatte das Wasser fest im Blick.

Sein Nackenfell war gesträubt und stand nun weit hoch, sodass er noch größer wirkte.

Kaia schaute zurück aufs Wasser. Aus zwei Würmern waren viele geworden und sie bewegten sich schnell. Nur noch zwei Meter trennten sie von ihr.

Und dann plötzlich brodelte das Wasser. Etwas Gigantisches erhob sich daraus. Wassertropfen spritzten, funkelten im Sonnenlicht wie Diamanten, und dazwischen wuchs ein mächtiger grüner Körper empor, der wie eine grüne Säule wirkte. Die kleinen Würmer waren nur die Fortsätze riesiger Fangarme, die jetzt nach vorn schnellten und nach ihr griffen.

Kaia warf sich zurück, rollte sich zur Seite. Einer der Fangarme donnerte neben ihr auf den Boden, riss die Erde auf. Dreckklumpen und Grassoden wurden hochgeschleudert und Kaia konnte gerade rechtzeitig ausweichen.

Ein zweiter Fangarm griff nach ihr. Sie schrie auf, als er sich um ihren Fuß wickelte. Das monströse Tier oder, was immer das war, schob sich noch weiter aus dem Wasser. Zwei riesige gelbe Augen erschienen. Kaia hatte das Gefühl, einem haushohen grünen Tintenfisch gegenüberzustehen. Ein helles Zwitschern erklang. Es musste das grüne Ding sein, das diese Töne ausstieß. Es klang aufgeregt. Hungrig!

Der Fangarm zog an. Kaia wurde nach vorn geschleift. Sie warf sich herum und krallte sich mit den Fingern ins Gras, doch es half nichts, das Tier war zu stark. Schon tauchten ihre Stiefel ins Wasser. Kaia brüllte verzweifelt auf. Sie bekam eine Wurzel zu fassen und klammerte sich fest, aber der Zug an ihren Beinen nahm noch zu und ihre Finger bogen sich wie von selbst auf.

Dann hörte Kaia ein Fauchen. Ein Schatten flog über sie hinweg, stürzte sich auf den Tentakel.

Storm.

Kaia drehte den Kopf. Der Wolf hatte den Fangarm gepackt, der sie festhielt, und zerfetzte ihn regelrecht. Ein grelles Fiepen ertönte. So hoch, dass es in den Ohren wehtat. Endlich löste sich die Fessel um ihren Fuß. Kaia war wieder frei, stürzte aus dem Wasser, stolperte schwer atmend ans Ufer.

Hinter ihr tobte Storm. Ein Fangarm krachte auf ihn herab, peitschte seinen Körper, aber der Wolf war jetzt in wilde Raserei verfallen. Er packte diesen Tentakel und seine Kiefer schlossen sich in einem wilden Biss. Das Tier brüllte auf. Diesmal war es ein schmerzerfülltes Jaulen, kein Fiepen mehr.

Der mächtige grüne Körper wirbelte herum und verschwand mit einer großen Welle im aufgewühlten Wasser. Die Fangarme zogen sich zurück.

Storm stand laut hechelnd da. Seine Augen glühten. Kaia kroch zu ihm und schloss ihn in die Arme. Sie weinte verzweifelt, Angst und Erleichterung bahnten sich ihren Weg in lautem Schluchzen. Als sie sich beruhigte, untersuchte sie Storms Körper. Er war unverletzt.

Der Wolf wirkte nun wieder entspannt. Er legte sich hin, der Kopf auf den Pfoten. Auch wenn Kaia wusste, dass die Bedrohung vorüber war, fühlte sie sich nicht mehr wohl in der Nähe des Flusses. Der Angriff war schnell und überraschend gewesen, und niemand konnte ahnen, was für Biester in diesem trüben Wasser sonst noch hausten. Es war besser, sich in den Wald zurückzuziehen.

Sie stand auf, streifte Dreck, Gras und Blätter von ihrer Kleidung.

»Komm«, sagte Kaia zu Storm.

Er folgte ihr in den Wald.

# 14.

*Heute, Jahr 2169, USA, Die Wilde Welt*

Regen hatte eingesetzt. Kaia fröstelte. Mehr vor Erschöpfung als vor Kälte. Seit Stunden stolperte sie nun zwischen den Bäumen umher. Nach Pern zu rufen, hatte sie aufgegeben. Der Typ war längst weit fort, da war sich Kaia sicher.

Ihre Arme brannten noch, aber die Haut hatte sich etwas beruhigt und die Rötung war zurückgegangen. Sie seufzte. Wenigstens ein kleiner Lichtblick in dieser grünen Hölle.

Das Erlebnis am Fluss wirkte immer noch in ihr nach, ließ sie innerlich beben und nicht zur Ruhe kommen.

*Was war das für ein Tier?*

Kaia hatte so etwas noch in keinem Buch gesehen oder davon gehört. Hatte es Biester dieser Art bereits in der alten Welt gegeben? Oder waren sie erst nach dem Auftauchen des Virus durch Mutation aus einer anderen Art entstanden? Das Vieh hatte wie ein gigantischer Tintenfisch gewirkt, wobei diese Tiere nicht in Süßwasser vorkamen, sondern draußen im Meer lebten. Worum also hatte es sich gehandelt?

Eine Frage tauchte in ihrem Geist auf: Wie konnte es

sein, dass die Lebewesen in der Wilden Welt sich so sehr verändert hatten, während die Menschen und Tiere in der Stadt gleich geblieben waren? Was war hier draußen in der Wildnis anders?

Ihr Blick fiel auf Storm, der neben ihr hertrabte. Unerschütterlich.

Ohne ihn wäre sie jetzt tot. Furchtlos hatte er sich auf das Monster gestürzt und sie gerettet. Dass der Wolf bei ihr war, gab Kaia ein wenig Sicherheit in dieser fremden Welt, und dennoch forderten die Umstände ihren Tribut.

So vieles war seit ihrem Aufbruch geschehen und nun trottete sie verängstigt und durchnässt zwischen dicht stehenden Bäumen hindurch und war auf der Suche nach jemandem oder etwas, das sie vor gar nicht langer Zeit gefürchtet hatte. Langsam ließ auch das Licht nach und es wurde kühler. Kaia war bereits mehrfach gestolpert. Bald würde sie ihre eigenen Füße nicht mehr sehen. Die Gefahr zu stürzen und sich ein Bein oder einen Arm zu brechen, wurde von Minute zu Minute größer. Ob sie wollte oder nicht, sie musste sich ein Lager für die Nacht suchen. Einen Platz, an dem sie geschützt auf den Morgen warten konnte.

Tiere hatte sie keine mehr ausgemacht, aber ihr Rascheln gehört. Bei jedem knackenden Ast zuckte Kaia zusammen und ein Schauer überzog ihren Rücken. Dies war nicht ihre Welt, und was immer da draußen noch zwischen den Bäumen lauerte, es war gefährlich, davon war sie inzwischen überzeugt.

Während sie weiterstapfte, spürte Kaia den Hunger immer stärker. Das Marschieren durch den Wald kostete Kraft und Energie und sie hatte seit vielen Stunden nichts gegessen. Auch der Durst war zurück, aber erträglich, denn Kaia blieb ab und zu stehen und leckte die großen Blätter der Bäume ab. Darüber, ob diese Blätter giftig waren, oder nicht, machte sie sich keine Gedanken mehr. Letztendlich hatte sie keine Wahl.

Vor ihr tauchte ein Schemen aus der fahlen Dunkelheit auf. Ein umgestürzter Baumriese, dessen mächtige Wurzeln nun in die Luft ragten. Darunter wurde eine Ausbuchtung sichtbar. Mehr Erdloch als tatsächlich eine Höhle, aber sie war groß genug.

Kaia lachte bitter auf.

*Nichts hat sich geändert. Ich bin wieder da, wo ich schon einmal war. Allein in einem Dreckloch, verzweifelt und frierend. Nur wird diesmal kein Tom Hayes kommen und mich retten.*

Tränen stiegen in ihre Augen, die sie zornig wegwischte. Vor dem Erdloch blieb sie stehen und prüfte mit aufmerksamen Blicken, ob sich darin ein Tier aufhielt. Sie sah nichts und Storm zeigte auch keine Reaktion, also kroch sie in das Loch. Der Wolf folgte ihr, drückte sich an sie.

Es war eng hier drin. Enger als damals in der Höhle, aber vielleicht kam es ihr auch nur so vor, da sie wesentlich jünger und kleiner gewesen war.

Kaia wusste, dass es nicht dasselbe Erdloch war, aber

fast glaubte sie wieder das Echo der Schüsse und die verzweifelten Schreie der Menschen zu hören.

Das Fell des Wolfes war nass und er roch dementsprechend, doch er spendete Wärme, wie schon einmal. Kaia presste sich an ihn. Aus ihrer Position konnte sie ein Stück des Himmels erkennen. Der gefallene Baumriese hatte eine große Lücke im Blätterdach hinterlassen, die sich noch nicht geschlossen hatte.

Der Mond war aufgegangen. Sein bleiches Licht geisterte zwischen den Bäumen. Sterne funkelten am nachtschwarzen Himmel. Kaia beruhigte sich.

Sie legte ihre Finger in Storms Fell und begann ihn zu kraulen.

Irgendwann schlief sie erschöpft ein.

Es war noch Nacht, als Kaia erwachte. Mit einem Ruck richtete sie sich auf. Orientierungslos und verwirrt zunächst, aber dann fiel ihr alles wieder ein. Sie seufzte schwer.

Der Regen hatte nachgelassen. Der schwere Duft des Waldbodens lag in der Luft wie der Atem eines alten Drachen.

Neben ihr regte sich Storm. Der Wolf gab ein leises Winseln von sich. Seine Pfoten zuckten im Halbschlaf.

Kaia streichelte seine Flanke, dann kroch sie aus dem Erdloch. Die Bewegung weckte Storm. Er schüttelte sich und folgte ihr.

Kaia legte den Kopf in den Nacken und blickte zum

Mond hoch. Sein bleiches Licht wurde nun von tiefen Wolken verdeckt, aber etwas anderes zeigte sich.

Die Luft war erfüllt von Tausenden winzigen Sternen in allen Farben. Es war ein einziges Blinken und Funkeln, das rhythmisch aufleuchtete und wieder verschwand. Zunächst konnte sich Kaia dieses zauberhafte Bild nicht erklären, dann erkannte sie winzige Käfer, die um sie herumschwebten. Glühwürmchen.

Sie wusste von diesen Tieren aus dem Biologieunterricht bei Mrs Meyers, die einmal einen Film gezeigt hatte, in dem sie vorkamen. Den Lichtertanz jetzt in Wirklichkeit zu sehen, war zauberhaft. Kurz vergaß Kaia ihre verzweifelte Situation und genoss das Schauspiel, aber es hielt nicht lange an. So plötzlich, wie der Schwarm gekommen war, verschwand er auch wieder.

Kaia blieb noch einen Moment stehen und lauschte in die Nacht.

Weit entfernt erklang der Ruf einer Eule. Zumindest glaubte Kaia, dass es eine Eule war. Es war ein einsamer, immer wiederkehrender Ton, der sie frösteln ließ.

Der Morgen war noch fern. Kein Gedanke daran, jetzt schon aufzubrechen. Kaia kroch in die Höhle zurück und Storm folgte ihr.

# 15.

*Heute, Jahr 2169, USA, Die Wilde Welt*

Als Kaia das nächste Mal erwachte, war die Sonne bereits aufgegangen. Ihr strahlendes Licht fiel durch die Wipfel der hohen Bäume und zeichnete helle und dunkle Muster auf den Waldboden. Kaia kroch aus dem Erdloch und streckte sich. Der Schlaf hatte ihr gutgetan. Sie fühlte sich nicht mehr ganz so erschöpft und ein wenig zuversichtlicher. Allerdings musste sie in absehbarer Zeit Wasser finden und ihr Nahrungsproblem lösen.

Storm setzte sich neben sie und schaute zu ihr auf.

»Ja, mein Junge. Ich habe auch Hunger«, sagte Kaia und streifte sich Blätter und Grashalme von der Hose.

Der Wolf hechelte.

»Dann lass uns losgehen und schauen, ob wir etwas finden.«

Kaia blickte noch einmal zum Himmel auf, bestimmte die Richtung und marschierte los.

Sie waren noch nicht weit gekommen, als sie direkt neben dem Wildpfad, dem sie folgte, auf einen Baumstamm stieß, der mitten auf dem Weg lag. Kaia stoppte.

Irgendetwas war merkwürdig an diesem Stamm, und

es dauerte einen Moment, bis sie verstand, dass er weder Äste, Blätter noch Wurzeln hatte.

Sie drehte sich nach Storm um, doch der schnüffelte ein Stück hinter ihr aufgeregt an einem Busch. Vielleicht verbarg sich ein Tier darin, das er gewittert hatte.

Kaia drehte sich wieder um und musterte den Baumstamm. Ein sonderbares Gefühl breitete sich in ihr aus, aber sie drängte es beiseite.

*Geh weiter! Das ist nur ein verfaulender Baum.*

Sie trat einen Schritt vor, als sich plötzlich von hinten eine Hand auf ihren Mund legte und ein kräftiger Arm sie festhielt.

»Rühr dich nicht«, raunte eine leise Stimme in ihr Ohr. Kaia wollte sich wehren, sich aus dem Griff befreien, aber die Stimme flüsterte: »Lass das, oder wir werden beide sterben!«

Panik, grell wie ein Blitz, fuhr in Kaias Glieder. Ihre Knie sackten weg, sie wurde jedoch aufgefangen und nach hinten ins Buschwerk gezogen. Dort ließ Pern sie zu Boden sinken und setzte sich vor sie. Storm kam herbeigelaufen und legte sich neben ihn.

Kaia starrte Pern an, wusste nicht, was sie sagen sollte. Die Verwirrung, den Jungen wiederzusehen, und die Erleichterung bei seinem Anblick ließen sie zittern.

»Du bist da«, sagte sie.

»Weißt du nicht, was das war?«, fragte er leise, aber mit harter Stimme und deutete auf die Stelle des Weges, an der er sie gepackt hatte.

Kaia schaute ihn an. »Es sah wie ein Baum aus, es …«

Er ließ sie nicht ausreden, sondern fasste ihr Handgelenk und zog sie auf die Füße.

»Sieh hin!«

Pern nahm einen Pfeil aus seinem Köcher und legte ihn auf die Bogensehne. Kurz konzentrierte er sich, dann ließ er den Pfeil los, der in unmittelbarer Nähe des verdächtigen Baumstammes einschlug.

Plötzlich erklang ein Brüllen. Blätter und Erde wurden aufgewirbelt. Etwas Großes, Massiges erhob sich vom Boden und stürzte sich auf die Stelle, an der der Pfeil aufgekommen war.

Pranken fuhren durch die Luft, hämmerten auf den Boden. Eine Schnauze öffnete sich, erneut brüllte das Biest auf, aber diesmal klang es wütend und enttäuscht. Dann sank das Tier zurück in den Boden. Kurz darauf war alles wie zuvor. Ein alter Baumstamm, der neben dem Weg lag. Nichts weiter.

»Was ist das?«, fragte Kaia, als sie begriff, wie nahe sie dem Tod gewesen war. Ohne Pern wäre sie eine willkommene Beute für dieses wilde Tier gewesen.

»Ein Waldbär.«

»Ein Bär?«, wiederholte Kaia fassungslos. »Das soll ein Bär gewesen sein?«

»Ja.«

»Aber … Bären sehen ganz anders aus. Sie haben ein weiches Fell, kleine Ohren …«

»Tarnung.« Pern fuhr sich durch die langen Haare. »Er

lauert auf Wegen, an denen Wild wechselt. Wirkt dabei durch seine Fellmusterung wie ein alter Baumstamm. Kommt ihm etwas zu nahe, zerfetzt er es innerhalb von Sekunden und frisst sich satt. Dann wartet er wieder.«

»Ich verstehe das nicht. Hier im Wald gibt es Lebewesen, von denen ich noch nie gehört habe und die mehr als seltsam sind. Ich bin mir sicher, dass sie vor der Katastrophe nicht existiert haben. Was ich nicht verstehe, ist: Wie konnten in so kurzer Zeit vollkommen neue Tierarten entstehen?«

»Davon weiß ich nichts. Ich lebe eigentlich schon immer im Wald und kenne das alles seit meiner Kindheit.«

Kaia dachte kurz nach, schließlich sagte sie: »Du hast mir das Leben gerettet.«

Pern schwieg.

»Danke.« Kaia fixierte ihn. »Warum bist du zurückgekehrt?«

»Das bin ich nicht.«

»Wie?« Kaia verstand nicht. »Heißt das … Du warst die ganze Zeit in meiner Nähe?«

Er nickte.

Kaia fuhr zu ihm herum. »Du warst die ganze Zeit da?«, zischte sie zwischen zusammengepressten Zähnen hervor.

»Ja.«

»Sag mal, spinnst du? Ich stolpere durch diesen Wald, bin am Verhungern und Verdursten und du unternimmst nichts, um mir zu helfen?«

»Das war nicht nötig.«

»Was?« Sie stieß ihn vor die Brust.

»Leise«, sagte Pern. »Der Bär hört nicht gut, aber taub ist er nicht. Besser, wir ziehen uns weiter zurück.«

Kaia folgte ihm tiefer ins Buschwerk. Nach wenigen Minuten blieb er stehen und drehte sich zu ihr um. Kaia funkelte ihn wütend an.

»Dann hast du auch mitgekriegt, wie mich dieses Wasservieh angegriffen hat.«

Es war keine Frage. Er nickte.

»Und du hast einfach nur zugeschaut?«

»Du bist klargekommen.«

»Wie bitte?« Kaia verzog den Mund. »Hast du das gerade wirklich gesagt? *Klargekommen?* Ich habe um mein Leben gekämpft.«

»Er war da.« Pern deutete auf Storm, der zu ihnen beiden aufblickte.

»Ach, und du hast gewusst, dass er mit dem Biest fertigwird.« Selbst in ihren Ohren klang es höhnisch.

»Ja«, sagte Pern schlicht.

»Aber bei dem Bären hast du mir geholfen.«

Pern deutete erneut auf den Wolf. »Er war nicht da.«

Kaia stöhnte. »Er war da, er war nicht da. Was ist das, ein Abzählreim?«

Der Junge runzelte die Stirn.

»Vergiss es!«, schimpfte Kaia.

»Du bist nicht besonders dankbar«, stellte er schließlich fest.

»Oh doch, das bin ich. Sehr sogar. Aber ich bin auch wütend. Du hättest mir früher helfen können.«

»Nein.«

»Nein? Ist das alles? Wo bleibt die Erklärung für dieses asoziale Verhalten?«

»Was für ein Verhalten?«

Kaia ging nicht darauf ein. »Los: Was ist deine Ausrede? Warum zeigst du dich erst jetzt, und komm mir nicht mit, der Bär war da …«, sie zeigte auf Storm, »… und er war nicht da.«

»Ich musste sichergehen, dass du allein bist. Dir niemand folgt.«

»Ist das dein Ernst? Mann, dafür hätten eine Stunde, höchstens zwei gereicht, aber du lässt mich einen Tag und eine Nacht durch diesen beschissenen Wald stolpern. Ich kenne mich hier nicht aus, habe nichts, um mich zu verteidigen, und es gibt jede Menge grässliche Biester, die alle nur eines wollen – mich fressen.«

Sie schluchzte. Pern trat einen Schritt auf sie zu.

»Wage es nicht, mich anzufassen«, sagte Kaia und wischte sich den Rotz vom Mund. »Sag mir lieber, wie es jetzt weitergeht.«

»Ich bringe dich zu meinem Dorf.«

»Ach ja, woher der plötzliche Sinneswandel? Gestern wolltest du das auf keinen Fall, und ich habe nie gesagt, dass ich in dein Dorf möchte.«

»Was willst du sonst tun? Allein überlebst du nicht im Wald.«

»Dessen bin ich mir bewusst, aber ich weiß auch nicht, was ich bei deinen Leuten zu erwarten habe. Möglicherweise betrachten sie mich als Feind und bringen mich um, sobald ich einen Schritt in das Dorf setze.«

Pern sah sie überrascht an. »Nein, das werden sie nicht tun.«

»All die Jahre hat man mir erzählt, dass die Menschen im Wald anders und gefährlich für jeden sind, der ihnen begegnet«, sagte Kaia. »Jetzt weiß ich nicht, was ich glauben soll und was nicht.«

Ihr wurde ganz schlecht bei dem Gedanken, allein im Wald zurückzubleiben, aber ebenso fürchtete sie sich davor, Pern zu seinen Leuten zu folgen.

»Die Anführerin wird mit dir sprechen wollen«, sagte er nun.

»Warum sollte sie?«

»Die große Stadt hinter den Mauern. Du kommst von dort. Diese Menschen sind gefährlich. Sie jagen und töten uns.«

Kaia blickte ihn an. »Früher war das so, aber jetzt doch schon lange nicht mehr. Ihr habt euch tief in die Wälder zurückgezogen. Seit Jahren wurde kein freier Mutierter mehr gesichtet.«

»Was ist das? Ein Mutierter?«

»Jemand wie du.«

»Ich verstehe nicht.«

»Du bist nicht so wie andere Menschen.«

»Niemand ist wie andere. Wir sind alle verschieden.«

»Das meine ich nicht. Ich spreche von der großen Katastrophe. Was weißt du darüber?«

Er zuckte mit den Schultern. »Nicht viel.«

»Vor vielen Jahren hatte der Klimawandel seinen Höhepunkt erreicht. Überflutungen, Hitzewellen, gigantische Stürme, Erdbeben und Vulkanausbrüche waren die Folge. Millionen Menschen starben. Und weitere Millionen wurden von den folgenden Pandemien dahingerafft.« Kaia sah ihn eindringlich an. »Aber all dies war nichts gegen das, was danach kam. Ein neuartiges Virus, gegen das es keinen Schutz gab. Dieses Virus verwandelt uns in wilde Bestien, die jede Menschlichkeit verlieren und wahllos töten. Alles und jeden. Der größte Teil der Menschheit wurde in den folgenden Jahren ausgelöscht. Ein kleiner Rest überlebte in der Stadt, aus der ich komme. Es ist uns gelungen, die Mutation durch das Virus zu verlangsamen, sodass man ein einigermaßen normales Leben führen kann. Aber verhindern lässt sich die Verwandlung nicht.«

Kaia deutete auf die Stelle an ihrem Hals, wo man ihr den Chip unter der Haut eingepflanzt hatte.

»Die Menschen der Stadt tragen einen Chip. Wenn die Verwandlung einsetzt, wird ein Signal an die Zentrale gesandt und ein Jäger geschickt, um den Menschen von seinem Leiden zu erlösen.«

Pern hatte schweigend zugehört. Auch jetzt sagte er nichts.

»Verstehst du, was ich dir erzählt habe?«, fragte Kaia.

»Nicht alles. Sogar vieles nicht, aber eines habe ich verstanden: Ihr tötet Menschen.«

»Es sind keine Menschen mehr. Mutierte.«

»So hast du mich auch genannt, aber ich töte niemanden. Und niemand, den ich kenne, hat einen anderen getötet. Also kann das, was du sagst, nicht stimmen. Sprich mit der Faye, sie weiß viele Dinge.«

»Wer ist diese Faye? Eine Älteste? Schamanin?«

»Die Faye ist mehr als das.«

»Was soll das heißen?«

»Das kann ich dir nicht erklären. Du würdest es nicht verstehen.«

»Ach nein?«

»Nein.«

Während Pern seinen Köcher und den Bogen schulterte, dachte Kaia darüber nach, was sie tun sollte. Schließlich traf sie eine Entscheidung.

»Okay, ich komme mit.«

Pern antwortete nicht darauf.

»Sag mal: Deine Leute halten Menschen aus der Stadt für Feinde. Hast du keine Angst, dass ich hier bin, um euch auszuspionieren?«

Er musterte sie. »Nein, denn ohne mich findest du weder das Dorf noch jemals aus dem Wald heraus. Außerdem habe ich gesehen, dass man versucht hat, dich zu töten.«

Plötzlich fiel ihr wieder ein, dass seine Haut unter ihrer Berührung zu leuchten begonnen hatte.

»Pern.«

»Ja?«

»Darf ich dich anfassen?«

Er runzelte die Stirn. »Warum solltest du das tun?«

»Deine Haut hat geleuchtet, als ich dich gestern berührt habe. Ich will wissen, was das ist.«

Pern sah sie aufmerksam an, dann streckte er die Hand aus. Kaia griff danach und umschloss sie mit ihren Fingern. Augenblicklich begannen die Adern unter der Haut grün zu schimmern, und wie am Tag zuvor krochen sie Perns Arm hinauf. Über die Schulter, den Hals, bis zu den Schläfen. Kaia blickte in Perns Augen, die in einem intensiven Grün zu schimmern begannen.

Diesmal zuckte sie nicht zurück.

»Was ist das?«

Erst sagte er nichts, dann zog er langsam seine Hand zurück. Das Leuchten erlosch.

»Ich kann es dir nicht erklären. Die Faye wird es tun.«

»Das sagst du immer. Egal, was ich dich frage.«

»Kennst du einen blinden Menschen? Einen, der nicht sehen kann?«

Kaia fiel sofort Steve Henders, der alte Gewürzhändler auf dem Markt ein, der jedes Gewürz an seinem Geruch erkannte und instinktiv die gewünschte Menge jedes Mal aufs Gramm genau traf. Sie nickte.

»War er schon immer blind?«, fragte Pern.

»Soweit ich weiß, ja.« Der Alte hatte ihr mal davon erzählt.

»Wärst du in der Lage, ihm die Farbe Blau zu erklären?«

»Nein«, gab sie zu. »Und du sagst, die Faye kann es?«

Pern nickte bedächtig. »Rede mit ihr und du wirst danach alles verstehen.«

Kaia überlegte, ob sie weiter nachhaken sollte, ließ es dann aber bleiben. Sie spürte, dass Pern ihr nicht mehr sagen würde.

»Wie weit ist es noch zu deinem Dorf?«, fragte sie stattdessen.

»Du bist die ganze Zeit in die falsche Richtung gegangen. Wir werden lange unterwegs sein.«

»Dann lass uns aufbrechen.«

# 16.

*Heute, Jahr 2169, USA, Die Wilde Welt*

Drei Stunden später führte Pern sie zu einem kleinen Bach. Während sie und Storm ihren Durst löschten, verschwand der Junge im Wald und kam kurz darauf mit seltsamen Beeren zurück. Sie waren blaurot gemustert, erinnerten an Weintrauben, hatten aber die Größe von Pflaumen. Pern hielt ihr fünf Stück in der offenen Hand entgegen.

Kaia betrachtete sie misstrauisch. »Bist du sicher, dass man die essen kann?«

»Sie sind sehr gut und nahrhaft. Wenn du zwei davon isst, wirst du für viele Stunden keinen Hunger mehr haben.«

»Ehrlich gesagt, sehen die Dinger nicht besonders lecker aus.«

»Hast du Hunger?«

»Ja, großen.«

»Dann iss.«

Kaia verzog den Mund. Aber sie fasste nach einer Frucht und biss hinein. Warmer, süßer Saft lief ihre Lippen hinab. Das Fruchtfleisch war köstlich. Schmeckte wie eine Mischung aus Banane, Apfel und Honig. Laut schmatzend aß sie die erste Frucht auf und griff sofort nach einer zweiten.

»Echt lecker diese Früchte, oder was auch immer das ist«, sagte sie mit vollem Mund.

»Das sind Gürtelbeeren. Wir nennen sie so, weil sie in einer Reihe an Bäumen hängend wachsen.«

»Interessanter Name. Habe ich noch nie gehört. So etwas gibt es bei uns in der Stadt nicht.«

»Sie wachsen überall im Wald.«

»Komisch, ich habe keine gesehen.«

»Das ist für dich schwierig. Die Gürtelbeeren spüren jede Luftveränderung. Beim kleinsten Anzeichen einer Bewegung in ihrer Nähe ziehen sich die Früchte in die Blätter zurück und werden so unsichtbar. Man muss sich ihnen sehr langsam nähern, wenn man sie pflücken will. Heute zieht ein leichter Wind durch den Wald, da fällt es den Beeren schwer, Fressfeinde zu orten.«

*Er redet von diesen Früchten, als wären es denkende Lebewesen.*

Kaia schaute zu Storm, der neben ihr auf dem Boden hockte und Pern anstarrte.

»Er hat ebenfalls Hunger.«

»Ich weiß.«

Pern bückte sich und hielt dem Wolf eine Frucht hin, die dieser zögernd aus der Hand nahm, sich ein Stück zurückzog und zu kauen begann.

Kaia sagte zu Pern: »Ich hätte niemals gedacht, dass er so etwas frisst. Er mag süße Sachen nicht.«

»Sie sind nicht süß.«

»Wie bitte?« Kaia schaute ihn verblüfft an. »Sogar zuckersüß. Ich habe doch gerade zwei gegessen.«

»Für dich haben sie so geschmeckt. Für ihn schmecken sie anders.«

»Das verstehe ich nicht.«

»Woran hast du gedacht, als du in die erste Frucht gebissen hast? Welchen Geschmack hast du erwartet?«

»Da es wie eine Beere aussah, an eine Beere. Von der Form erinnert diese Frucht allerdings eher an eine kleine Banane, und ich hoffte, dass sie süß wie Honig ist.«

Pern sagte nichts.

»Halt mal! Willst du mir gerade erklären, dass die Beere so schmeckt, wie ich erwarte?«

»So ist es.«

»Hä?«

»Die Gürtelbeeren wollen nicht von einem einzigen Tier gefressen werden, daher verstecken sie sich, und es ist schwierig, an sie ranzukommen. Gleichzeitig müssen sie sich fortpflanzen. In ihrem Inneren sind winzige Samen, die die Waldbewohner aufnehmen, verdauen und an einem anderen Ort wieder ausscheiden. Dort schlüpfen sie dann aus. Auf diese Weise vermehren sie sich. Sie sind so nahrhaft, dass man von wenigen Früchten satt wird …«

»Okay, das verstehe ich, aber warum sollten die Dinger für jeden anders schmecken?«

»Für die Beere ist es wichtig, vollständig aufgegessen zu werden. Nur durch den Verdauungsvorgang und die

Ausscheidung können die Samen aus der Kapsel schlüpfen. Darum manipuliert die Beere unseren Geschmackssinn.« Pern deutete auf Storm. »Für ihn schmeckt sie sicherlich nach Fleisch.«

Kaia war sprachlos. Dieser Wald, die Welt außerhalb der Stadtmauern, war so vielfältig, so fantastisch, dass es kaum vorstellbar war, dass die Bewohner der Stadt davon nichts wussten. Allein diese seltsamen Beeren würden das Nahrungsproblem der Menschen für immer lösen. Dann fiel ihr etwas ein, das Pern erwähnt hatte und sie jetzt irritierte.

»Du sagtest, die Samen schlüpfen? Du meinst bestimmt, dass sie aus der Kapsel sprießen.«

»Komm her«, sagte Pern und trat zu einem mächtigen Baum, der weit in den Himmel ragte. Aufmerksam betrachtete er die Rinde, anschließend deutete er auf eine Stelle.

Zunächst sah Kaia nichts, aber dann entdeckte sie einen winzigen blauroten Wurm, nicht länger als ihr kleiner Fingernagel, der den Stamm emporkletterte.

»Das ist … ein … Wurm«, stieß sie hervor. »Ein Tier. Wie kann das sein?«

»Nein, es ist kein Tier«, erwiderte Pern ruhig. »Wir nennen es *Kleiner Gürtler.* Es ist ein Teil der kommenden Pflanze.« Er zeigte nach oben. »Wenn er die ersten Äste erreicht, wird er sich festklammern und austreiben. Wachsen und Beeren bilden, die eines Tages bis zum Boden reichen. Dann können wir sie essen.«

»Man könnte meinen, ich wäre auf einem fremden Planeten gelandet, dabei ist diese Welt gerade mal dreißig Meilen von der Stadt entfernt, und dort ahnt man nichts von alldem.«

»Das ist nicht unsere Schuld. Wir haben Leute ausgesandt, um mit den Menschen der Stadt Kontakt aufzunehmen.«

Er sprach nicht weiter, aber Kaia wusste auch so, was er ihr sagen wollte. Es war ungeheuerlich. Diese Leute, von denen er sprach, waren offensichtlich nie zurückgekehrt.

»Das tut mir leid«, sagte sie.

Pern antwortete nicht darauf und Kaia beschloss, das Thema ruhen zu lassen. So vieles war geschehen und sie wusste nicht, wie viel sie noch ertragen konnte. Storm hatte inzwischen zwei weitere Beeren genussvoll heruntergeschlungen und kam zu ihr getrottet. Pern nickte Kaia zu, dann drehte er sich um und marschierte los.

Gegen Spätnachmittag erreichten sie einen kleinen See, der nicht von Bäumen zugewachsen war und in der Sonne glitzerte. Nachdem alle ihren Durst gestillt hatten, begann Pern sich unvermittelt zu entkleiden.

»Halt! Stopp! Was machst du?«, rief Kaia erschrocken aus.

»Ich gehe schwimmen.«

»Bist du verrückt? Was, wenn da wieder so Riesenmonster unter der Oberfläche lauert?«

»Du meinst einen Wassergeist.« Pern lachte.

»So nennt ihr die Biester? Klingt viel zu harmlos für meinen Geschmack.«

»Hier lebt keiner. Ich spüre es.«

»Ach ja, du spürst es. Dann ist es natürlich etwas ganz anderes«, sagte Kaia sarkastisch.

Das Wasser lockte mit kühler Frische und sie war verschwitzt. Die Klamotten klebten an ihrem Leib. Über ihre verdreckten Haare wollte sie lieber nicht nachdenken, und ehrlich gesagt, roch sie nach Schweiß. Unangenehm. Für eine Dusche hätte sie jetzt ihre Seele gegeben, aber es sprachen gleich zwei Dinge dagegen, in den See zu springen.

Das Wasservieh, egal wie man es nannte, und ein nackter Pern. Kaia hätte nicht sagen können, was schlimmer war.

Kaia hockte mit angezogenen Knien am Ufer und beobachtete missmutig, wie Pern sich auf der Wasseroberfläche treiben ließ. Es musste ein herrliches Gefühl sein. Kühl und erfrischend. Neben ihr lag Storm und sah dem Treiben ebenfalls aufmerksam zu.

Einmal mehr wurde ihr bewusst, wie verschwitzt sie war und dass ihre Klamotten säuerlich müffelten. Eigentlich hatte sie keine Wahl.

»Was meinst du, Storm? Soll ich es wagen?«

Der Wolf hob den Kopf an, hechelte.

»Das deute ich als Ja. Wenn mir etwas passiert, bist du schuld.«

Bevor sie es sich anders überlegte, zog Kaia ihre Stiefel aus, schlüpfte aus Hosen und Socken. Schließlich flog auch das verdreckte T-Shirt zu Boden. Nur in BH und Slip rannte sie die wenigen Meter bis zum Wasser und stürzte sich hinein.

Es war genauso herrlich, wie an einem heißen Sommertag in den Pazifik zu springen.

Erfrischende Kühle beruhigte ihre erhitzte Haut und wusch neben all dem Schweiß und Schmutz auch einen Teil ihrer Angst ab. Sie tauchte kurz zum flachen Grund und kam prustend wieder an die Oberfläche.

Kaia legte sich flach aufs Wasser und machte ein paar Kraulzüge. Als sie zurück zu Pern schaute, stellte sie fest, dass er sie bewundernd ansah.

»Was ist?«, rief sie.

»So schwimmt keiner bei uns im Dorf. Wie machst du das?«

»Du meinst Kraulen?«

»Ich weiß nicht, wie es heißt, aber es sieht sehr elegant aus.«

»Wenn du willst, zeige ich es dir.«

Die nächste Stunde verbrachte sie damit, Pern Schwimmunterricht zu geben. Es war ein heißer Tag, und laut ihrem Begleiter würden sie das Dorf heute sowieso nicht mehr erreichen. Es spielte also keine Rolle, wenn sie hier noch etwas Zeit vertrödelten und das kühle Wasser genossen.

Gleichzeitig stellte sich Kaia erneut die Frage, was sie in Perns Dorf erwartete. Er hatte ihr gesagt, dass seine Leute ihr nichts antun würden, und sicherlich glaubte er das auch. Aber womöglich gab es unter den Dorfbewohnern jemanden, der anders darüber dachte. Der sie als Feind betrachtete und vernichten wollte.

Kaia blickte zu Pern hinüber, der das Kraulen inzwischen einigermaßen hinbekam. Er rief nach ihr und schwamm mit kräftigen Zügen in die Mitte des Sees. Kaia folgte ihm langsam. Als sie nebeneinander im Wasser lagen, fiel ihr wieder das ungewöhnliche Grün seiner Augen auf. Für einen Moment verlor sie sich darin, dann sah sie schnell weg.

»Was ist?«, fragte Pern.

»Nichts«, sagte Kaia. Sie konnte ihm unmöglich sagen, wie faszinierend seine Augen waren.

»Lass uns herausfinden, wer schneller schwimmen kann«, schlug Pern lächelnd vor.

»Du wirst verlieren.«

»Vielleicht …«, meinte der Junge. »Vielleicht aber auch nicht.« Er schwamm los.

»Hey, das ist unfair«, rief Kaia.

Sie gewann mit zwei Körperlängen Vorsprung.

Als sie zurück am Ufer waren, wusch Kaia ihr T-Shirt, ihre Hose und die Socken im Wasser und breitete sie über einem Felsen zum Trocknen aus. Danach lagen sie und Pern im weichen Gras und schauten zum Himmel hoch.

Majestätisch blau und wolkenlos erstreckte er sich über ihnen, und Kaia spürte, wie sie sich entspannte. Nichts war gut und würde es möglicherweise nie wieder werden, aber dieser Moment war es. Sie schloss die Augen.

»Wie ist es bei dir in der Stadt?«, fragte Pern.

»Laut und schmutzig. Es gibt von allem zu wenig. Niemand glaubt an die Zukunft. Daran, dass es besser werden könnte.«

Pern schwieg für ein paar Augenblicke. Dann sagte er: »Das ist traurig.«

»Ja, ist es. Hast du Angst vor etwas?«

»Nein.«

»Der Wald ist gefährlich.«

»Alles, was darin lebt, erfüllt einen Sinn. Nichts ist unwichtig oder überflüssig.«

»Das klingt schön, hilft aber nicht, wenn Wassermonster oder Waldbären einen fressen wollen.«

»Sie tun nur, was ihnen die Natur vorgibt.«

Pern erhob sich. Nackt. Kaia versuchte an ihm vorbeizuschauen.

*Himmel, auch das noch*, dachte Kaia.

Sie schluckte trocken. »Erzähl mir was von dir«, sagte sie, um sich von seinem Anblick abzulenken.

Er lächelte. »Was willst du wissen?«

»Dein Dorf. Wer lebt dort?«

»Wir sind eine kleine Gemeinschaft. Jeder kann sich auf jeden verlassen und wir teilen alles.«

»Ist das Leben in der Wildnis hart? Müsst ihr oft hungern?«

»Der Wald gibt uns alles, was wir brauchen, und ehrlich gesagt: Wir brauchen nicht viel.«

*Klingt ziemlich naiv. Okay, scheint ein einfacher Standard zu sein, aber mal ehrlich, wer will so leben?*

»Ich sehe dir an, was du denkst«, meinte Pern lachend.

»Und was denke ich?«

»Dass wir Wilde sind.«

Kaia spürte, wie ein Lächeln ihren Mund verzog. »Na, seid ihr doch auch. Schau dich mal an. Federn im Haar und du läufst halb nackt durch die Gegend.«

Er grinste. »Im Moment bin ich ganz nackt und das scheint dich ziemlich zu verwirren.«

*Ertappt!*

Hitze stieg in ihr Gesicht. »Nein, das macht mir nichts aus«, log sie.

»Bei uns im Dorf gehen alle so schwimmen oder liegen nackt in der Sonne.«

*Na prima.*

Kaia wusste nicht, was sie darauf erwidern sollte, ohne prüde zu wirken. Sie ließ sich zurück ins Gras fallen und schloss die Augen.

Während sie die Wärme genoss, ging er ihr nicht aus dem Kopf. Hatte er zunächst einen ziemlich primitiven Eindruck auf sie gemacht, so musste sie sich inzwischen eingestehen, dass er weder dumm noch vollkommen ungebildet war. Je länger sie über Pern und seine Dorfgemeinschaft nachdachte, desto mehr wunderte sie sich über das Bild, das man sich in der Stadt von diesen Menschen machte. Zugegeben: Pern war der einzige Mutierte der Freien Welt, dem sie bisher begegnet war, und vielleicht gab es Gruppen, die gefährlich waren, aber davon hatte er bisher nicht gesprochen. Allerdings hatte sie jetzt auch keine Lust, danach zu fragen. Der Moment war zu schön nach all der Aufregung und dem Schrecklichen, das geschehen war, um ihn durch Fragen zu zerstören. Außerdem würde er sowieso wieder nur sagen, sie solle die Faye fragen.

»Wenn du dir etwas wünschen könntest …«, sagte Pern leise neben ihr. »Was wäre das?«

Sie musste nicht lange überlegen. »Ich hätte gern mein altes Leben zurück.«

»War es so gut? Alles, was ich von dir darüber gehört habe, klang anders, und sie haben deinen Freund getötet.«

»Er war viel mehr als nur ein Freund. So etwas wie mein Vater, der mich viele Jahre beschützt und behütet hat.«

»Das tut mir leid.«

Kaia unterdrückte die aufkommenden Tränen. »Mein Leben war nicht gut, aber es war alles, was ich kannte. Nun fühle ich mich verloren.«

»Ich verstehe.«

Sie spürte, wie er seine Hand tröstend auf ihre legte.

Kurz ließ sie es geschehen, genoss die Berührung sogar, dann richtete sie sich abrupt auf und sagte: »Es ist an der Zeit weiterzugehen. Wir müssen auch noch Nahrung und einen Unterschlupf für die Nacht finden.«

# 17.

*Heute, Jahr 2169, USA, Die Wilde Welt*

Gegen Abend blieb Pern auf einer kleinen Lichtung stehen und schaute sich um. Sie waren den ganzen Tag durch den Wald gestapft und dementsprechend müde fühlte sich Kaia.

»Irgendwelche Bären oder sonstigen Viecher in der Nähe?«, fragte sie erschöpft.

Pern verneinte und Kaia ließ sich zu Boden sinken. Storm legte sich sofort neben sie. Mit geschlossenen Augen lauschte Kaia in den Wald. Es war still. Nur weit entfernt schimpfte ein Vogel.

Die Erschöpfung der letzten Tage forderte ihren Tribut und Kaia nickte ein.

Als sie wieder zu sich kam, hatte Pern ein Lager aus breiten, fleischigen Blättern errichtet. Darüber hatte er belaubte Äste mit Grashalmen zusammengebunden, sodass sie ein natürliches Dach bildeten. In einem ausgehöhlten, großen Pilz hatte er Wasser geschöpft. Verschiedene Beeren und Früchte befanden sich daneben.

Kaia blickte zum Himmel empor, den sie kaum zwischen den Wipfeln der Bäume ausmachen konnte.

»Wie lange habe ich geschlafen?«, fragte sie.

Pern zuckte mit den Schultern.

»Du warst fleißig«, sagte Kaia. »Sieht trocken und bequem aus.«

»Hier werden wir die Nacht verbringen«, erklärte er.

»Ist es sicher?«

Erneut war die Antwort lediglich ein Schulterzucken.

»Ich würde ungern im Schlaf gefressen werden.«

Er lachte. »Das passiert nicht.«

»Wirst du auch schlafen?«

»Ja.«

»Aber wer hält dann Wache?«

Pern nickte in Richtung Storm. »Er wird aufpassen.«

»Das ist zwar ein Wolf, aber er hat keine Ahnung von der Wildnis.«

»Es wird nichts geschehen. Ich bin sicher.«

»Na, wenn du das sagst.« Kaia seufzte. Sie rollte sich herum und fasste nach einer grünlichen Frucht, die an einen verkrümmten Apfel erinnerte. »Was ist das?«

»Wir nennen es Belge.«

»Und das kann man essen?«

»Ja.«

»Irgendetwas, das ich wissen sollte?«

Er schüttelte den Kopf.

»Muss man sie schälen?«

Pern stöhnte auf.

»Ich frage ja nur«, verteidigte sich Kaia. »Hast du etwas für den Wolf?«

»Er hat schon gefressen.«

»Ach, was denn?«

»Kennst du nicht.«

»Das ist ja mal eine überraschende Aussage. ICH KENNE HIER GAR NICHTS! Deshalb frage ich ja.«

Pern machte ein Geräusch, das wie ein Klicken klang.

»Was soll das?«, fragte Kaia.

»Es ist der Name dessen, was er gegessen hat.«

»Das war kein Name, sondern ein Geräusch. Mach es noch mal.«

*Ktntek.*

»Warum heißt die Frucht so?«

Pern griff hinter sich und reichte ihr etwas, das wie eine Walnuss aussah, aber eine weiche Schale hatte. Als sie die Nuss drehte, erklang das Geräusch, das Pern gemacht hatte.

»In der Schale sind winzige Löcher. Wenn man diese Frucht drückt oder dreht, entweicht Luft und es gibt das Geräusch.«

Kaia tat es noch einmal und lachte.

»Kann ich das essen?«, fragte sie.

»Sicher.«

Sie biss hinein und stellte fest, dass die Nuss nach Brot schmeckte. »Nicht schlecht.«

Kauend, die Beine untergeschlagen, saß Kaia da und stillte ihren Hunger. Anschließend trank sie von dem Wasser. Erneut fiel ihr auf, dass Pern nichts zu sich nahm.

*Wahrscheinlich hat er gegessen und getrunken, während ich geschlafen habe.*

»Darf ich dich noch etwas fragen?«

»Ja, jederzeit.«

»Die Faye führt die Gemeinschaft an, hast du gesagt. Was kannst du mir über sie erzählen?«

»Vor langer Zeit geschah ein großes Unglück. Alle Erwachsenen starben, aber eine kleine Gruppe Kinder entkam. Die Faye führte sie tief in den Wald. Dort begannen wir ein neues Leben.«

»Dann hast du keine Eltern?«

Pern schüttelte den Kopf. »Niemand von uns.«

»Was ist damals passiert?«

»Ich weiß es nicht. Ich war noch zu klein. Die Faye spricht nicht darüber.«

»Das klingt schlimm.«

»Wie gesagt: Ich kann mich an all das nicht erinnern.«

»Dann leben bei euch bloß Kinder und Jugendliche? Wie viele seid ihr?«

»Du wirst es morgen sehen. Wir sollten nun schlafen.«

»Aber ich habe noch so viele Fragen.«

»Morgen.«

Pern drehte sich um und legte sich nieder. Bettete seinen Kopf auf den Unterarm. Kurz darauf verriet sein gleichmäßiger Atem, dass er eingeschlafen war.

Kaia fühlte sich noch nicht müde. Sie hatte gerade erst die Augen aufgemacht. Perns Worte hallten in ihr nach, wühlten sie auf.

Eine Gruppe Kinder, die ihre Eltern durch ein Unglück verloren hatten, allein im Wald und das bei all den

Gefahren. Diese Faye musste etwas älter als die anderen sein und war sicherlich eine außergewöhnliche Frau. Kaia war gespannt darauf, sie kennenzulernen. Gleichzeitig konnte sie die Angst vor dem, das womöglich auf sie zukam, nicht abschütteln. Sie musste darauf hoffen, dass die Menschen im Dorf so friedlich wie Pern waren.

*Was erwartet mich?*

Während sie darüber nachgrübelte, schlief Kaia ein.

Kaia schreckte aus dem Schlaf hoch, als sich eine Hand auf ihren Mund legte. Pern.

Im Licht des Mondes sah sie, wie er ihr bedeutete, leise zu sein. Nicht zu reden. Perns Gesicht lag im Halbschatten, dennoch konnte Kaia die Sorge darin erkennen. Irgendetwas ging hier vor, und es musste gefährlich sein, wenn der Junge sie mitten in der Nacht weckte. Ein seltsames Rauschen lag in der Luft. Wie Herbstwind, der durch die Blätter der Bäume fährt.

Sie beobachtete, wie Pern zu Storm ging und ihm die Hand über die Augen legte.

*Was macht er da?*

Was auch immer es gewesen war, der Wolf trabte lautlos in den Wald und war kurz darauf nicht mehr in den Schatten der Bäume auszumachen. Kaia wollte nach ihm rufen, aber Pern fuchtelte wild mit der Hand.

*Fuck. Was ist hier los?*

Der Junge griff nach ihrem Arm und zog sie mit sich. Er führte sie zu einem Baum, dessen Äste tief herabhingen.

Das Rauschen der Luft war nun in ein lautes Tosen übergegangen.

*Zieht ein Sturm auf?*

Kaia sah Pern fragend an, der ihr jedoch bloß mit den Händen bedeutete, auf den Baum zu steigen. Es wirkte eindringlich.

*Wenn da ein Unwetter kommt, ist es doch auf einem Baum zu gefährlich. Der Sturm wird uns runterwehen.*

Das Tosen war inzwischen so laut, dass Kaia den Jungen fragen wollte, was hier los war, aber seine Reaktion war heftig. Mit einer harten Geste bedeutete er ihr, still zu sein. Dann deutete er wieder den Baum hinauf.

Als Kaia widersprechen wollte, wehte ein fauliger Gestank heran. Ihre Nackenhaare richteten sich auf und eine eiskalte Hand griff nach ihrem Herz.

Ein donnerndes Brüllen erklang.

Dann erzitterte der Boden.

Kaia griff nach dem untersten Ast und zog sich mit einem Ruck in die Höhe. Neben ihr kletterte Pern in atemraubender Geschwindigkeit nach oben. *Wie ein Affe*, schoss ihr durch den Kopf. Sie folgte ihm, so schnell es ging.

Ein weiteres tiefes Brüllen hallte durch den Wald. Der Baumstamm begann zu zittern. Kaia hatte nun die halbe Höhe erreicht und wagte es, einen Blick nach unten zu werfen.

Was sie in einiger Entfernung sah, verschlug ihr den Atem.

Etwas Ungeheuerliches schob sich zwischen den Bäumen hindurch. Im Schein des Mondlichts erkannte Kaia einen glänzenden schwarzen Körper so groß wie ein Güterzug. Das Wesen schien keine Beine zu haben und erinnerte an einen gigantischen Wurm, der mit weit aufgerissenem Maul eine Schneise durch die Vegetation fraß. Alles, was nicht zwischen den unzähligen spitzen Zähnen verschwand, wurde von einem mächtigen Körper platt gewalzt.

Dabei bewegte sich das Tier, oder was immer das auch war, mit erstaunlicher Geschwindigkeit voran. Kaia konnte weder Augen noch Ohren und auch keine Nase erkennen. Das Biest schien blind zu sein.

Am Vorderteil des Körpers, den Kaia als Kopf deutete, befand sich über diesem riesigen Maul ein Loch, ähnlich dem Blasloch eines Wales. Nun erkannte sie, dass von ihm das Tosen erzeugt wurde, während das aufgerissene Maul immer wieder ein furchterregendes Brüllen ausstieß. Dann herrschte plötzlich Stille.

Das Wesen war vielleicht noch zwanzig Meter entfernt und hielt direkt auf den Baum zu, auf den sie und Pern geklettert waren. Kaia zuckte bei dem Gedanken zusammen, dass es gegen den Stamm prallen und sie beide hinunterschütteln würde.

In dem Moment, in dem Kaia die Augen schließen wollte, ertönte links von ihr der klagende Ruf einer Eule. Der riesige Kopf des Wurmes wandte sich unvermittelt in die Richtung des Rufes und das Tier änderte seinen Weg.

Es stieß ein Brüllen aus und brach durch das Dickicht neben ihrem Lager.

Als das Biest nicht mehr zu hören war, bedeutete ihr Pern, dass sie jetzt den Baum verlassen konnten. Vorsichtig kletterte Kaia hinab. Durch dieses Erlebnis hatte alle Kraft sie verlassen, und sie wusste kaum, wie sie sich an den Ästen festhalten sollte.

Als sie endlich auf dem Boden stand, zitterten ihre Knie so heftig, dass Pern sie stützen musste.

»Was um alles in der Welt war das?«, keuchte sie.

»Wir nennen es den *Wanderer.* Sie sind sehr selten.«

»Der Name ist viel zu harmlos dafür.«

Kaia blickte zu der Schneise der Verwüstung, die das Biest hinterlassen hatte.

»Was hast du mit Storm gemacht?«

»Ihm gesagt, dass er sich verstecken soll.«

»Du hast was?«

»Er ist schneller als wir und kommt im Wald zurecht. Für ihn gab es die Möglichkeit, dem Wanderer auszuweichen. Wir hätten das niemals geschafft. Darum sind wir auf den Baum geklettert.«

»Willst du mir ernsthaft sagen, du hast mit dem Wolf gesprochen? Und er hat dich verstanden?«

*Irgendwie muss es so sein, denn Storm hätte mich sonst niemals allein gelassen.*

»Es war kein Sprechen. Ich habe das Bild des Wanderers in seinen Geist geschickt.«

Kaia sah ihn verblüfft an. Perns Gesicht wurde vom

Mondlicht beschienen. Seine Miene verriet, dass er ernst meinte, was er da sagte.

*Aber das ist unmöglich.*

Dennoch konnte sie nicht abstreiten, dass der Wolf das getan hatte, was der Junge glaubte, ihm vermittelt zu haben.

*Wo ist er überhaupt?*

Der Gedanke war kaum zu Ende gedacht, da trabte Storm zwischen den Büschen hindurch auf die von dem Wanderer geschaffene Lichtung. Er setzte sich erwartungsvoll vor Kaia. Sie bückte sich und schlang ihre Arme um seinen Hals. Der Geruch des Wolfes beruhigte wie seit vielen Jahren ihr aufgewühltes Herz.

»Die Sonne wird bald aufgehen«, sagte Pern. »Ich denke, wir brechen jetzt auf. Schlafen wird sowieso keiner mehr von uns.«

»Und der Wanderer? Ist er noch in der Nähe?«

»Nein, er ist weitergezogen. Außerdem sucht er keine Stelle des Waldes zweimal auf. Es ist also sicher.«

»Das hast du gestern auch gesagt, als wir unser Lager aufgeschlagen haben. Und …« Sie sprach nicht weiter.

»Heute erreichen wir mein Dorf.«

Pern drehte sich um und ging los, bevor Kaia etwas erwidern konnte.

# 18.

*Heute, Jahr 2169, USA, Die Wilde Welt*

Das Dorf lag auf einer sonnenbeschienenen Lichtung. Als Kaia aus dem Wald trat, entdeckte sie Laubhütten, ähnlich der, die Pern in der Nacht zuvor errichtet hatte. Nur größer.

Ein schmaler, gurgelnder Bach floss durch das Dorf, und da war ein kleiner Platz, auf den jemand Baumstämme im Kreis gelegt hatte. In der Mitte brannte ein Feuer.

Es waren nur wenige Menschen zu sehen. Allesamt Kinder und Jugendliche und immer mehr kamen hinzu. Keiner von ihnen schien unter zwölf oder älter als zwanzig Jahre zu sein. Pern hatte ihr davon berichtet, aber ihnen gegenüberzustehen, war etwas ganz anderes. Kaia spürte, wie sich ihr Magen zusammenzog. Schweiß brach aus und rann in ihre Augen, sie wischte ihn jedoch nicht weg, aus Angst, eine Bewegung zu machen, die man falsch verstehen könnte.

Während sie neben Pern durch das Dorf schritt und den Blick auf den Boden gerichtet hielt, schielte sie aus dem Augenwinkel auf die Kinder. Alle trugen ähnliche Kleidung wie Pern und die meisten hatten ihr Haar in dünne Zöpfe geflochten, in die Vogelfedern eingearbeitet waren.

Sie waren sonnengebräunt, was sicherlich daran lag, dass sie sich überwiegend im Freien aufhielten. Kaia schätzte die Gruppe der Kinder auf vielleicht ein Dutzend, wobei sie nicht wusste, wie viele von ihnen in den Hütten geblieben oder im Wald auf Nahrungssuche waren. Waffen erspähte sie nirgends.

Pern ging an ihnen vorbei, grüßte hier einen und fuhr dort jemandem durch die Haare.

Alle starrten Kaia an, hatten ernste Mienen, niemand lächelte.

»Droht mir Gefahr?«, fragte Kaia Pern leise.

»Nein.«

»Aber …«

»Sei jetzt still. Wir sind da.«

Pern hielt vor der größten Hütte an, die mindestens zwei Meter hoch und deren Eingang von einem Vorhang aus geflochtenem Gras verdeckt war.

Hier wohnte also die Faye. Der Mensch, der all die Kinder gerettet hatte, obwohl sie selbst noch ein Kind gewesen war.

Kaias Knie wurden weich. Ihr war plötzlich schwindelig.

Was würde nun geschehen?

*Wird sie mich akzeptieren? Davonjagen? Oder Schlimmeres?*

Eine Hand schob den Vorhang beiseite.

Heraus trat eine junge Frau mit geflochtenen braunen Haaren. Ein sanftes Lächeln umspielte ihren vollen Mund.

Kaia blinzelte gegen die Sonne.

Die Frau kam ihr vage bekannt vor. Etwas an ihr weckte alte Erinnerungen.

Die andere kam einen Schritt näher. Kaia betrachtete sie verwirrt, als sie direkt vor ihr stehen blieb. Sekunden vergingen. Beide schauten einander an.

Dann sagte die Faye ihren Namen. »Kaia.«

Ein Lächeln erschien auf ihrem Gesicht und sie breitete die Arme aus.

Kaia spürte, wie sich ihre Augen mit Tränen füllten.

Dann stürzte sie nach vorn und warf sich in die Arme ihrer Schwester.

»Sarah«, hauchte Kaia.

Sie atmete den Duft ihrer Haut ein, fuhr immer wieder mit den Fingern über das Gesicht ihrer Schwester, wollte sich versichern, dass dies kein Traum, sondern Realität war.

Auch Sarah weinte. Tränen liefen über ihr Gesicht und sie schluchzte laut auf. Sagte ebenfalls ihren Namen.

Wieder und wieder. »Kaia. Kleine Kaia. Du lebst.«

Kaia bekam kaum noch Luft vor Aufregung. Irgendwie war alles zu viel. Sie klammerte sich an Sarah fest und hatte das Gefühl, gleich ohnmächtig zu werden, aber da war dieser eine Gedanke, der sie auf den Beinen hielt.

*Ich bin nicht mehr allein.*

Ihr Leben lang hatte sie geglaubt, ihre Familie wäre bei dem Überfall vor zehn Jahren gestorben, und nun musste sie feststellen, dass ihre Schwester lebte und die Anführerin der Mutierten war.

Die Faye.

»Du bist wirklich da«, sagte sie.

»Ich kann dich spüren. Sarah. Ich … Du riechst so gut.«

Sarah lachte. Es klang befreit, wischte alle Tränen weg. »Tatsächlich? Und ich dachte, ich müsste heute noch im Bach baden.« Ihr Blick wanderte zu Pern. »Hast du es gewusst?«

»Nein«, sagte er. »Wie sollte ich?«

»Du warst lange weg. Wir haben uns Sorgen um dich gemacht.«

»Ich bin den Weg des Waldes gegangen, so wie du es mir gesagt hast.«

Das klang merkwürdig, aber dies war nicht der Moment, danach zu fragen. Stattdessen nahm Kaia die Finger ihrer Schwester in die Hand und zog sie mit sich zum Versammlungsplatz. Sie setzte sich auf einen der Baumstämme und sagte: »Du musst mir alles erzählen. Was ist damals passiert? Wie konntest du entkommen? Was ist mit unseren Eltern geschehen?«

Einige der anderen Kinder näherten sich, aber Sarah bedeutete ihnen mit einer Handbewegung, dass sie allein mit dem Neuankömmling sein wollte. Auch Pern zog sich zurück. Seltsamerweise folgte ihm Storm.

*Wahrscheinlich hat er Hunger,* dachte Kaia.

Sarah räusperte sich verlegen. »Wo soll ich anfangen?«

»Sag mir einfach, woran du dich erinnerst.«

»An alles.«

»Dann erzähl mir davon.«

»Du warst an jenem Abend mit Vater bei Hank Murdoch. Die Dämmerung war gerade hereingebrochen. Murdoch wollte in der Nacht nicht weiter und die beiden haben gestritten. Dad hat mich weggeschickt, ich sollte Mutter und den anderen Frauen helfen, das Essen zuzubereiten.«

Kaia erinnerte sich an den Streit, aber nicht daran, dass Sarah zunächst bei diesem Gespräch dabei gewesen war.

»Irgendwann schrie jemand, dann folgten Schüsse. Du und Vater wart zu diesem Zeitpunkt nicht im Lager, also hat Mom mich zu sich gezogen und mir gesagt, dass ich mich mit den anderen Kindern im Wald verstecken soll.«

»So war es auch bei mir. Dad hat verlangt, dass ich mich irgendwo verkrieche.«

Sarah legte ihre Hand auf Kaias und drückte sie sanft.

»Es war das totale Chaos. Um mich herum starben die Menschen. Ein paar Männer hatten sich verbarrikadiert und erwiderten das Feuer der Angreifer. Mom und die anderen Mütter gaben uns Wasserflaschen und etwas zu essen. Alles musste sehr schnell gehen. Unsere Mutter starb, als sie mich noch einmal kurz an sich drückte. Eine Kugel hat sie im Rücken getroffen. Als wir Kinder losrannten, stürmten Soldaten das Lager und erschossen jeden, auf den sie trafen. Ich bin mit den anderen in den Wald geflüchtet, doch statt uns zu verstecken, sind wir immer weitergelaufen. Ein paar Kinder wollten zurück, aber die größeren haben sie einfach mit sich gezogen. Dad und dich habe ich nie wiedergesehen. Ich dachte, ihr beide seid tot, so wie all die anderen.«

»Was mit Dad geschehen ist, weiß ich nicht. Da er nicht zurückgekommen ist, bin ich später davon ausgegangen, dass man ihn getötet hat.«

»Woher hast du den Wolf?«

»Ich habe mich bei dem Angriff in einer Erdhöhle versteckt. Er war schon drin. Ein verlassener Welpe. Wir haben uns aneinandergepresst und sind drei Tage in dem Loch geblieben, bis Hayes, ein Späher der Stadt, uns gefunden hat. Er hat mich großgezogen.«

Kaia erzählte ihr von ihrem Leben in der Stadt, den Zuständen, die dort herrschten, und von Goya, der alles mit eiserner Hand regierte. Dann kam sie auf die Waldgemeinschaft zu sprechen.

»Wie konntet ihr all die Jahre überleben? Ich bin seit drei Tagen im Wald. Wäre beinahe gefressen oder platt gewalzt worden und habe kein Essen gefunden.«

Sarah verzog den Mund zu einem bitteren Lächeln. »Wir haben es nicht alle geschafft. Was du hier siehst, ist nicht mal die Hälfte der Kinder, die damals geflüchtet sind. Wir haben einen hohen Preis für unser Entkommen gezahlt.«

Das Lagerfeuer knisterte. Sarah hob einen Ast auf und warf ihn in die Flammen. Funken stoben zum Himmel.

»Am Anfang war es schwer, aber wir kamen zurecht«, erzählte sie weiter.

»Es ist erstaunlich, dass ihr durchgehalten habt. Ohne Erwachsene.«

»Ganz so ist es nicht. Ein alter Mann hat irgendwann den Weg zu uns gefunden. Henry. Er ist ein wenig verwirrt und seit drei Jahren im Dorf. Oft sagt er unverständliches Zeug, aber an manchen Tagen ist er vollkommen klar. Henry hat uns erzählt, dass er mit seiner Familie vor zehn Jahren aus der Stadt in den Wald fliehen musste. Was aus seiner Frau und seinen Kindern wurde, weiß ich nicht. Henry spricht nicht darüber. Irgendwann sind wir auf ihn gestoßen, da war er schon allein. Er hatte sich das Bein gebrochen und konnte nicht mehr weiter. Ihm waren Essen und Wasser ausgegangen. Sein Zustand war kritisch. Er hatte hohes Fieber. Wir haben ihn zu viert ins Dorf geschleppt und gesund gepflegt. Seitdem lebt er bei uns.« Sarah blickte zu Boden, dann wieder auf. »Kurz darauf ist er erblindet. Wir wissen nicht, warum. Vielleicht hat er sich mit etwas infiziert.« Sie seufzte. »Wie gesagt: Oft ist sein Kopf nicht ganz klar, aber er ist ein netter Kerl. Die Kinder lieben ihn sehr.«

*Sie spricht von den anderen als Kindern, obwohl sie selbst kaum älter ist.*

Kaia dachte darüber nach, ob sie den Mann kannte, der aus der Stadt geflohen war, doch das war unwahrscheinlich. Wenn er seit zehn Jahren im Wald lebte, war sie erst sieben Jahre alt gewesen, als er aufgebrochen war.

*Ungefähr zu dieser Zeit hat mich Hayes gefunden und mitgenommen.*

Sie schaute ihre Schwester an. Sarah hatte bereits in jungen Jahren für eine ganze Gruppe von Kindern die Verantwortung übernommen. Entscheidungen getroffen, zusehen müssen, wie viele von ihnen starben. Im Wald, auf sich allein gestellt, wurde man schnell erwachsen, oder man überlebte nicht.

Und darum ging es. Überleben. Auch für sie selbst. Seit Hayes' Tod war ihr Leben auf den Kopf gestellt, nichts mehr wie zuvor, und eine Frage tauchte immer wieder in ihrem Kopf auf – wie sollte es jetzt für sie weitergehen?

Zurück konnte sie nicht, aber im Wald zu leben, wollte sich Kaia auch nicht vorstellen. Sie wusste nicht, welche Tiere gefährlich und welche Pflanzen essbar waren. Hinzu kam der Gedanke an das kleine Strandhaus, in dem sie wohnte, an Adam und den blauen Ozean, in dem sie so gern schwamm.

Die Situation war derart ausweglos, dass sich Kaia am liebsten auf den Boden geworfen und laut geschrien hätte. Ihr Blick fiel auf Sarah, die sie verständnisvoll anschaute.

»Es ist nicht so, wie du denkst«, sagte die. »Wir sind glücklich im Wald. Komm erst einmal an. Lass dir ein paar Tage Zeit. Du lernst die anderen Kinder kennen und wirst sehen, dass alles nicht so schlimm ist, wie es für dich im Moment scheint.«

Kaia nickte schweigend. Tränen stiegen in ihr auf, aber sie unterdrückte sie.

»Hast du Hunger?«, fragte ihre Schwester.

»Ein wenig.«

»Warte.«

Sarah stand auf, ging zu ihrem Zelt und kehrte kurz darauf mit einer Schale zurück, in der etwas lag, das an einen gerösteten Maiskolben erinnerte.

»Was ist das?«, fragte Kaia, als sie den Kolben in die Hand nahm und daran roch.

»Mais.«

»Was?«, stieß sie hervor.

»Gibt es das bei euch in der Stadt nicht?«

»Doch, doch, aber ich hatte Mais nicht bei euch erwartet. Wo habt ihr den her?«

Sarah deutete nach Westen. »Dort hinten auf einer Lichtung haben wir ein kleines Feld angelegt. Pern ist bei einer seiner langen Wanderungen auf einen verlassenen Acker gestoßen. Das daneben liegende Farmgebäude war abgebrannt, in einer kleinen Scheune hat er jedoch das Saatgut gefunden. Es ist uns gelungen, den Mais zum Keimen zu bringen, und nun hältst du das Ergebnis unserer ersten Ernte in der Hand.«

»Und ich dachte, ihr esst nur das, was euch der Wald gibt und was ihr durch Jagd erlegen könnt.«

Sarah schaute sie merkwürdig an. »Wir essen keine Tiere.«

»Ich dachte … Aber Pern hat einen Bogen.«

»Den trägt er mit sich, um sich verteidigen zu können, sollte er auf Stadtbewohner oder Soldaten treffen.«

»Was ist mit den wilden, gefährlichen Tieren des Waldes. Ihr müsst euch doch vor ihnen schützen.«

Sarah stand auf. »Weißt du was, Kaia, ich führe dich jetzt mal durch unser Lager und stelle dir die anderen Kinder vor.«

Kaia erhob sich ebenfalls. Sie fühlte, dass etwas nicht stimmte.

*Warum weicht sie meiner Frage aus?*

# 19.

*Heute, Jahr 2169, USA, Die Wilde Welt*

Das Lager hatte nicht mal ein Dutzend Hütten, und wie Sarah erklärte, wohnten nicht in allen davon Kinder. Manche waren Vorratslager oder dienten der Aufbewahrung von Geräten, wobei die sich als primitive Schaufeln und ein merkwürdiger Holzpflug herausstellten.

An Essen mangelte es hingegen nicht. Im Vorratsraum stapelten sich unzählige Arten von Früchten und Gemüse oder Kreuzungen von beidem. Das meiste hatte Kaia noch nie zuvor gesehen.

In den Wohnhütten wirkte es gemütlich. Es gab Holzbetten und Hängematten aus geflochtenem Gras. Jede Behausung hatte eine kleine Feuerstelle, die mit Steinen umrandet war. Kleidung war aus Leinen. Nadeln, Körbe oder was auch immer Kaia entdeckte, entweder aus Holz oder geflochtenem Gras. Es gab keine Felle, und wie ihr Sarah erklärt hatte, keine Nutztiere, nicht einmal Hühner.

»Alles, was wir brauchen, schenkt uns der Wald«, hatte sie erklärt. »Der Mais ist nur Luxus.«

»Noch mal: Warum jagt ihr nicht? Der Wald ist voller Tiere?«

»Weil das nicht richtig ist.«

Mehr war von Sarah nicht gekommen, und so langsam ärgerte es Kaia, dass ihre Schwester stets ausweichend auf ihre Fragen zum Wald und dem Leben darin antwortete.

Es war bloß ein Dutzend Kinder, Pern und Sarah mit eingerechnet, das hier lebte. Seltsamerweise war der Anteil an Jungen und Mädchen ausgeglichen.

Die Jungs hießen Ben, Mike, Kenley, Albert und Kevin. Kevin war mit zwölf Jahren der Jüngste. Ben mit sechzehn, nach Pern, der zweitälteste Junge im Lager. Der Rest lag irgendwo dazwischen.

Bei den Mädchen war Elea nach Sarah die Älteste. Sie war siebzehn, wie Kaia. Betty, Summer, Amanda folgten jeweils mit einem Jahr Abstand aufeinander. Gala war die Jüngste und so alt wie Kevin.

Kaia sagte auf ihrem Rundgang allen Kindern Hallo und wechselte ein paar Worte mit ihnen.

Der letzte Dorfbewohner, dem sie begegnete, war der alte, blinde Henry. Er saß am Rand des Dorfes auf einem Felsen und hielt sein Gesicht in die letzten Strahlen der untergehenden Sonne.

»Hallo«, sagte sie. »Ich bin Kaia.«

Sie betrachtete das schmale, faltige Gesicht mit dem struppigen grauen Bart. Der Kopf hingegen war komplett kahl. Die Augenlider geschlossen.

Der Alte lächelte. »Wer ich bin, weißt du bestimmt schon.«

»Ich habe ihr von dir erzählt«, erklärte Sarah.

»Und die Kinder mir von deiner Schwester. Was für ein seltsamer Umstand, euer Wiedersehen nach so vielen Jahren. Keiner wusste, dass der andere noch lebt.«

»Was machen Sie hier, so weitab von den anderen?«, fragte Kaia.

»Ich lausche dem Wind, der Sonne und den Tieren. Ihren Stimmen.«

»Was meinen Sie damit?«

»Nenn mich Henry.«

»Okay, Henry, was hörst du?«

»Den Gesang des Lebens. Manchmal ist es eine leise Melodie, oftmals nur ein Flüstern. Aber es ist stets da.«

»Das klingt schön.«

»Ist es. Und ich kann durch die Augen der Tiere sehen. Schlüpfe in ihren Geist, gehe mit ihnen auf die Jagd und wandere durch die Wilde Welt. Heute nehme ich mehr wahr als früher, als meine Augen noch funktionierten.«

Kaia dachte über diesen tiefsinnigen Satz nach. Irgendwie hatte der Alte einen Weg gefunden, sich mit seinem Schicksal zu arrangieren. Und er schien zufrieden zu sein.

Sarah bedeutete ihr zu gehen.

»Ich will ihn noch etwas zur Stadt fragen. Warum er in die Wildnis geflohen ist.«

»Ein anderes Mal. Ich merke ihm an, dass ihn die Unterhaltung erschöpft hat.«

Kaia nickte und wandte sich abermals an Henry. »Darf ich dich wieder besuchen?«, fragte sie.

Sein Gesicht strahlte und es lag nicht an der Sonne. »Wann immer du willst, mein Kind. Dann sprechen wir über das Rad der Zeit und dass alles zur Quelle zurückkehrt.«

Kaia verstand kein Wort und sah Hilfe suchend zu ihrer Schwester, aber die nahm ihre Hand und zog sie fort.

»Auf Wiedersehen«, sagte Kaia, doch der alte Mann antwortete nicht.

Als sie auf dem Weg zurück ins Dorf waren, meinte Kaia: »Er wirkt, als wüsste er, was er sagt. Manches klingt dennoch ziemlich komisch.«

»Du hast ihn in einem seiner lichten Momente erwischt. An manchen Tagen sitzt er nur da, wiegt den Oberkörper vor und zurück und summt einen tiefen Ton vor sich hin.«

»Er sagt, er könne die Stimmen der Welt hören.«

»Den Gesang des Lebens, denn der kennt keine Worte. Es ist eine Melodie, wie Henry behauptet.«

»Meinst du, er ist verrückt?«

»Ganz und gar nicht. Ich glaube ihm, auch niemand sonst im Dorf zweifelt an seinen Worten.«

Kaia blieb stehen. »Das ist doch nicht dein Ernst.«

»Warum nicht? Vielleicht hört er Dinge, die wir normalen Menschen nicht wahrnehmen.«

»So etwas ist nicht möglich.«

»Vielleicht konnten wir alle das vor langer Zeit, aber dann haben wir verlernt zuzuhören. Bei Henry ist es umgekehrt. Er hat die alte Fähigkeit wiedererlangt.«

»Ich hatte vorhin im Lager den Eindruck, dass du denkst, er wäre nicht ganz richtig im Kopf.«

»Nein, ich sagte, dass er an manchen Tagen verwirrt ist. Und das ist er, dann ist ein vernünftiges Gespräch mit ihm nicht möglich.«

»Okay, wenn wir schon dabei sind: Was hat es mit Pern auf sich?«

»Was meinst du?«

»Als ich ihn das erste Mal berührte, leuchtete seine Haut grün auf. Das Glühen kroch wie Adern seinen Hals hinauf und ließ seine Augen aufleuchten. Wie kann das sein?«

»Was hat Pern dazu gesagt?«

»Er wollte es mir nicht erklären, meinte, du würdest das tun.«

Sarah wirkte nachdenklich. »Es ist schwierig zu verstehen.«

»Ehrlich, das nervt jetzt. Immer, wenn ich dich etwas frage, weichst du mir aus. Was ist los? Was verschweigst du mir?«

Sarah biss auf ihre Unterlippe, dann sagte sie: »Du wirst es nicht hören wollen und noch weniger verstehen.«

»Was in aller Welt soll das jetzt wieder heißen?«

»Es ist eine ernste Sache.«

»Und du glaubst, ich bin besser dran, wenn ich nichts davon weiß?«, schnaubte Kaia wütend. »Ist dir eigentlich klar, dass ich nicht mehr zurückkann? Mein altes Leben ist vorbei. Wenn es noch so etwas wie ein Leben für mich gibt, dann wird es hier bei euch stattfinden. Denkst du nicht, da sollte ich alles erfahren?«

Sarah seufzte. »Schließ die Augen.«

»Was?«

»Mach, was ich dir sage.«

Kaia verzog den Mund, kam aber der Aufforderung nach. Kurz darauf berührte Sarah ihre Stirn mit einem Finger.

Danach fiel die Welt in sich zusammen und erschuf sich neu.

Ihre Augen waren geschlossen, doch hinter den Lidern explodierte die Welt in unzähligen Farben, die aufeinander zuströmten, sich vermischten, neue Farbspiele erschufen, die wiederum sich und andere bildeten. Goldene Fäden waberten durch diese Welt, verbanden alles miteinander.

Hinter den Farben erklangen unzählige Töne, aber nichts davon war unharmonisch oder schmerzte in Kaias Ohren.

An ihre Nase drangen fantastische Gerüche, so als blühten Abermillionen Blumen auf einmal. Es war ein Ozean der Düfte, einer schöner als der andere.

Dann kamen die Gefühle.

Liebe. Vor allem Liebe. Immer wieder Liebe.

Plötzlich hörte Kaia eine Disharmonie. Ein schrilles Geräusch, das zu einem dumpfen Trommelschlag wurde. Erst leise, schließlich lauter, schneller und drängender eroberte es ihr Bewusstsein. Gleichzeitig verblassten die Farben und ein Meer aus Schwarz und Rot ergoss sich über allem.

Kaia schrie. Dann riss sie die Augen auf. Sarah stand vor ihr und schaute sie traurig an. Sie reichte ihr die Hand und sagte: »So ging es mir auch beim ersten Mal.«

»Was … Was war das?«

Sarah schwieg einen Moment, als suchte sie die richtigen Worte.

»Die Schöpfung. Alles war im Einklang, bis …«

»… bis wir Menschen kamen«, vollendete Kaia den Satz. »Ich habe es verstanden, aber wie hast du das gemacht? Wie sind diese Bilder in meinen Kopf gekommen?«

»Ich habe nichts weiter getan, als dich mit dem Universum zu verbinden.«

Kaia betrachtete sie erstaunt. »Du hast *was?*«

»Wir alle waren vor langer Zeit mit ihm verbunden. Verstanden uns als einen Teil des großen Ganzen. Erinnerst du dich daran, wie uns Mom aus der Bibel vorgelesen hat?«

Kaia nickte.

»Besonders hat uns die Geschichte von Adam und Eva gefallen, die im Paradies lebten. Wir haben uns vorgestellt, wie das wäre, uns sehnlichst gewünscht, dort zu sein. Aber eines Tages hat Mutter uns die ganze Geschichte erzählt. Die Vertreibung Adam und Evas durch Gott. Heute weiß ich, dass es so nicht stimmt.«

»Wie soll ich das verstehen?«, fragte Kaia.

»Schau dich um. Das hier ist das Paradies. War es schon immer. Wir wurden nicht daraus vertrieben.« Sie machte eine kleine Pause, dann sagte sie: »Wir müssen nur wieder erkennen, dass wir Teil der Schöpfung sind und alles miteinander verbunden ist. Es immer war und immer sein wird.«

Kaia räusperte sich. »Ich versuche zu verstehen, was du da sagst, aber es will mir nicht gelingen.«

»Denk an einen Regentropfen, der vom Himmel fällt. Er glaubt, er wäre allein auf dieser Welt, von allem getrennt. Doch wenn er auf die Erde auftrifft, vereinigt er sich mit anderen Wassertropfen zu Bächen, Flüssen und Strömen und kehrt letztendlich ins Meer zurück, aus dem er gekommen ist. Wir sind diese Tropfen, wir fallen und fühlen uns getrennt, dabei wartet am Ende die Schöpfung selbst auf uns und alles beginnt von Neuem.«

All das klang … schön, aber Kaia fühlte sich überfordert. Das Wiedersehen mit ihrer tot geglaubten Schwester, die Begegnung mit den anderen Kindern und mit Henry hatten sie aufgewühlt und dann noch das Erlebnis der Sinnesexplosion in ihrem Geist. Das alles machte sie müde. Die Erschöpfung griff erneut nach ihr und sie umfasste Sarahs Hand fester.

»Ich glaube, ich muss mich ausruhen. Das war heute ein wenig viel.«

Sarah nickte verständnisvoll. »Lass uns zu den anderen gehen und etwas essen. Danach fühlst du dich besser.«

»Nein«, widersprach Kaia. »Das möchte ich jetzt nicht. Bitte, kann ich mich irgendwo hinlegen?«

»Ja, komm zu meiner Hütte. Ruh dich aus. Morgen ist auch noch ein Tag. Dann reden wir weiter.«

# 20.

*Heute, Jahr 2169, USA, Die Wilde Welt*

Als Kaia erwachte, fühlte sie sich ausgeruht und erholt. Die allumfassende Erschöpfung war gewichen und ihr Magen knurrte. In dem Moment, als sie sich aufrichtete, wurde die Zeltbahn am Eingang zurückgeschlagen, und mit dem hellen Sonnenlicht kam Sarah herein. Ein strahlendes Lächeln im Gesicht und einen Korb mit Früchten in den Händen.

»Wie lange habe ich geschlafen?«, fragte Kaia.

»Es ist Mittagszeit. Die Sonne steht hoch am Himmel.«

»Oh.«

Das war überraschend, denn eigentlich wachte Kaia im Morgengrauen auf.

*Das alles hat mich sehr mitgenommen. Mehr, als ich dachte.*

»Hast du Hunger?«, fragte ihre Schwester.

»Wie ein …«

Ihr Blick fiel auf Storm, der am anderen Ende der Hütte lag und sie aufmerksam betrachtete.

»Er ist nicht von deiner Seite gewichen«, erklärte Sarah.

Kaia schnalzte mit der Zunge und der Wolf erhob sich,

kam zu ihr herübergetrottet und legte sich zu ihren Füßen. Sie kraulte das Fell hinter den Ohren und er schloss genüsslich die Augen.

»Da hast du einen guten Freund.«

»Ja«, sagte Kaia.

»Gibt es Menschen in der Stadt, die dir wichtig sind?«

»Hayes ist tot. Ich habe dir von ihm erzählt. Sonst ist da nur noch Adam.«

»Adam?« Sarah zog eine Augenbraue hoch. »Sollte ich mehr über ihn wissen?«

Kaia grinste. »Es ist nicht so, wie du denkst. Adam ist ein Junge in meinem Alter und ein guter Freund. Mehr nicht. Und du?«

»Niemand. Die Jungs sind wie Brüder für mich. Da verliebt man sich nicht so schnell. Manchmal wünsche ich mir, alles mit jemandem teilen zu können. Das Gute und das Schlechte. Nicht jede Entscheidung allein treffen zu müssen. Das macht einsam.« Sie lachte. »Aber jetzt habe ich ja dich.«

»Und ich leider keine Ahnung von gar nichts. Ich wüsste nicht, wie ich dir helfen kann.«

»Du wirst schnell lernen.«

»Sarah?«

»Ja?«

»Wieso nennen dich die anderen Faye?«

Eine dunkle Wolke schob sich über Sarahs Gesicht. Sie zögerte, bevor sie antwortete.

»Als die ersten Kinder starben, lag das an Erschöpfung und Krankheiten. Sie waren sehr klein und hatten viel Angst. Um sie ihnen zu nehmen, erzählten die anderen Kinder von der Fee, die kommen und sie in ihr Zauberreich holen würde. Dort würden sie ihre Eltern und Geschwister wiedersehen und mit ihnen für alle Zeit zusammen sein.« Eine Träne lief ihre Wange hinab. »Wenn ich dann in den letzten Momenten ihres Lebens bei ihnen war, sagten sie: ›Bitte, liebe Fee, nimm mich mit.‹ Und das tat ich. Ich führte sie ins Zauberreich, wo es keine Monster, Soldaten, Schmerzen und Tod gab.«

»Oh mein Gott, Sarah, das ist ja furchtbar«, rief Kaia aus.

Sarah schüttelte den Kopf. »Wenn es zu Ende ging, waren sie glücklich.«

*Es muss ihr das Herz zerrissen haben.*

Kaia fasste nach Sarahs Hand und drückte sie fest.

»Mit der Zeit wurde aus Fee die Faye, so etwas wie ein Titel. Für die anderen bedeutet es *Anführerin* und das bin ich wohl«, fuhr Sarah fort.

»Das alles war bestimmt sehr schwer für dich.«

»Ja«, kam die schlichte Antwort.

»Kann ich dich noch etwas fragen?«

Sarah nickte.

»Was hat das Leben im Wald mit euch gemacht?«

Kurzes Schweigen, dann sagte Sarah: »Es ist bei jedem anders, aber uns allen ist gemein, dass wir stärker und anpassungsfähiger werden. Wir entwickeln neue Fähigkeiten. Pern kommuniziert mit dem Wald. Es ist kein

Sprechen, mehr ein Fühlen, aber er weiß immer, was vor sich geht.«

»Sarah, bitte. Wie soll ich das verstehen?«

»Er liest in dem, was er berührt. Frag mich nicht, wie er das macht, er kann es einfach.«

Kaia dachte daran, wie Pern sie das erste Mal berührt hatte. Das Leuchten war durch seinen Körper geflossen. Aber auch Storm hatte er ohne Worte mitgeteilt, dass Gefahr durch den Wanderer drohte.

»Wie ist das bei dir? Du hast gestern gesagt, du hättest mir das Universum gezeigt und wüsstest, dass alles mit allem verbunden ist.«

»Ich bin das, was man eine Seherin nennen könnte, obwohl die Bezeichnung es nicht trifft, denn ich habe auch die Fähigkeit zu heilen.«

Kaia spürte, wie ihr die Kinnlade heruntersackte. Bevor sie weiterfragen konnte, legte Sarah die Hand auf die Rötung ihres Armes, die zwar zurückgegangen, aber noch nicht verschwunden war. Ein sanftes grünes Glühen ging von der Hand aus, umfloss die entzündete Haut, und zu ihrem großen Erstaunen verschwand die Rötung. Erschrocken riss Kaia den Arm zurück.

»Wie … Wie hast du … das gemacht?«

»Ich weiß es nicht«, gab Sarah zu. »Eines Tages konnte ich es. Ist erst ein paar Jahre her. Der Wald verändert Tiere, Pflanzen und Menschen.« Sie holte tief Luft. »Ich glaube, das Virus hat Anlagen in uns geweckt, die schon immer da waren, die wir aber nicht nutzen konnten. Und die Natur sorgt für den Rest. Als wir noch klein waren, habe ich Dad mal gefragt, warum manche Kaninchen weiß, andere braun oder schwarz oder gefleckt sind. Er sagte mir, dass sie die Eigenschaften dazu in sich tragen und die Natur sie zum Vorschein bringt wie Farben in einem Malkasten, die sie immer wieder neu vermischt.«

»Und du glaubst, so ist es bei euch?«, fragte Kaia.

Sarah nickte. »Wie sollte es sonst sein? Weißt du, vielleicht ist dieses Virus nichts Schlechtes, sondern hat einen ganz anderen Sinn.«

Kaia schüttelte wild den Kopf. »Nein, Sarah, das ist Wunschdenken. Dieses Virus hat viel Leid über die Menschen gebracht. In der Stadt weiß man ganz genau um seine Gefährlichkeit.«

»Ich denke, ihr täuscht euch.«

»Woher willst du das wissen? Wir waren noch viel zu jung, als unsere Eltern starben, und seitdem lebst du im Wald. Ohne Kontakt zu anderen Menschen außer den Kindern.«

»Du vergisst Henry.«

»Henry? Was hat er damit zu tun?«

»Ich habe es bisher nicht erwähnt, aber er arbeitete in einem der Labore in der Stadt. Henry war Wissenschaftler und forschte an Viren und Krankheitserregern. Er hat mir gesagt, dass alles, was in der Stadt über das Virus und seine Auswirkungen gesagt wird, Lüge sei.«

»Und du glaubst das?«

»Ich habe keinen Grund, ihm nicht zu glauben.«

»Du selbst hast gesagt …«

Sarah ließ sie nicht aussprechen. »Ich weiß, was ich gesagt habe. Es ist doch kein Wunder, dass er manchmal nicht bei sich ist. Er hat alles verloren, aber im Gegensatz zu uns war er all die Jahre allein. Wir können uns nicht einmal ansatzweise vorstellen, wie das gewesen sein muss.«

»Es kann doch nicht sein, dass sich alle außer Henry täuschen. In der Stadt gibt es auch kluge Köpfe und die behaupten etwas vollkommen anderes.«

»Sie wissen es vielleicht nicht besser oder man sagt ihnen nicht die Wahrheit. Ihr lebt dort wie auf einer Insel. Nichts kommt rein und nichts gelangt raus.«

Kaia schwieg.

Schließlich sagte sie: »Ich muss über all das nachdenken, und wenn ich die richtigen Fragen gefunden habe, noch einmal mit Henry reden.«

Dann drehte sie sich um und verließ die Hütte.

# 21.

*Heute, Jahr 2169, USA, Die Wilde Welt*

»Was machst du da?«, fragte Kaia und schaute Gala neugierig an. Das zwölfjährige Mädchen stand vor einem niedrigen Busch, an dem winzige blaue Beeren wuchsen. Als sie sich nach der Fragestellerin umdrehte, bewegte sich der Schwall ihrer blonden Haare von der einen zur anderen Seite. Im Gegensatz zu den meisten anderen Kindern trug sie keine Zöpfe und hatte nur ein paar Blumen in ihr Haar geflochten.

Gala hatte grüne Augen und Kaia wurde bewusst, dass alle Kinder die gleiche Augenfarbe hatten.

*Das muss am Virus liegen. So einen Zufall gibt es nicht.*

»Ich webe die Energie dieser Pflanze neu«, sagte Gala. Ein breites Lächeln zog über ihre kindlich runden Wangen.

»Das verstehe ich nicht«, gab Kaia zu.

»Schau.« Gala deutete auf einen dünnen Ast, der von weißen Fäden bedeckt war. »Das ist das Nest einer Spinnenmilbe, die da nicht hingehört, denn sie schadet der Pflanze. Natürlich hat sie ihre Aufgabe, aber das ist der falsche Ort dafür. Die Fäden ihres Nestes vergiften langsam den Busch, und er ist dabei, diesen Teil von sich selbst abzutrennen. Das heißt, er lässt etwas von sich sterben, damit der Rest überleben kann.«

*Sie spricht von ihm, als hätte er ein Bewusstsein.*

»Allerdings weiß er nicht, dass er einen Fehler macht«, fuhr Gala fort. »Der Impuls, den er in den Ast sendet, fließt auch in alles andere und so tötet er sich letztendlich selbst.«

Kaia hatte verblüfft zugehört, konnte es aber kaum glauben. So sprach doch kein Kind.

Gala strahlte sie an. »Ich habe mich mit dem Busch verbunden und webe sein Energiefeld neu, sodass es keine Lücken mehr hat. Dann ist alles wieder gut und der Busch muss sich nicht selbst schaden.«

Kaia schluckte, schließlich sagte sie: »Es ist nur ein Busch, wen juckt es, was mit ihm geschieht? Hier draußen gibt es sicherlich Millionen von den Dingern.«

Galas Gesicht verzog sich. Ihre Augenbrauen rückten zusammen und die Stirn legte sich in Falten.

»Es ist nicht richtig, was du sagst!«, schnaubte sie. »Sarah hat uns gelehrt, dass alles seinen Sinn hat und wir es bewahren müssen.«

»Ja, das stimmt sicherlich, aber ihr esst doch Früchte und Beeren, schadet also den Pflanzen.«

»Oh nein, wir nehmen nur, was uns der Wald freiwillig gibt.«

*Himmel, was ist das wieder für ein Unsinn?*

»Du kommst aus der Stadt, sagen die anderen.«

Kaia nickte.

»Was esst ihr da?«

»Alles, was es gibt.«

»Ihr nehmt es euch, ohne zu fragen.«

»Irgendwie schon. Dazu ist es da.«

»Also tötet ihr andere Lebewesen, um euch von ihnen zu ernähren.«

»Ja, aber ich denke, das ist in Ordnung. So war es schon immer.«

Gala sah sie unverwandt an. In ihren Augen funkelte es.

»Angenommen, es gäbe Riesen auf der Welt. Größer als die höchsten Bäume.«

»Was willst du mir damit sagen?«

»Stell dir vor, es gäbe sie und sie würden euch fressen. Männer, Frauen und Kinder. Wäre das in *Ordnung*?«

»Nein, natürlich nicht. Wir sind Menschen, keine Tiere oder Pflanzen.«

»Und das gibt euch das Recht zu tun, was ihr wollt?«

»Äh … Ich weiß nicht, was ich sagen soll. So ist es eben.«

Kaia betrachtete das Mädchen und dachte darüber nach, dass es in der Stadt sicherlich keine Zwölfjährige gab, die derartige Überlegungen anstellte.

»Hat dir das alles auch meine Schwester gesagt?«

Gala legte den Kopf schief. »Warum fragst du das?«

»Nun … Ähm, es klingt ziemlich …«

»Klug?«

»… kompliziert.«

»Ist es das? Ich finde, es ist einfach.«

»Sprichst du auch mit den anderen über deine Gedanken?«

»Das tun wir alle. Abends sitzt die Gemeinschaft am Feuer und wir erzählen uns, was wir am Tag erlebt und was wir gelernt haben.«

*Das erklärt so einiges. Trotzdem: Dieses Mädchen ist mehr als ungewöhnlich.*

Bevor sie weiterfragen konnte, erklang ein Ruf. Galas Name. Ben, der zweitälteste Junge des Dorfes, kam auf sie zu. Seine braunen langen Haare bestanden aus einer Vielzahl von dünnen Zöpfen, die bei jedem Schritt wippten. Er war nur geringfügig kleiner als Pern und überragte Kaia um mindestens einen Kopf.

Ben war etwas schlanker als Pern, aber ebenso durchtrainiert, wobei durchtrainiert sicherlich das falsche Wort war. Erst jetzt wurde Kaia bewusst, wie gesund alle aussahen.

Im Gegensatz zu den Kindern und Jugendlichen der Stadt wiesen sie keinerlei Zeichen von Mangel auf. Ihre Haut war gebräunt, nicht bleich und blutleer, aber der wichtigste Unterschied war die Tatsache, dass hier jeder freundlich war und lächelte. Im Dorf schien es keinen Neid zu geben, und alle teilten miteinander, was sie hatten.

*Fast zu schön, um wahr zu sein.*

Ihre Gedanken wurden unterbrochen, als der Junge herantrat und Kaia die Hand reichte.

»Ich bin Ben«, sagte er.

»Ich weiß.«

Er wandte sich an Gala. »Elea sucht nach dir. Du sollst ihr mit dem Essen helfen.«

Das Mädchen verzog den Mund. »Ich habe keine Lust.«

»Du bist an der Reihe.«

Gala stampfte mit dem Fuß auf. »Ich will aber nicht.«

*Aha, ganz so friedlich ist es dann doch nicht. Beruhigend.*

Ben musterte sie, sagte nichts. Schließlich senkte Gala den Blick.

»Okay, ich mach's.«

Der Junge fuhr ihr über das Haar. »Das ist nett von dir. Danke.«

Bevor Gala sich umwandte, sagte sie noch zu Kaia: »Wir unterhalten uns später weiter.«

Kaia nickte und das Mädchen stapfte davon.

Als sie hinter einer Hütte verschwand, betrachtete Ben Kaia aufmerksam.

»Du bist der erste Mensch aus der Stadt, den ich kennenlerne«, sagte er.

»Hast du die Stadt schon einmal gesehen?«

Er schüttelte den Kopf.

»Nur Pern und Sarah haben das.«

»Wann?«

»Ist schon eine Weile her. Sie sind drei Tage lang fort gewesen. Als sie zurückkamen, haben sie uns davon erzählt. Von all den Lichtern und den hohen Mauern.«

*Dann waren sie nachts dort. Tagsüber ist die Gefahr, entdeckt zu werden, zu groß.*

»Möchtest du sie auch einmal sehen?«, fragte Kaia.

»Ja, aber nicht nur von außen. Ich will durch die Straßen gehen, in Häuser schauen, andere Menschen treffen, mit ihnen sprechen und alles über ihr Leben erfahren.«

*Du kommst nicht mal bis zur ersten Mauer, bevor dich einer der Wächter oder eine Drohne erwischt,* dachte Kaia, sagte aber nichts.

»Henry hat uns von all den wunderlichen Dingen berichtet, die ihr habt. Die möchte ich sehen.«

»Es ist nur Technik. Das meiste funktioniert nicht, weil es alt ist.«

»Trotzdem. Hier im Wald gibt es das nicht, und die Faye verbietet uns, die Gegenstände zu verwenden, die wir im Wald gefunden haben.«

»Was meinst du?«

»Ausrüstung der Soldaten, die im Wald gestorben sind. Es ist nicht viel.«

Kaia hatte erstaunt zugehört. Davon hatte ihre Schwester nichts erzählt.

»Habt ihr auch Waffen?«

Ben nickte. »Zwei Gewehre, eine Pistole, etwas Munition und Messer mit gezackten Klingen.« Er seufzte. »Aber Sarah will nicht, dass wir die benutzen, und hat sie irgendwo im Wald versteckt.«

»Sonst noch etwas?«

»Klappspaten, Feldflaschen, Uniformen, Medikamente, Geräte, mit denen man in der Nacht sehen kann.«

»Kein Funkgerät?«

Er schüttelte den Kopf.

Sie schaute Ben an und fragte schließlich: »Hast du auch besondere Fähigkeiten?«

»Was meinst du?«

»Na, so wie Sarah oder Gala. Die eine kann heilen, die andere sagt, sie webe die Energie der Welt neu.«

»Hat Gala das so ausgedrückt?«, hakte er nach.

»Äh, nein, ähnlich. Es ging um diesen Busch. Gala erklärte mir, er sei verletzt und sie müsse etwas tun, damit er sich nicht selbst schadet.«

»Ja, das klingt nach ihr.«

»Heißt das, du glaubst es nicht?«

»Doch, natürlich. Gala würde nicht lügen. Ich meine etwas anderes: Im Gegensatz zu uns Älteren hat sie einen unverstellten Blick auf alles. Sie war noch ein Baby, als wir fliehen mussten. Sie kennt nichts anderes, nur den Wald, und sie hat ein tiefes Verständnis für ihn entwickelt.«

»Du hast meine Frage nicht beantwortet«, stellte Kaia fest.

Bens Miene wurde ernst und er legte wortlos eine Hand auf den Busch, den Gala zuvor *behandelt* hatte.

Zwei Sekunden lang geschah nichts, dann begann sich die Farbe der Haut zu verwandeln. Ein Muster bildete sich heraus. Einen Augenblick später waren die Finger auf den Blättern des Busches nicht mehr auszumachen. Die vollkommene Tarnung. Ben zog die Hand zurück und gleich darauf sah sie wieder normal aus.

»Ach du Heiliger«, stöhnte Kaia. »Wie hast du das gemacht?«

Ben zuckte mit den Schultern. »Ich dachte daran, zum Busch zu werden und dass aus meinen Fingern Blätter würden.«

»Kannst du das schon lange?«

Er schüttelte den Kopf. »Erst seit ein paar Jahren. Plötzlich war ich in der Lage dazu.« Er zögerte kurz, dann sprach er weiter: »Die Natur verändert uns. Keiner bleibt, wie er war, aber es ist nicht zu unserem Schaden. Im Gegenteil: Es erleichtert uns das Leben im Wald.«

*Jetzt sagt er gleich, alles sei mit allem verbunden.*

»Und alles …«

Kaia hob die Hand. »Ja, ich weiß. Das habe ich jetzt schon mehrfach gehört. Sarah spricht ständig von dieser Verbindung. Mich interessiert etwas anderes: Macht dir das keine Angst?«

Sie erntete einen irritierten Blick.

»Na, diese Veränderung. Du wirst irgendwann vielleicht kein Mensch mehr sein.«

»Wie meinst du das?«, fragte Ben.

Kaia musste kurz darüber nachdenken, dann sagte sie: »Schau mal, es ist doch so: Seit vielen Jahrtausenden sind die Menschen so, wie sie sind, und können das, was sie können. Diese Veränderungen sind nicht normal.«

Ben wirkte ratlos, dann legte er unvermittelt den Kopf schief, als lauschte er nach etwas.

»Das Essen ist fertig. Wir sollten ins Dorf gehen.«

Alle saßen um das Feuer herum und aßen die Früchte, die von den Kindern gesammelt worden waren. Kaia bemerkte, dass die anderen immer wieder zu ihr sahen, aber sie sagten nichts.

Schließlich war es Kenley, der das Schweigen brach. Kaia schätzte ihn auf dreizehn, vielleicht vierzehn Jahre. Er hatte wache Augen und braune Haare, die wild in sein Gesicht fielen. Neben ihm saß seine Schwester Amanda, die ihm wie aus dem Gesicht geschnitten war, ihre Haare aber zu einem dicken Zopf geflochten hatte, der über ihre Schulter hing.

»Wir wollten dich etwas fragen?«, sagte Kenley.

»Ja?«

Die Blicke der Kinder richteten sich auf sie. Einzig Sarah schaute in ihre Holzschüssel und aß lächelnd weiter.

»Wie ist es in der Stadt?« Kenley kratzte sich am Kopf. »Wir Jüngeren kennen keine Städte. Auch Mike, Ben, Kira und Summer können sich daran kaum erinnern, und sie sagen, die einzigen Städte, die sie jemals gesehen haben, waren unbewohnt und verfallen, aber du kommst aus einer, in der Menschen wie in den früheren Zeiten leben.«

»Das ist eine komplizierte Frage. Was willst du genau wissen?«

Kenley grinste. »Alles!« Er schaute in die Runde. »Und die anderen wollen es auch wissen, stimmt's?«

Die Kinder nickten.

Kaia blickte zu Sarah, die nichts dagegen zu haben schien.

»Nun gut«, begann sie. »Zuerst einmal: In der Stadt gibt es viele Häuser aus Stein. Manche sind so hoch wie eure höchsten Bäume.«

»Das wissen wir doch«, unterbrach Albert, ein aufgeweckt wirkender Junge mit verstrubbelten blonden Haaren und einem aus Gras geflochtenen Stirnband. »Henry hat uns das schon erzählt.«

»Sie wollen tatsächlich wissen, was das für ein Gefühl ist, dort zu leben«, erklärte Betty. Sie war sehr hübsch, mit einem schüchternen Lächeln und roten Wangen.

Kaia holte Luft. »Manchmal ist es ziemlich heiß. Die Betonwände speichern die Hitze regelrecht. An solchen Tagen gehe ich oft ans Meer und schwimme in den Wellen.«

Manche der Kinder seufzten sehnsuchtsvoll, und Kaia wurde klar, dass sie noch nie den Ozean gesehen hatten.

»Ich lebe in einem kleinen Haus am Strand, das mir mein Ziehvater geschenkt hat. Er hat mich ausgebildet …«

»Diesen Part überspringen wir besser«, mischte sich Sarah ein. »Erzähl lieber von den Geräten, die ihr habt, und was ihr so macht, wenn ihr nicht eurer Arbeit nachgeht.«

»Warum arbeitet ihr?«, fragte Kevin.

»Wir müssen Geld verdienen, um unser Essen zu bezahlen.«

»Kapiere ich nicht. Ihr könnt doch in den Wald gehen. Dort gibt es alles, was ihr braucht.«

»In der Stadt funktioniert das etwas anders. Die Menschen haben die Arbeit unter sich aufgeteilt. Manche erzeugen Nahrung, andere sorgen für Sicherheit und wiederum andere sind Lehrer und unterrichten die Kinder. Jeder von ihnen bekommt einen Lohn, mit dem er sich versorgen kann.«

Dass es für die meisten Stadtbewohner nicht ausreichte und viele hungerten, erwähnte Kaia nicht. Die Kinder würden nicht verstehen, warum jemand etwas hatte und dem anderen, der weniger hatte, nichts abgab.

»Das ist langweilig«, meinte Albert, der zweitjüngste Junge. »Was ist mit Kino? Habt ihr Kino? Henry hat uns davon erzählt, und von Fernsehen und Internet.«

»All diese Dinge gab es früher, jetzt nicht mehr, obwohl ich gehört habe, dass sie das Kino repariert haben und bald wieder alte Filme zeigen wollen.«

»Hmmm.« Albert verzog den Mund. »Ich würde gern mal einen Film sehen.«

»Ich auch«, stimmte Kaia zu.

»Gibt es bei euch viele Jungs?«, platzte Summer heraus und schlug sich gleich darauf die Hand vor den Mund. Die anderen Mädchen kicherten, die Jungs hingegen guckten verächtlich.

»Ja, schon einige.«

»Hast du einen Freund?«, setzte Summer nach. Ihre Augen glänzten.

»Nein, nicht wie du meinst. Ich habe Freunde, so wie du die anderen, aber niemanden, dem mein Herz gehört.«

»Wo hast du den Wolf her?«, wollte Amanda wissen.

»Sarah hat euch doch bestimmt erzählt, dass ich bei dem Überfall dabei war, bei dem unsere Eltern starben. Als die ersten Schüsse fielen, schickte mich mein Vater in den Wald. Ich versteckte mich in einem Erdloch, Storm war schon dort. Ein kleiner Welpe, der offensichtlich sein Rudel verloren hatte. Später fand mich ein Soldat namens Tom Hayes. Er nahm mich mit in die Stadt und zog mich auf.«

Nun schwiegen alle. Jeder hing seinen Gedanken nach, versuchte sich an die Zeit zu erinnern, als sie noch Familien gehabt hatten. Es war Gala, die die Stille unterbrach.

»Was ist mit Eiscreme? Henry und die Älteren haben mir erklärt, was das ist, aber bis auf Henry hat es niemals einer von uns gegessen.«

»Eiscreme gibt es nicht oft, da Milch knapp ist. Aber wenn man sie mal kaufen kann, dann an einem Stand auf dem Markt. Dort steht ein bunter Wagen mit einer riesigen Eistüte auf dem Dach und man sieht schon von Weitem die Leute davor anstehen. Eis gab es früher in vielen Geschmacksrichtungen. Sogar mit Schokolade oder Zitronengeschmack, aber heute nicht mehr. Meistens ist es Mandel- oder Haselnusseis, die wachsen noch ganz ordentlich auf den Farmen.«

»Wie Nüsse schmecken, wissen wir«, sagte Kevin. »Davon gibt es jede Menge im Wald.«

»Okay, ich verstehe. Ihr wollt hören, was das für ein Gefühl ist, wenn man ein Eis schleckt.«

»Ja.«

»Also zuerst ist es ganz kalt an der Zunge und den Lippen, dann schmilzt es durch die Wärme im Mund und entfaltet seinen ganzen Geschmack. Es ist herrlich.«

»Das möchte ich mal essen«, sagte Gala.

»Und ich will im Ozean schwimmen«, meinte Mike.

»Vom Dach des höchsten Hauses über die Stadt schauen.« Bens Blick war voller Sehnsucht. »Bei Nacht, wenn die Lichter brennen.«

Und so ging es weiter. Alle hatten ihre Wünsche, bis Sarah dem Ganzen ein Ende setzte.

»Und ich möchte, dass wir jetzt schlafen gehen. Kaia muss sich noch ausruhen. Morgen könnt ihr sie weiter mit euren Fragen löchern.«

Keiner beschwerte sich, sondern sie bedankten sich bei Kaia für ihre Erzählungen. Als die meisten gegangen waren, blieben nur noch Elea und Sarah zurück. Die beiden besprachen leise etwas miteinander, während Kaia den Wolf fütterte.

Sie dachte darüber nach, wie anders ihr bisheriges Leben als das dieser Kinder gewesen war, obwohl sie alle einmal zum selben Treck gehört hatten, der aufgebrochen war, um in der Stadt neu zu beginnen. Goya hatte das verhindert und alle töten lassen, die seine Soldaten aufspürten. Einzig diese Kinder waren ihm entkommen und sie allein hatte es in die Stadt geschafft. Eine von vielen Dutzend Menschen. Dass sie nach all den Jahren ihre Schwester wiedergefunden hatte, erschien wie ein Wunder, aber es war geschehen.

# 22.

*Heute, Jahr 2169, USA, Die Wilde Welt*

»Ich verstehe das alles nicht«, sagte Kaia mit einem Seufzen.

»Was meinst du?« Henry saß wie beim letzten Mal auf dem Felsen und hielt sein Gesicht in die Sonne.

»Eigentlich alles, was ich hier im Wald gesehen habe. Die Veränderungen der Kinder, aber auch der Tiere. Das ergibt doch keinen Sinn.«

»Ja, das ist schwer zu akzeptieren.«

»Sarah hat mir erzählt, dass du früher Wissenschaftler warst.«

Herny nickte. »Ich habe an Viren geforscht. Zum Schluss natürlich insbesondere an dem einen, das für uns alle eine Bedrohung darstellte.«

»Das meine ich.« Unbewusst fuhr Kaias Hand zu ihrem Hals. »Dann weißt du bestimmt auch, dass die Leute in der Stadt durch den Chip sehr lange vor der Mutation bewahrt werden. Aber was ist mit den Tieren?«

»Die betrifft es natürlich auch.«

»Hier im Wald ja, das habe ich am eigenen Leib zu spüren bekommen. Aber warum verändern sich die Tiere in der Stadt nicht? Mir wurde immer gesagt, alle Lebewesen auf dieser Welt tragen das Virus in sich.«

»Das ist richtig. Ich denke, dass es am Wald selbst liegt. Die Veränderungen werden wahrscheinlich von Sporen beschleunigt, die von mutierten Pflanzen ausgestoßen werden. Die Luft, das Wasser, die Nahrung, die wir zu uns nehmen, ist voll davon und verändert unseren Organismus. Beweisen kann ich das nicht, aber es erscheint mir logisch. Stell dir vor, du würdest regelmäßig ein starkes Medikament einnehmen. Dann würde sich dein Körper verändern. Und manche dieser Veränderungen wären unumkehrbar.«

»Aber man hat mir gesagt, dass diejenigen, bei denen das Virus erwacht, zu blutrünstigen Bestien werden. Davon sehe ich hier nichts. Die Kinder haben neue Fähigkeiten, es ist fast wie Magie, aber sie sind nicht …«

Ein sanftes Lächeln erschien auf dem Gesicht des alten Mannes. »Vielleicht ist es genau das. Magie. Womöglich braucht unsere Welt ein bisschen davon, um zu überleben.«

»Und was ist mit den blutrünstigen Bestien? Was ist mit dem Chip, den alle Stadtmenschen tragen? Er dient zu unserem Schutz. Dazu, dass wir ein halbwegs normales Leben führen können, bis … bis es dann eben vorbei ist.«

»Das stimmt nicht.« Henry schüttelte energisch den Kopf. »Die Wahrheit ist eine ganz andere, und ich weiß das so sicher, weil ich von Anfang an dabei war. Gemeinsam mit einem Team von Wissenschaftlern sollte ich im Auftrag von Goya eine Möglichkeit finden, das Virus zu bekämpfen. Sämtliche Impfstoffe und Medikamente hatten versagt. Goya wollte das nicht akzeptieren. Ebenso wenig, dass immer mehr Menschen in die von ihm eingerichtete Schutzzone drängten, um Nahrung und Schutz zu finden.«

Kaia dachte an den Treck. An ihre Eltern. »Goya hat Menschen töten lassen, weil er nicht teilen wollte. Hayes, mein Ziehvater, hat mir kurz vor seinem Tod davon erzählt. Darunter waren meine Eltern. Der Kommandant wollte nicht noch mehr Menschen in der Stadt. Noch mehr Esser, noch mehr Leute, die vielleicht schwer zu kontrollieren sein würden. Wusstest du davon? «

Henry nickte. »Ich habe den Stadtrat informiert, als es hieß, Mutierte hätten diese Menschen getötet. Das schien mir widersinnig, denn es entspricht absolut nicht dem Wesen eines Virus, seinen Wirt umzubringen.«

»Vielleicht ein Irrtum der Natur?«

»Die Natur irrt sich nicht.«

Henry wandte sich ihr zu und Kaia schien es, als würde er sie aufmerksam mustern.

»Außerdem erzählte man sich, dass es einen Zeugen gab, der bereit war, gegen den Kommandanten auszusagen. Doch dann hieß es, der Mann habe Selbstmord begangen«, sagte er und seufzte. »Danach geriet ich in Goyas Fokus. Ich war der Erste, den er jagen ließ. Angeblich, weil ich begann, mich zu verändern. Und da er ja bereits die unzähligen Toten des Trecks damit erklärt hatte, dass sie von blutrünstigen und außer Kontrolle geratenen Mutierten gemetzelt worden waren, glaubte man ihm, dass ich eine Gefahr darstellte.«

»Du konntest entkommen?«

»In letzter Minute. Damals gab es noch keine ausgewiesenen Jäger und er musste jemanden vom Militär davon überzeugen, mich umzubringen.«

»Was ist jetzt mit dem Chip? Er schützt uns doch, oder?«

Henry wiegte den Kopf nach links und rechts. »Nein. Das tut er nicht. Er schützt lediglich Goya. Nämlich davor, dass irgendwer seine Lüge erkennen könnte.«

»Aber das Signal?«

»Das ist echt. Der Chip registriert aufgrund der biochemischen Zusammensetzung des Blutes, wenn das Virus erwacht, aktiv wird. Er sendet ein Signal aus. Ein Jäger kommt und eliminiert den Infizierten.«

»Das ist alles?«

»So ist es.«

»Aber warum?«

»Ich habe es dir gesagt. Goya war bereits früher ein machthungriges Arschloch. Er kann sich nicht erlauben, dass jemand seine Autorität infrage stellt. Sieh dir selbst an, wie deine Schwester hier lebt. Wie alle Kinder in Frieden zusammen sind. Jeden, bei dem das Virus erwacht, zieht es hinaus in den Wald. So hat es die Natur gewollt. Und Goya pfuscht ihr seit Jahren ins Handwerk.«

Kaia konnte die Informationen nicht so schnell verarbeiten, wie sie auf sie einprasselten. »Dann ist all das, was ich die ganzen Jahre geglaubt habe, was Hayes und Adam und all die anderen glauben, eine Lüge.«

Hayes und Fraser, die am Ende ihres Lebens keine Bestien gewesen waren, hatten erkannt, dass etwas mit ihnen geschah. Kaia erinnerte sich an das, was Hayes über Henry berichtet hatte.

»Du bist damals nicht allein vor Goyas Männern geflohen.«

Tränen stiegen in die Augen des alten Mannes. »Das konnte ich nicht. Außerdem ahnte ich, dass Goya meine Frau und meine beiden Söhne umbringen lassen würde, wenn ich ihm entkam.«

»Was ist mit ihnen geschehen?«

»Wir waren auf das Leben in der Wildnis nicht vorbereitet, auf das, was uns erwartete. Zuerst starb mein jüngster Sohn Richard, dann sein Bruder und schließlich auch ihre Mutter.« Er schluchzte, dann räusperte er sich. »Mehr möchte ich darüber nicht sagen.«

Kaia nickte stumm.

Henry begann unvermittelt, seinen Oberkörper vor- und zurückzuschwingen, dabei brabbelte er etwas Unverständliches.

»Henry?«

Aber er antwortete nicht.

Henry war in seiner Trauer gefangen.

Als Kaia zurück in die Hütte kam, saß ihre Schwester auf dem Boden und siebte Mais.

»Du hast mit ihm gesprochen?«, fragte sie. Offensichtlich konnte Sarah ihren Gesichtsausdruck deuten.

»Ja.«

»Hat er deine Fragen beantwortet?«

Kaia nickte.

»Willst du darüber reden?«

»Ich denke, das müssen wir.«

Sie setzte sich zu Sarah auf den Boden, nahm eine Handvoll Körner und ließ sie durch ihre Finger gleiten.

»Was weißt du über die Stadt und Goya?«

»Nicht viel.«

»Okay, dann fange ich ganz von vorn an und sage dir auch, was mir Henry erzählt hat.«

Etwas später war alles ausgesprochen.

»Was wirst du jetzt tun?«, fragte Sarah.

»Ich muss den Menschen in der Stadt die Wahrheit sagen. Das bin ich Hayes und all den anderen schuldig.«

»Wenn du zurückgehst, wirst du sterben. Sie töten jeden, der von dieser Seite der Mauer kommt.«

»Sarah, wir wissen beide, dass ich dieses Risiko eingehen muss.«

»Du könntest bei uns bleiben.«

»Das werde ich auch, vorerst. Ich muss herausfinden, welche Möglichkeiten ich habe, einen Plan machen. Das erste Problem ist, in die Stadt hineinzugelangen. Sie wird durch hohe Mauern geschützt, die mit automatischen Waffensystemen bestückt sind. Jeder Zugang ist von Wachen besetzt. Rein oder raus kommt nur, wer von der Zentrale beauftragt wurde, die das Ganze über den Chip im Hals kontrolliert.« Sie seufzte. »Und da liegt mein Problem. Da ich weder tot noch zurückgekehrt bin, weiß Goya, dass etwas nicht stimmt. Ich denke, er wollte zwei Fliegen mit einer Klappe schlagen, mich und Hayes gleichzeitig ausschalten. Der Chip in meinem Hals funktioniert noch. Goya hat verfolgen können, dass ich mich tiefer in den Wald hineinbewegt habe.«

»Denkst du, wir sind in Gefahr?«, fragte Sarah.

»Nein, der Chip hat keine große Reichweite.« Kaia schaute ihre Schwester an. »Ist es für dich okay, wenn ich mich jetzt zurückziehe? Ich muss allein sein. Schauen, wie ich mit all dem klarkomme.«

»Natürlich. Wenn du reden willst … Ich bin für dich da.«

»Das weiß ich, Sarah.«

# 23.

*Heute, Jahr 2169, USA, Die Wilde Welt*

Kaia erwachte mitten in der Nacht. Zunächst wusste sie nicht, wo sie war, aber im Schein des kleinen Feuers, das in der Hütte brannte, orientierte sie sich rasch.

Sarah schlief in einer Hängematte an der anderen Seite der Unterkunft. Sie hatten seit dem Nachmittag nicht mehr miteinander gesprochen. Kaia selbst lag auf einem Bett aus Tannenzweigen, das von einer Holzverschalung eingefasst war. Die Zweige waren von einem Leinentuch bedeckt und alles in allem war es sehr bequem.

Draußen war es still.

Kaia schaute sich nach Storm um, aber der Wolf war nicht bei ihr. Ungewöhnlich. Normalerweise wich er nicht von ihrer Seite. Sie beschloss, nach ihm zu suchen. Leise erhob sie sich von ihrem Nachtlager und trat vor die Hütte. Ein überwältigender Sternenhimmel empfing sie. Es war kühl, doch nicht kalt. Ein lauer Wind strich über ihr Gesicht. Kaia blickte sich um. Es war niemand zu sehen und auch der Wolf döste entgegen ihrer Erwartung nicht vor der Hütte.

Das Feuer auf dem Dorfplatz war erloschen. Nur noch dunkle Glut glühte darin, der Schein gepaart mit dem Licht des Mondes reichte aus, um die Umgebung zu erkennen.

Nirgends eine Spur von Storm. Kaia drehte sich langsam um ihre eigene Achse. Wo sollte sie nach ihm suchen?

Plötzlich entdeckte sie am Waldrand ein grünes Glühen. Schwach, kaum wahrnehmbar, aber wenn man es einmal gesehen hatte, auch nicht zu ignorieren. Das Leuchten erinnerte sie an Pern, und sie beschloss, zu der Stelle zu gehen.

Kaia wusste nicht, ob da draußen in der Dunkelheit, abseits des Feuers etwas auf sie lauerte, doch glaubte sie sich sicher in der Nähe des Dorfes.

Mutig schritt sie voran, ließ die Hütten hinter sich und erreichte die ersten Bäume. Das grüne Schimmern wurde nun stärker. Kaia trat näher.

Dann entdeckte sie Pern.

Er stand direkt vor einem mächtigen Baumriesen, hatte beide Hände an den Stamm gelegt. Seine Augen waren geöffnet und das grüne Leuchten darin war deutlich zu sehen. Er schien sie nicht zu bemerken, sondern ging vollkommen in dem auf, was er da tat. Was auch immer das war.

Aus seinen Händen strömte das grüne Licht über den Baumstamm, kroch daran nach oben bis zum Wipfel. Wie ein winziger Strom suchte es sich seinen Weg und brachte alles zum Leuchten.

Als Kaia den Blick ein wenig zur Seite wandte, sah sie Storm, der zu Perns Füßen lag und ihn aufmerksam beobachtete.

*Was geht hier vor?*

Pern legte nun seinen Kopf in den Nacken. Sein Mund öffnete sich und er stieß einen leisen gutturalen Laut aus. Das Leuchten des Stammes wurde noch intensiver, dann löste sich ein Tropfen des grünen Lichts und schoss einem winzigen Kometen gleich durch die Nacht, traf auf einen weiteren Baumstamm, der daraufhin ebenfalls zu leuchten begann. Dort löste sich wieder ein schimmernder Tropfen und jagte davon. Bald darauf erglühten unzählige Bäume. Es war ein überwältigendes Schauspiel, das da vor ihren Augen ablief. Kaia staunte, ohne auch nur das Geringste zu verstehen. Plötzlich und unerwartet erlosch das Licht, das aus Perns Händen strömte. Er drehte Kaia den Kopf zu und sah sie an. Lediglich ein leichtes Glühen funkelte in seinen Augen.

»Du hast alles gesehen.« Es war keine Frage.

»Ja«, hauchte Kaia. »Aber ich begreife es nicht.« Sie zögerte, suchte nach den richtigen Worten. »Es war unbeschreiblich.«

»Was denkst du, was es war?«

»Es sah aus, als würdest du eine Botschaft an den Wald aussenden. Eine Botschaft, geschrieben in Licht.«

»Das drückt es sehr schön aus«, meinte Pern und lächelte.

Sie waren einander seit ihrer Ankunft im Dorf kaum

begegnet, denn Pern war im Wald unterwegs gewesen. Auf ihre Frage, was er da mache, hatte ihre Schwester nur mit den Schultern gezuckt. Irgendwie schien man im Dorf wieder zu der Übereinkunft gekommen zu sein, nicht mehr über die Mutationen mit ihr zu reden, denn wann immer Kaia eines der Kinder darauf ansprach, wich man ihr aus.

Zunächst hatte sie sich darüber geärgert, aber es hatte auch den Vorteil, dass sie nicht ständig darüber nachdenken musste, was hier vor sich ging, und sich erholen konnte. Außerdem grübelte sie Tag und Nacht darüber nach, wie sie Goya zur Rechenschaft ziehen konnte, war aber noch zu keiner Lösung gelangt, die sie selbst überleben würde.

Als Kaia wieder aufblickte, stand Pern direkt vor ihr. Sein Atem strich warm über ihr Gesicht und der Duft seiner Haut nach Blumen ließ sie fast taumeln. In seinen Augen schimmerten grüne leuchtende Funken und diesmal schreckte sie nicht davor zurück. Im Gegenteil: Kaia glaubte, nie etwas Schöneres als diese Augen gesehen zu haben. Sie versank darin.

Pern beugte sich vor und dann berührten seine Lippen die ihren. Vorsichtig. Nur ein Hauch von einem Kuss, aber Kaia glaubte zu schweben.

Sie legte ihre Arme um seinen Hals, zog ihn an sich und für einen Moment verschwanden die Welt und der Wald, aber dann löste sich Pern von ihr und der Moment zerstob im Nichts.

Kaia schaute ihn verwirrt an. In ihr tobten wilde Gefühle. Sie wollte in seinen Armen versinken, erneut diese weichen Lippen spüren, doch er lächelte bloß.

»Habe … ich etwas falsch gemacht?«, fragte sie leise.

Er schüttelte sanft den Kopf.

»Aber warum …«

»Ich denke, du bist noch nicht so weit.«

*Was soll das denn heißen? Ich habe ihm doch mit nichts zu verstehen gegeben, dass ich mehr will.*

Zorn wallte in ihr auf. »Wann ich wofür bereit bin, kannst du schon mir überlassen.«

Pern legte seine Stirn in Falten, dann schien er zu verstehen. »So habe ich das nicht gemeint.«

»Wie hast du es denn gemeint?«

»Du bist noch nicht lange bei uns und vielleicht bleibst du nicht. Ich möchte nicht, dass ich es bin, der dich auf deinem Weg aufhält.«

»Du weißt, ich kann nicht mehr zurück in die Stadt, also wohin bitte schön soll ich gehen?«

»Ich spüre deinen Zorn, auch wenn du nichts sagst, weiß ich doch, dass du gehen wirst und nicht zurückkommst. Der Wald bedeutet dir nichts, das kann ich nachvollziehen.«

*Das ist es also. Er will mir nicht im Weg stehen. Trotzdem, keinem Mädchen gefällt es, zurückgewiesen zu werden.*

»Dann hättest du mich nicht küssen dürfen. Warum hast du das getan?«

»Ich konnte nicht anders.«

*Ich auch nicht.*

»Es tut mir leid«, sagte Pern.

»Das muss es nicht. Ich bin ein großes Mädchen und komme schon klar.«

»Du klingst zornig.«

*Natürlich bin ich sauer! Verdammt, warum küsst er mich nicht einfach und hält die Klappe?*

»Nein, nein«, sagte sie stattdessen. »Du hast ja recht. Wahrscheinlich ist es nicht gut, was wir da tun.«

Er schwieg kurz, schaute auf seine Hände, schließlich zurück zu Kaia.

»Ich wollte dich nicht verletzen.«

»Keine Sorge, das hast du nicht.«

Pern streckte seine Hand nach ihr aus, wollte sie berühren, aber Kaia wich aus. »Das lassen wir mal lieber. Ich bin müde und gehe zurück ins Dorf.«

Er antwortete nicht. Kaia sah in seinen Augen, dass auch er verletzt war, aber sie konnte nicht anders, als im Licht des Mondes dazustehen und sich wie eine gekränkte Zwölfjährige zu benehmen.

Irgendwann wurde es peinlich und sie wandte sich um.

»Gute Nacht, Pern.«

Er schwieg.

# 24.

*Heute, Jahr 2169, USA, Die Wilde Welt*

Am nächsten Tag war Pern verschwunden. Als Kaia vollkommen erschlagen nach einer unruhigen Nacht aufstand, war er schon weg. Ihre Frage an Sarah, wo er hin sei, beantwortete die mit einem Schulterzucken.

Wütend auf Pern und sich selbst, ging sie leise schimpfend zum Bach, um sich zu waschen. Vielleicht verschwand mit dem Schweiß der Nacht auch der Zorn, aber dem war nicht so. Weitaus verärgerter als zuvor trocknete sie sich am Ufer ab, als Kevin und Albert unvermittelt auftauchten und vor ihr stehen blieben.

»Du bist ziemlich dünn«, stellte Kevin fest.

Kaia bedeckte ihre Blöße, indem sie ihre Kleidung an den Körper presste.

»Na, dicker bist du auch nicht.«

Kevin grinste und stieß seinen Freund an. »Ich habe es dir gleich gesagt.«

»Was hast du ihm gesagt?«, fragte Kaia.

»Dass du keine Tattoierungen hast.«

»Es heißt Tätowierungen und warum interessiert euch das?«

»Henry hat welche auf der Brust. Irgendein Muster. Er hat mir und Albert erklärt, dass viele Menschen in der Stadt sich Bilder in die Haut stechen lassen.«

»Und da wolltet ihr wissen, ob ich auch welche habe?«

Beide nickten.

Albert fuhr sich durch die verstrubbelten blonden Haare. »Können wir dich etwas fragen?«

»Ja, sicher.«

Er zögerte, trat von einem Fuß auf den anderen. »Wie ist das, wenn man Liebe macht?«

»Was?«

»Na, du weißt schon, küssen und so. Wir hören die Mädchen manchmal darüber reden, aber wenn sie uns entdecken, wechseln sie das Thema und unsere Fragen beantworten sie auch nicht. Fragen wir Pern, Ben und Mike danach, grinsen die nur immer dämlich und sagen, wir wären zu jung für solche Sachen. Dabei sind sie kaum älter als wir.«

»Okay, ich verstehe, doch mir ist nicht ganz klar, warum ihr es überhaupt wissen wollt.«

Kevin wirkte überrascht. »Wenn wir groß sind, wollen wir in die Stadt gehen. Falls wir dort ein Mädchen treffen, möchten wir nicht blöd dastehen, weil wir keine Ahnung haben.«

»Die Stadt ist gefährlich«, sagte Kaia.

»Jaja, das sagt die Faye auch andauernd.«

»Was wollt ihr denn dort?«

»Ins Kino gehen.«

»Und ihr denkt, ihr trefft vielleicht ein Mädchen, mit dem ihr den Film schauen könnt«, stellte sie fest.

Beide nickten eifrig.

»Wie Küssen geht, habt ihr schon mal gesehen?«

»Nein, aber wir wollen wissen, wie man es macht. Die Älteren sprechen manchmal davon«, meinte Albert.

»Die Sache ist ziemlich wichtig für euch.«

»Ist sie«, gab Kevin zu. »Du könntest es uns ja zeigen und auch, wie man Liebe macht.«

Kaia lachte laut auf. Alle Anspannung fiel von ihr ab. »Ich denke, das geht nicht. Nur Liebende küssen sich und machen das andere.«

Die Jungs wirkten enttäuscht.

»Bist du sicher?«, fragte Albert. »Geht das nicht auch so?«

Kaia schüttelte den Kopf und versuchte sehr ernst dreinzublicken. »Leider nein. Es muss schon Liebe dabei sein. Gibt es da jemanden, der einem von euch gefällt?«

Albert wurde sofort rot. Erst sah er betreten zu Boden, dann meinte er leise: »Ich mag Amanda.«

»Das ist Kenleys Schwester, richtig?«

»Ja.«

»Mag sie dich auch?«

»Weiß nicht.«

»Was denkst du, Kevin?«, hakte Kaia nach. »Mag sie ihn.«

»Nein.«

»Nein?«

»Sie guckt immer Mike hinterher und hat dann so einen merkwürdigen Glanz in den Augen. Ich glaube, sie ist in ihn verliebt, obwohl er älter als sie ist.«

»Hat Mike eine Ahnung davon?«

»Der interessiert sich nicht für Amanda.« Kevin stieß Albert den Ellbogen in die Rippen. »Deswegen glaubt der Trottel neben mir auch, dass er eine Chance bei ihr hat.«

»Aha«, meinte Kaia. »Es geht also gar nicht so richtig um Kino und die Stadt und die Mädchen dort, sondern mehr um Amanda?«

Nun blickten beide zu Boden.

»Irgendwie schon«, gab Albert zu.

»Ich habe dir gleich gesagt, dass Kaia die ganze Sache durchschauen wird. Sie kommt aus der Stadt, hat viele Bücher gelesen. So Leute kann man nicht täuschen.«

»Bist du jetzt sauer auf uns?«, fragte Albert zerknirscht.

»Nein, überhaupt nicht. Als ich so alt war wie ihr, hat mich diese Sache mit Jungs und Mädchen auch sehr interessiert. Mein Ziehvater hat mir nie etwas dazu gesagt und meinen einzigen Freund Adam wollte ich nicht danach fragen. Aber ich bin mir sicher, er wusste auch nichts darüber. Also habe ich in Büchern nachgeschaut, ob ich etwas dazu finde.«

»Und, hast du?«, fragte Kevin.

»So richtige Bücher dazu gab es nicht. In einem, das um Viehzucht ging, stand etwas darüber, doch das fand ich eklig und konnte mir nicht vorstellen, dass die gleiche Sache gemeint war. Über Küssen stand da gar nichts. Wie das geht, muss jeder selbst herausfinden.«

»Dann hast du also schon geküsst«, stellte Albert fest.

*Pern. Letzte Nacht. Es war wunderbar.*

»Ja, später, einen Jungen namens Ben Hecker, der mit mir zur Schule ging. Im Turnsaal, als wir die Sachen aufräumten. Er hat es einfach getan. Ich war überrascht, denn er gefiel mir schon lange. Ich hätte niemals gedacht, dass er sich auch für mich interessierte.«

»Und wie war es?«

*Schrecklich. Seine Zunge hat in meinem Mund herumgewühlt, als suchte sie etwas, und außerdem hat er nach altem Kaugummi geschmeckt.*

»Es war schön«, log Kaia.

»Habt ihr es danach öfter getan?«

»Nein, er hat sich bald darauf für ein anderes Mädchen interessiert.«

»Bei uns gibt es nur Elea, Betty, Summer und Amanda. Elea und Betty sind viel zu alt. Gala zu jung und Sarah … Na, du weißt schon, sie ist wie eine Mutter für uns.«

*Das ist tatsächlich ein Problem.*

Plötzlich runzelte Albert die Stirn. »Du hast gesagt, nur Liebende küssen sich. Gerade klang es aber so, als wären du und dieser Junge …«

Er wurde von Gala unterbrochen, die lächelnd auf sie zukam. Neugierig schaute sie erst Albert und dann Kevin an.

»Was macht ihr hier?«

»Nichts«, sagte Kevin.

»Solltet ihr nicht im Wald sein und Holz suchen?«

»Äh, ja.« Albert nickte eifrig. »Da wollten wir gerade hin.«

»Dann los.«

Kaia fand, dass Gala für ihr Alter ganz schön streng sein konnte. Die beiden Jungs trollten sich.

Gala wandte sich an Kaia. »Sarah schickt mich. Ich soll dich zu ihr bringen.«

»Ich habe sie doch gerade erst gesehen. Weißt du, was sie von mir will?«

Gala schüttelte den Kopf. »Hat sie nicht gesagt, aber Henry ist zu ihrer Hütte gekommen und hat mit ihr gesprochen. Das tut er sonst nie.«

Ein Schauer lief Kaia über den Rücken. Ihr erster Gedanke galt Pern. Hoffentlich war ihm nichts geschehen. Das würde sie nicht überstehen, auch wenn er ein Idiot war.

Gala streckte ihre Hand aus. »Komm jetzt.«

Kaia nahm sie und ließ sich mitziehen.

»Sag es ihr«, meinte Sarah zu Henry, als Kaia in die Hütte trat.

Die blinden Augen wandten sich ihr zu. »Jemand kommt. Jemand aus der Stadt.«

»Was?« Kaia verstand kein Wort.

»Henrys Geist war auf der Wanderung. Er hat durch die Augen verschiedener Tiere gesehen, dass ein Stadtmensch durch den Wald schnurstracks auf uns zukommt.«

Kaias Kopf ruckte hin und her. Mal schaute sie auf Henry, dann wieder auf ihre Schwester.

*Was wollen die von mir?*

»Kannst du uns etwas darüber sagen?«, fuhr Sarah fort.

»Ich? Äh … nein. Was soll ich dazu sagen können?«

»Ist dir jemand gefolgt oder sucht nach dir? Und vor allem: Wie ist es demjenigen gelungen, den Weg zu uns zu finden? Du hast gesagt, man kann dich über den Chip in deinem Hals orten.«

»Die Reichweite der Detektoren, um ihn aufzuspüren, umfasst dreißig Meilen, und wie gesagt, ein Signal gibt er erst ab, wenn ich mich verwandele. Davor bleibt er inaktiv.«

»Das ist, was man dir erzählt hat. Vielleicht ist es ganz anders.«

Kaia zuckte zusammen, aber dann fiel ihr der Fehler in dieser Gleichung auf.

»Wenn es so wäre, würde Goya einen ganzen Trupp Soldaten schicken. Nicht einen einzelnen Mann. Ist es ein Mann, Henry?«

Der nickte.

»Alt oder jung?«

»Jung, aber so genau konnte ich das nicht erkennen. Die Tiere halten sich von den Menschen fern.«

*Vielleicht ein Späher, der die Gegend auskundschaftet, und dass er in die Nähe geraten ist, ist nur Zufall.*

Sie teilte ihrer Überlegung mit den anderen.

Sarah schüttelte den Kopf. »Wer auch immer da draußen ist, er hält in gerader Linie auf das Lager zu, soweit das möglich ist.«

»Wie lange noch, bis er hier ist?«

Sarah fixierte Henry, der schien den Blick zu spüren und sagte: »Vielleicht eine Stunde, aber das ist eine Gefühlssache. Erstens haben wir keine Uhr und zweitens könnte er länger brauchen als gedacht.«

»Was machen wir?«, fragte Kaia.

Sarah zögerte nicht. »Wir räumen das Dorf. Verstecken uns im Wald, bis wir wissen, ob uns Gefahr droht. Henry geht mit uns, versucht dabei herauszufinden, ob noch mehr Leute im Wald unterwegs sind.«

*Sie glaubt tatsächlich, dass er durch die Augen der Tiere sehen kann.*

Auch wenn das völlig verrückt klang: Wenn demnächst tatsächlich jemand aus der Stadt hier auftauchte, war diese Fähigkeit eindeutig bewiesen.

*Vielleicht müssen wir alle umdenken, aber es ist schwer. Selbst für mich, obwohl ich mit eigenen Augen beobachtet habe, was die Dorfbewohner können. Sarah, Pern, Gala und Ben, es ist wie Zauberei.*

Ihr Gedanke wurde durch Sarah unterbrochen, die sich erhob. Henry tat es ihr nach.

»Lasst uns alle zusammenrufen. Wir haben keine Zeit zu verlieren und nehmen nur das Nötigste mit.«

Bis auf Pern waren alle um die Feuerstelle in der Mitte des Dorfes versammelt. Sarah erklärte ihnen mit leisen Worten die Lage. Sie blieb dabei ruhig, wirkte gelassen, doch Kaia bemerkte die Anspannung in den Augen der anderen. Sie dachte darüber nach, wen Goya geschickt haben konnte, falls es kein geflohener Mutierter war, aber der würde sich nicht zielsicher durch den Wald bewegen.

In ihrem Geist ging sie alle Jäger durch. So viele waren das nicht und darunter war niemand von Hayes' Format oder mit der Verrücktheit eines Iceman. Keiner von denen, die sie kannte, würde das Wagnis eingehen.

Blieben noch die Soldaten. Vielleicht hatte Goya jemanden losgeschickt, der sie aus dem Hinterhalt abknallen sollte. Die Frage war, wie er das Lager ausfindig gemacht hatte.

Das alles ergab keinen Sinn, und je länger Kaia darüber nachdachte, desto abstruser schien es ihr, dass ein einzelner Typ aus der Stadt so mutig war, es mit der Wilden Welt aufzunehmen.

Die Gruppe war zum Abmarsch bereit. Schweigend und in einer Linie gehend, verließen die Kinder das Dorf und verschwanden mit Kaia im Wald. Ihr letzter Gedanke galt Pern.

*Wo bist du?*

Die Gruppe marschierte ein gutes Stück in den Wald hinein und blieb vor einer verborgenen Höhle stehen. Sarah schickte Ben mit einer Fackel voraus, um sicherzugehen, dass sich kein Tier eingenistet hatte, wie sie Kaia sagte.

»Das ist unser Rückzugsort«, erklärte Sarah. »Die Höhle ist nur schwer zu finden.«

Als Ben zurückkam und den Daumen hob, gingen auch die anderen Kinder nach und nach hinein.

»Ich komme nicht mit«, sagte Kaia.

Ihre Schwester sah sie überrascht an.

»Einer muss nachschauen, wer das ist, und ich kenne viele Menschen der Stadt.«

»Das ist zu gefährlich. Du bist unbewaffnet.«

»Ich habe ihn.« Kaia deutete auf Storm. »Außerdem wird er mich nicht sehen, ich wurde für solche Situationen ausgebildet und weiß, was ich tue.«

»Komm mit in die Höhle«, beharrte Sarah. »Wir haben da drin Vorräte und können es tagelang aushalten. Wer immer da auch ist, wenn er nichts findet, wird er wieder gehen.«

»Und dann taucht der Nächste auf. Falls das ein Späher ist, kennt er jetzt die Position eures Lagers. Wir müssen ihn ausschalten, bevor er die Koordinaten an Goya meldet.«

»Du willst ihn umbringen?« Das Entsetzen stand Sarah ins Gesicht geschrieben.

»Ich weiß nicht, was ich tun werde.« Kaia zögerte. »Tun muss.«

Sarahs Augen funkelten. »Damit bin ich nicht einverstanden.«

Kaia lachte bitter. »Ist mir schon klar, aber hier geht es nicht nur um dich und die Gemeinschaft. Vielleicht hat Goya jemanden ausgesandt, um mich zu töten. In der Höhle zu sitzen und nicht zu wissen, was los ist oder vor sich geht, ist nicht gut. So was macht mich nervös.«

Sarah schwieg einen Moment, dann sah sie Kaia ernst an. »Okay, tu, was du tun musst, aber bitte sei vorsichtig. Ich habe dich gerade erst gefunden.«

Kaia grinste. »Eigentlich war es umgekehrt.«

Aber auch das war nicht richtig. Pern hatte sie hierhergeführt. Ohne ihn würde sie längst irgendwo vermodern oder von einem wilden Tier verdaut werden.

Sarah trat einen Schritt vor und umarmte Kaia unbeholfen.

»Viel Glück.«

Kaia hielt sich verborgen am Waldrand, nahe des Dorfes. Sie lag flach auf den Boden gepresst hinter einem niedrigen Busch, der sie vor der Entdeckung bewahren sollte. Neben ihr kauerte Storm leise hechelnd, die Ohren angelegt. Eine ganze Weile lang geschah nichts und Kaia fragte sich schon, ob das Ganze nicht ein Hirngespinst war.

Inzwischen war es heiß geworden und sie begann zu schwitzen. Das wiederum lockte Insekten an. Eine daumennagelgroße, hässliche Fliege mit rot leuchtenden Facettenaugen und einem eindrucksvollen Stachel am Ende setzte sich auf ihre Hand.

Bevor sie stechen konnte, schlug Kaia mit der flachen Hand zu.

Halbzerquetscht, aber in jedem Fall tot, fiel das Biest zu Boden. Angewidert beobachtete Kaia, wie das grüne Blut unter den Flügeln hervorlief.

Neben ihr winselte Storm leise.

Kaia hob den Kopf. Schaute zum Dorf hinüber. Im gleißenden Sonnenlicht war eine Gestalt aufgetaucht und taumelte auf die erste Hütte zu. Mehr konnte Kaia nicht gegen die Helligkeit ausmachen, glaubte aber, dass es ein Mann war.

Vorsichtig erhob sie sich und schlich gebückt am Waldrand entlang, um mehr erkennen zu können. Storm war wie ein lautloser Schatten neben ihr.

Sie schaffte es bis in den Schatten eines mächtigen Baumes und verbarg sich hinter seinem Stamm. Leider war der Fremde inzwischen weitergetrottet und hatte sich am Ufer des Baches ins Gras geworfen, um zu trinken. Andererseits war dies die perfekte Gelegenheit, ihn zu überraschen.

Kaia verließ den Schutz des Baumes und schlich langsam von hinten auf den Mann zu. Jetzt konnte sie erkennen, dass es kein Soldat war. Der Fremde trug keine Uniform und eine Waffe hatte er anscheinend auch nicht dabei, außer er verbarg an seinem Körper einen Revolver oder ein Messer. Neben sich ins Gras hatte er ein seltsames Gerät gelegt. Kaia gab Storm ein Zeichen, sich zurückzuhalten.

Nur noch drei Meter.

Der Mann hatte sie nicht bemerkt und trank geräuschvoll weiter.

Zwei Meter.

Er war mittelgroß, schlank, hatte braune Haare.

Ein Meter.

Sein Kopf ruckte hoch, doch es war zu spät.

Kaia überwand den letzten Meter mit einem einzigen Satz, warf sich auf den Rücken des Fremden und nahm ihn in den Würgegriff. Noch immer konnte sie sein Gesicht nicht sehen, aber sie würde schon rausbekommen, wer das war. Mit aller Kraft presste sie zu.

»Wer schickt dich?«

Ein heiseres Röcheln.

Dann sagte eine krächzende Stimme: »Kaia, lass den Scheiß. Du bringst mich um.«

Kaia war so verblüfft, dass sich ihre Arme wie von selbst vom Hals des Mannes lösten. Sie kannte diese Stimme, auch wenn sie verzerrt klang.

»Adam?«

Er wälzte sich auf den Rücken. »Verdammt, du hast mir fast das Genick gebrochen und mein Hals brennt wie Feuer.«

»Was … machst du … hier?«, fragte Kaia, komplett mit der Situation überfordert.

»Ich suche dich, was sonst?«

»Du suchst mich?«

Kaia schaute ihn verblüfft an. Das da war tatsächlich

Adam. Hier im Wald fernab jeder Zivilisation. Wie hatte er es hierhergeschafft? Geschafft zu überleben, ohne gefressen zu werden, und wie zum Teufel hatte er sie gefunden?

»Ich weiß, was du mich fragen willst.« Adam hob den seltsamen Kasten hoch, der neben ihm lag. »Habe ich gebastelt. Goya wollte doch einen Detektor mit mehr Reichweite. Das ist er.« Er rieb sich den Hals, der deutliche Würgemale zeigte. »Meine beste Arbeit. Reichweite über fünfzig Meilen. So habe ich dich ausfindig gemacht.«

»Du bist verrückt!« Etwas Besseres fiel ihr nicht ein.

Adam lächelte gequält. »Ja, ich freue mich auch, dich zu sehen.«

Storm knurrte.

»Und er sich offensichtlich auch«, stellte der Junge trocken fest.

»Wenn du den Kasten gestohlen hast, weiß Goya, was du vorhast und wohin du willst.«

»Nicht unbedingt. Seinen Detektor hat er gekriegt. Ich habe heimlich einen zweiten gebastelt, nachdem Goya laut verkündet hat, dass du und Iceman beim Einsatz von Tom Hayes getötet wurdet, bevor er selbst starb. Irgendwie konnte ich mir das nicht vorstellen. Tom würde dir nie etwas antun, mutiert oder nicht, also habe ich den Detektor benutzt und siehe da, ein Signal. Du warst also am Leben. Ich habe mich in der Zentrale krankgemeldet, was bei meinem Diabetes und dem ständigen Insulinmangel kein Problem ist, und bin los, dich zu suchen.«

»Wie geht das? Ich habe mich doch nicht verwandelt, also sollte mein Chip kein Signal aussenden.«

»Neue Technik. Passivortung.« Adam schien sehr zufrieden mit seiner Arbeit zu sein.

»Wahnsinn!« Kaia musterte ihn ernst. »Aber wenn du mich gefunden hast, dann kann es Goya auch. Er wird Leute oder Drohnen schicken, um mich auszuschalten.«

Adam grinste verschmitzt. »Nach einer kurzen Demonstration habe ich ihm gesagt, ich müsse die Einstellungen noch kalibrieren, dann käme das Ding auf eine noch größere Reichweite. Er hat es mir abgekauft und ich habe heimlich den Detektor sabotiert. Der misst gar nichts mehr, auch nicht, wenn man einen Chip direkt darüberhält.«

»Goya wird es rauskriegen und dich umbringen.«

»Dazu hat er keine Möglichkeit. Hier kann er mich nicht finden und ich habe nicht vor zurückzukehren. Was mich zu der Frage bringt … Wer lebt hier?« Adam deutete auf die Hütten. »Haben Mutierte die gebaut?«

»Ja.«

»Oh.« Adam schaute sie überrascht an. »Ich dachte, das wäre ein verlassenes Dorf von irgendwelchen Menschen kurz nach der Katastrophe.«

»Es ist ganz und gar nicht verlassen. Setz dich hin, dann erzähle ich dir alles.«

Es war sehr viel, was Kaia ihm zu berichten hatte. Vom Wiedersehen mit ihrer tot geglaubten Schwester. Sie erzählte von der Ermordung ihrer Eltern und der anderen Flüchtlinge. Dann über den Chip und die große Lüge, die Goya darüber in die Welt gesetzt hatte.

Als sie endete, schwieg Adam und starrte auf den Boden. »Das … ist Wahnsinn«, sagte er schließlich.

»Goya ist schuld am Tod so vieler Menschen.«

»Die Leute müssen von all dem erfahren«, sagte Adam. »Dieses Schwein muss zur Rechenschaft gezogen werden.«

»Ich habe darüber nachgedacht, aber keine Möglichkeit gefunden, in die Stadt zu gelangen, ohne dass Goya es mitbekommt oder ich abgeknallt werde. Der verdammte Chip ist wie ein Leuchtfeuer und verrät mich, Meilen bevor ich die Stadt erreiche.«

Adam nickte nachdenklich. »Da hast du recht, das ist unmöglich.«

Er kratzte sich am Hals und verscheuchte eine aufdringliche Fliege. Sein Gesicht glänzte und Schweiß rann über die Stirn. »Wie ist es, mit den Mutierten zu leben? Hier draußen im Wald?«

»Sag mal, bist du keinen gefährlichen Tieren begegnet?«

»Nein, ich habe mal gehört, dass man Bären vertreiben kann, wenn man laut singt. Sie mögen es nicht, überrascht zu werden, und weichen rechtzeitig aus. Also habe ich den ganzen Weg gesungen, fast zwei Tage lang.«

»Und du hast nichts Besonderes gesehen?«

»Oh doch, jede Menge Viecher, die stechen wollen oder dich sonst wie nerven, aber kein Tier größer als eine

Maus. Eigentlich nicht mal das. Nur die verfluchten Insekten.«

Er schob die Ärmel seines Hemdes hoch. Seine Hände waren übersät von Stichen. Manche davon schienen sich bereits entzündet zu haben.

»Das muss behandelt werden«, sagte Kaia.

»Prima, auf den Gedanken bin ich auch schon gekommen, habe aber keine Salbe eingesteckt, weil es keine Salbe dagegen zu kaufen gibt.«

*Ich muss es ihm sagen.*

Kaia setzte eine ernste Miene auf. »Adam?«

»Ja?«

»Meine Schwester wird sich darum kümmern. Sie und die anderen haben sich in einer Höhle versteckt. Wir können zu ihnen gehen, sie heilt dich.«

»Hat sie irgendwelche Kräuter oder so?«

»Sie macht das durch ihre Gedanken.«

Adam starrte sie an. Seinem Gesichtsausdruck nach zu urteilen, hätte Kaia ihm gerade auch erklären können, dass es den Weihnachtsmann tatsächlich gab.

»Ich weiß, es ist schwer zu glauben und noch schwerer zu verstehen, aber sie kann das wirklich.«

»Du verarschst mich doch.«

»Nein, diese Kinder haben allesamt besondere Fähigkeiten. Das Virus hat sie hervorgerufen, und ja, sie sind mutiert, doch nichts daran ist gefährlich. Es hilft ihnen bloß dabei, im Wald zu überleben. Ist so eine Art Anpassung.«

Adam verzog den Mund. »Was können sie noch?«

Kaia berichtete von Gala, die behauptete, Energie weben zu können.

Er schüttelte den Kopf. »Niemals, so etwas gibt es nicht. Es ist nicht möglich.«

»Ein anderer Junge kann sich tarnen, indem er die Beschaffenheit seiner Haut und die Farbe ändert. Praktisch wie ein Chamäleon, du kennst das Tier aus dem Biounterricht, nur noch viel krasser. Er hat seine Hand über einen Busch gehalten und sie war nicht mehr von der Pflanze zu unterscheiden. Ich habe es selbst gesehen.«

Eine Weile sagte er nichts. Dann: »Vielleicht haben sie dir Drogen ins Essen gemischt und du bildest dir alles ein.«

»Ach, Adam, das ist doch Unfug. Wir reden von meiner Schwester und einem Haufen Kids, die versuchen in der Wilden Welt zu überleben. Nur das! Nichts weiter! Sie sind sehr genügsam und friedlich. Ich –«

»Du kannst kaum erwarten, dass ich das glaube. Es widerspricht nicht nur allem, was ich weiß, sondern auch allem, was ich mir vorstellen kann.«

»Und genau deswegen gehen wir jetzt zu Sarah und den anderen. Du wirst es mit deinen eigenen Augen bezeugen.«

Nach und nach traten alle Kinder aus der Höhle und bildeten einen Halbkreis um Kaia und Adam. Sarah und Ben kamen zuerst, am Schluss die Jüngeren.

»Das ist Adam«, sagte Kaia. »Ein Freund aus der Stadt. Er hat mich gesucht, nachdem man ihm gesagt hat, ich wäre tot.«

»Wie hat er uns gefunden?«, fragte Sarah.

*Klar, das muss sie wissen, um einzuschätzen können, ob Gefahr für das Dorf droht.*

Adam hob den Detektor hoch. »Damit, habe ich selbst gebaut. Es kann den Chip in Kaias Hals orten.«

Sarah sah ihn eindringlich an, dann nickte sie. »Habt ihr schon geredet?«

»Ja, ich habe ihm alles erzählt«, sagte Kaia. »Auch von euren Veränderungen und neuen Fähigkeiten, aber Adam glaubt mir nicht. Er hat entzündete Kratzer an den Armen. Kannst du ihm helfen?«

»Nein.«

Kaia zuckte zusammen. »Was?«

»Er ist hier nicht willkommen.«

»Wie bitte?«

»Er gehört in die Stadt. Wer sagt mir, dass er nicht hier ist, um uns zu schaden?«

»Ich sage es! Adam ist ein Freund. Ihr könnt ihm vertrauen.«

Sarah schwieg und auch sonst redete keiner.

»Tja …« Adam räusperte sich. »Dann … ich … ich … oh Gott, ist das heiß.«

Er fasste mit der Hand an den feuchten Kragen seines T-Shirts und zog daran. Seine Augen glänzten fiebrig. Schweiß stand auf seiner Stirn. Er atmete schwer.

»Ist etwas mit dir?«, fragte Kaia besorgt.

»Nein … alles okay, nur … diese Hitze macht …«

Er schwankte. Ging zwei Schritte vorwärts. Taumelte und fiel der Länge nach hin.

# 25.

*Heute, Jahr 2169, USA, Die Wilde Welt*

»Was ist mit ihm?«, fragte Sarah.

Kaia funkelte sie wütend an. »Er ist erschöpft, hat Entzündungen und leidet unter Diabetes. Reicht dir das oder soll es noch etwas mehr sein?«

»Kaia, versteh mich –«

»Dieser Junge ist ganz allein durch den Wald marschiert, um mich zu finden. Mir zu helfen. Er hat alles zurückgelassen, das er kennt, selbst seine Eltern, und ist ein unglaubliches Wagnis eingegangen. Adam braucht Insulin und das regelmäßig, und obwohl er weiß, dass er das im Wald nicht bekommt, hat er sich auf die Suche nach mir gemacht.«

»Ich weiß nicht, was Diabetes und In…«

»Insulin.«

»… Insulin ist. Meine Verantwortung gehört den Kindern dieses Dorfes. Ich muss sie schützen, so gut ich kann.« Sarah deutete auf den bewusstlosen Adam. »Und er bringt sie in Gefahr. Auch wenn es stimmt und du sagst, man kann ihm vertrauen, wissen wir nicht, ob ihm jemand gefolgt ist.«

»Du willst ihn also sterben lassen.«

»Das habe ich nicht gesagt …«

»Wo ist denn jetzt bitte dein *Alles ist mit allem verbunden?* Gilt das nur für euch und den verdammten Wald oder auch für andere Menschen, die Hilfe brauchen?«

»Ich …«

»Nein, lass mal, ich kümmere mich um ihn.«

Sarah trat einen Schritt vor, legte die Hand auf den Arm ihrer Schwester.

»Ich werde sehen, was ich tun kann.«

Gemeinsam mit Ben und Sarah schleppte Kaia den ohnmächtigen Jungen in die Höhle. Sarah entzündete ein Feuer und schickte alle bis auf ihre Schwester hinaus. Dann entkleidete sie Adam vollständig.

Kaia sagte nichts. Sie war noch immer wütend, aber auch gespannt darauf, was Sarah jetzt tun würde. Im Gegensatz zu ihren Erwartungen geschah nichts Besonderes.

Sarah hielt beide Hände über den Körper ihres Freundes und fuhr mit geringem Abstand darüber. Es sah aus, als würde sie Adam streicheln.

Erst jetzt erkannte Kaia, wie dünn und ausgemergelt Adam war. Die Krankheit zehrte ihn aus, und es war klar, dass er ohne regelmäßige Insulinzufuhr sterben würde.

*Oh, Adam, was hast du getan? Warum bist du so verrückt und folgst mir in den Wald?*

Sie gab sich selbst die Antwort.

*Er hat es aus Liebe getan.*

Und diese Erkenntnis erschütterte Kaia, denn sie konnte seine Liebe nicht erwidern. Nicht auf diese Weise.

Ja, ein Bruder, das war er für sie, aber ein Geliebter würde er niemals sein.

Sie dachte an Pern und dass sie für ihn empfand, was Adam für sie fühlte.

*Warum ist das Leben nur so kompliziert? Warum können wir nicht die Menschen lieben, die uns lieben? Warum müssen es andauernd andere sein?*

Sarah murmelte etwas. Es klang wie ein Gutenachtgebet für Kinder.

Kaia zuckte zusammen.

Sarah schien ihr Erschrecken zu spüren, denn sie antwortete, ohne die Augen aufzuschlagen. »Es geht um die Schwingung, die das Gebet erzeugt. Sein Körper ist aus dem Takt, seine Schwingungen werden stets unterbrochen und sind zu langsam. Indem ich meine Energie mit seiner verbinde, helfe ich seinem Körper, wieder den richtigen Rhythmus zu finden.«

Das klang merkwürdig. Aber egal, Hauptsache, Sarah rettete Adam, wie auch immer sie das machte.

Eine Stunde unablässiges Beten und Händeauflegen verging.

Irgendwann wurde Adams Atem ruhiger, gleichmäßiger. Im Lichtschein des Feuers erkannte Kaia, dass sein Gesicht eine natürliche Farbe annahm und er auch nicht mehr so heftig schwitzte.

Schließlich zog sich Sarah zurück.

»Er wird jetzt schlafen. Viele Stunden.«

»Konntest du ihm helfen?«, fragte Kaia.

»Die Entzündungen klingen ab und die große Krankheit in seinem Körper ist gegangen.«

»Was? Wie meinst du das? Heißt das, er hat keinen Diabetes mehr?«

»Wie immer du es nennst, es ist fort.«

Kaia wusste nicht, was sie darauf erwidern sollte. Schließlich brachte sie ein leises »Danke« heraus.

Adam erwachte viele Stunden später. Es war mitten in der Nacht und vor der Höhle vollkommen finster. Sarah und die anderen Kinder waren ins Dorf zurückgekehrt, Kaia bei Adam in der Höhle geblieben.

»Durst«, krächzte Adam.

Kaia reichte ihm eine mit Wasser gefüllte Holzschale, aus der er gierig trank. Als er die Schale senkte, sah er Kaia ernst an.

»Was ist geschehen? Wo sind die anderen?«

»Im Dorf. Du bist ohnmächtig geworden. Sarah hat dich geheilt.«

Er runzelte die Stirn, dann blickte er auf seine Arme. Die Entzündungen sahen viel besser aus. Vorsichtig fuhr Adam mit den Fingern über seine Haut.

»Wahnsinn! Hat sie da was draufgeschmiert?«

»Nein, sie sagt, es sei ein Austausch von Energien.«

»Wie lange war ich weg?«

»Ich habe keine Uhr, aber sicherlich ein paar Stunden.«

»Meinst du, ich darf bis morgen bleiben?«

»Was soll das heißen? Du kannst nicht zurück!«

»Ja, aber hierbleiben offensichtlich auch nicht.« Er rappelte sich auf. »Ich verstehe deine Schwester. Sie weiß nicht, ob sie mir trauen kann, denn sie kennt mich ja nicht, und selbst wenn, bringe ich vielleicht Gefahr für das Dorf. Mal ernsthaft: Weder du noch ich wissen, wie man hier draußen überlebt. Wir haben keine Ahnung vom Jagen und Fischen und es gibt so viele neue Pflanzen in diesem Wald, die wir nicht kennen und die wahrscheinlich gar nicht essbar sind.«

»Sie jagen und fischen nicht. Ernähren sich nur von dem, das ihnen der Wald gibt, wie sie sagen.«

Adam riss die Augen auf. »Wie machen sie das? Die wirken alle so gesund.«

»Ehrlich, Adam, ich verstehe es selbst nicht so ganz. Sie sammeln Früchte und Pflanzen, reden aber dabei von Geschenken der Natur. Dann sind da diese seltsamen neuen Eigenschaften, die durch die Mutation hervorgerufen wurden und fast wie Magie erscheinen. Wohin wird das führen? Ich habe versucht, mit meiner Schwester zu reden. Entweder sie sagt abgehobenes Zeug, das ich nicht nachvollziehen kann, oder sie weicht meinen Fragen aus. Henry weiß viel über das Virus, aber wohin die Mutationen in letzter Konsequenz führen, ich glaube, da ist er so schlau wie wir.«

»Hast du dir mal überlegt, dass sie dir vielleicht nicht die ganze Wahrheit sagen?«

»Warum sollten sie etwas zurückhalten?«

»Vielleicht, um sich zu schützen. Je weniger wir wissen, desto weniger können wir verraten, sobald wir zurück in die Stadt gehen und geschnappt werden.«

»Ich kann mir das nicht vorstellen«, meinte Kaia. »Wir reden von meiner Schwester.«

»Ja, und ich bin ihr dankbar, echt dankbar, dass sie mir geholfen hat. Trotzdem.«

»Sarah hat mehr als nur deine entzündeten Kratzer geheilt. Sie sagt, dass du jetzt nicht mehr an Diabetes leidest.«

»Was?«

»Ich habe natürlich keinen Beweis, glaube jedoch, sie hat dich wirklich davon befreit.«

»Kaia, das geht nicht. Ich leide schon viele Jahre unter dieser Krankheit. Ein paar Kratzer am Arm … okay, doch wir reden hier von einem Fehler im Organismus, der sich nicht einfach wegpusten lässt.«

»Wie fühlst du dich?«

»Gut, etwas erschöpft, klar, eigentlich ganz okay. Und nein, ich glaube, das liegt nicht an Sarah, sondern daran, dass ich lange geschlafen habe.«

»Und wenn es doch stimmt?«

»Dann wäre es wunderbar. Komplett wunderbar, aber solche Dinge passieren nicht. Mir ist seit vielen Jahren klar, dass ich an dieser Krankheit sterben werde, und habe mich damit abgefunden. Außerdem ändert es nichts daran, dass sie mich nicht hierhaben wollen. Morgen früh breche ich auf.«

»Wohin denn? Um Himmels willen, du überlebst keinen Tag in diesem Wald. Bisher hast du bloß Glück gehabt. Da draußen gibt es jede Menge gefährliche Tiere, die nichts anderes im Kopf haben, als deinen kleinen Hintern zu verspeisen.«

Adam grinste. »Na, das war doch mal ein nettes Kompliment. Ich denke, ich gehe nach Norden. Vielleicht finde ich andere Überlebende, mutiert oder nicht. Außerdem habe ich Gerüchte gehört, dass es noch weitere freie Städte geben soll.«

Kaia verdrehte die Augen. »Es sind genau das: Gerüchte. Du kannst hier nicht weg.«

Er ging nicht darauf ein. »Komm mit mir, Kaia.«

Sie schüttelte den Kopf. »Ich muss zurück in die Stadt, Goya aufhalten. Irgendwie.«

»Darüber haben wir bereits gesprochen. Das schaffst du nicht.«

»Irgendwie wird es mir gelingen. Ich brauche nur Zeit, um mir einen Plan auszudenken.«

»Kaia …«

»Du kannst es mir nicht ausreden. Entweder du bist dabei oder eben nicht.«

Adam seufzte. »Ich gehe, wohin du gehst.«

Kaia spürte, wie ihr warm ums Herz wurde, doch sie durfte Adam keine Hoffnungen machen, das hatte er nicht verdient.

»Auch darüber müssen wir reden.«

»Was meinst du?«

»Deine Gefühle für mich.«

Er versteifte sich. »Was ist damit?«

»Ich kann sie nicht erwidern.«

»Das habe ich nie von dir verlangt.«

»Ja, aber ich fühle mich nicht gut dabei. Du bist für mich, wie ein …«

Er hob die Hand. »Halt, sag es nicht! Dinge ändern sich. Gib uns einfach Zeit.«

»Das ist es ja, ich glaube nicht, dass sich daran etwas ändert.«

»Lass mir einfach die Hoffnung. Ich verlange nicht mehr als eine Chance, die zeigen kann, dass wir zusammengehören.«

Kaia schüttelte langsam den Kopf. »Es geht nicht. Ich möchte dir nicht wehtun. Du und Hayes, ihr wart die wichtigsten Menschen in meinem Leben. Nun ist Tom tot und ich möchte dich nicht auch noch verlieren.« Sie fasste nach seiner Hand, drückte sie. »Kannst du mich verstehen?«

»Nein«, sagte er leise. »Ich wollte doch nur eine Chance.«

Kaia beugte sich vor, legte ihre Stirn an seine. Bittere Tränen liefen über ihre Wangen. »Du bedeutest mir so viel.«

»Aber nicht genug, um mich als deinen Lebenspartner in Betracht zu ziehen.«

»Es würde nicht funktionieren.«

»Das weißt du nicht. Du hast es nicht ausprobiert.«

»Doch, das weiß ich. Ich spüre es.«

»Kaia, wie soll ich damit umgehen?«

Darauf wusste sie nichts zu sagen. »Leg dich hin und ruh dich aus. Morgen reden wir weiter. Über alles.«

Er ließ sich zu Boden sinken. Drehte sich von ihr weg und schwieg.

# 26.

*Heute, Jahr 2169, USA, Die Wilde Welt*

Im Morgengrauen tauchte Sarah vor dem Höhleneingang auf. An ihrer Seite Pern. Kaias Herz machte einen Sprung, als sie ihn sah. Am liebsten wäre sie ihm um den Hals gefallen und hätte sein Gesicht mit unzähligen Küssen bedeckt, aber das war aus mehreren Gründen nicht möglich. Zum einen war da Adam, der direkt neben ihr stand, und zum anderen hatte sie die Nacht im Wald nicht vergessen, als Pern sie zurückgewiesen hatte.

Sarah kam gleich zur Sache.

»Ich habe mit den anderen Kindern gesprochen. Wir sind uns einig, Adam kann bleiben.«

Kaia stieß erleichtert die Luft aus. Wenigstens ein Problem war gelöst.

Adam hingegen zeigte keinerlei sichtbare Freude über diese frohe Botschaft, sondern fragte: »Seid ihr euch sicher?«

Es klang wie ein Knurren.

Sarah nickte. »Das ist Pern. Er ist mit mir der Älteste im Dorf. Vielleicht hat dir Kaia von ihm erzählt.«

»Hat sie nicht, aber trotzdem Hallo.«

»Wir haben uns beraten und denken, für eure Eingliederung in die Gemeinschaft wäre es gut, wenn ihr euch an den täglichen Arbeiten beteiligt. Also Früchte, Pilze, Wurzeln und Holz fürs Feuer sammeln und natürlich Arbeit auf dem Maisfeld, wenn geerntet wird. So lernt ihr auch den Wald kennen und wir können euch die Gefahren zeigen, die dort auf euch warten. Seid ihr einverstanden?«

Kaia und Adam bejahten.

»Gut«, meinte Sarah zufrieden. »Wir fangen gleich an. Kaia, du gehst mit Pern in den Wald und suchst das Essen für den heutigen Tag. Adam kommt mit mir. Er ist noch erschöpft vom Weg durch den Wald und den Entzündungen. Es ist sicherer, er bleibt heute und morgen im Dorf.«

Adam schien nicht begeistert, sagte aber nichts, sondern folgte Sarah stumm auf dem Pfad zurück zum Lager.

Als sie nicht mehr zu sehen waren, fragte Kaia: »Wo warst du?«

»Im Wald.«

»Das ist ja mal eine originelle Antwort. Echt jetzt, wäre ich selbst nicht draufgekommen.«

Pern erwiderte nichts und Kaia war sich nicht ganz sicher, ob er den Sarkasmus verstanden hatte.

»Was hast du gemacht? Du warst lange weg«, fragte sie etwas ruhiger.

»Ich musste den Weg gehen.«

*Was zum Geier soll das jetzt wieder heißen?*

»Und das bedeutet?«

Er zögerte. »Ist schwer zu erklären.«

»Versuch es.«

»Sarah und ich haben ein Alter erreicht, in dem wir die Kindheit hinter uns lassen. Bald sind Ben und Betty dran. Wir gehen auf den Weg, um uns selbst zu erfahren. Wer wir sind und was unsere Aufgabe im Leben ist.«

Kaia schnaufte. »Das klingt ja alles wirklich schön, aber ich kann damit nichts anfangen. Du und Sarah, selbst die kleine Gala, ihr redet andauernd wirres Zeug, das für mich keinen Sinn ergibt. Ich, du, das Ganze, das Sein, der Wald, die Welt. Echt, was bringt das hier draußen? Das ist eine sehr gefährliche Umgebung, wie ich erfahren musste, und auch wenn ihr immer wieder davon sprecht, dass alles eins ist, habe ich die Biester nicht vergessen, die mich fressen oder platt walzen wollten. Die wussten offensichtlich nichts von eurer schönen Theorie der Verbundenheit. Für mich stellt sich euer großartiger Wald als ein gnadenloser Ort des Fressens und Gefressenwerdens dar. Mehr ist da nicht.«

»Du kannst es nicht sehen. Noch nicht.«

»Komm mir jetzt nicht wieder mit so einem Spruch. Ich kann's echt nicht mehr hören.«

»Ich werde es dir zeigen.«

Pern wandte sich ab und ging in den Wald. Kaia befahl Storm, in der Höhle zu bleiben, dann folgte sie ihm.

Seit einiger Zeit marschierte sie hinter Pern her. Er wandte sich nicht um und sagte auch nichts zu ihr, blieb von Zeit zu Zeit stehen und betrachtete aufmerksam den Waldboden, als suchte er etwas.

Nachdem die Sonne aufgegangen war, wurde es bedeutend wärmer. Insekten begannen in der Luft zu tanzen. Kaia schnupperte und roch das Harz der Bäume und den Duft der wilden Blumen. Für einen Moment wirkte der Wald so, wie ihn Sarah und Pern beschrieben. Friedlich und schön, doch Kaia wusste, dass es hier draußen gefährlich war. Das vergaß sie keine Sekunde.

Schließlich stoppte Pern erneut, ging in die Hocke und bedeutete Kaia, es ihm gleichzutun. Kaia starrte auf den Boden, sah aber nichts. Fragend musterte sie den Jungen.

»Warte«, sagte er leise, ohne sich zu rühren.

Eine Weile verging. Kaias Knie fingen an wehzutun und sie hatte das Gefühl, ihre Füße schliefen ein.

Plötzlich zeigte Pern auf eine winzige rosafarbene Raupe mit grünen Streifen an den Seiten und weißen Borsten auf dem Rücken.

*Na toll, Biounterricht. Insektenkunde. Dafür bin ich durch den Wald gelatscht.*

Der Gedanke war kaum zu Ende gedacht, da fiel Kaia auf, dass die kleine Raupe zu wachsen begann, während sie langsam über den Waldboden kroch. Nach einer Strecke, die kaum eine Armlänge umfasste, war sie schon doppelt so groß. Dann wurde es noch merkwürdiger. Als die Raupe ihre dreifache Größe erreicht hatte, grub sie sich ein. Kurz darauf war sie in der Erde verschwunden.

Kaia hob ungeduldig beide Hände mit den Handflächen nach oben.

*Das war's?*

Pern schüttelte den Kopf, machte eine Geste, dass sie sich gedulden sollte. Weitere Minuten vergingen. Kaia starrte auf den Boden und sah *nichts.*

Und *nichts.*

Doch dann schob sich ein kleiner rosa Stängel aus dem Erdreich und wuchs langsam, aber beständig vor ihren Augen. Kurz darauf schien er seine Endgröße erreicht zu haben und bildete saftige grüne Blätter aus. Eine weiße Blüte erschien und öffnete sich. Heraus schlüpfte eine rosafarbene Raupe mit grünen Streifen an den Seiten und weißen Borsten auf dem Rücken. Sie kletterte den Stängel zum Boden hinab und kroch langsam vorwärts. Als sie die Blume verlassen hatte, begann diese zu verwelken und zerfiel schließlich in winzig kleine Teile, die den Boden wie Mehl bedeckten.

Und die Raupe machte sich auf den Weg.

Kaia schluckte hart.

Sie konnte kaum glauben, was sie gerade gesehen hatte. Geburt, Leben und Tod in wenigen Minuten. Direkt vor ihren Augen hatte sich der Kreislauf des Lebens abgespielt. Eindrücklich und eindrucksvoll. Kaia spürte Ehrfurcht in sich aufsteigen, und plötzlich verstand sie, was Sarah und Pern ihr die ganze Zeit hatten klarmachen wollen. Den Weg zu gehen, zielte darauf ab, sich selbst zu erkennen und seinen Platz in der Wilden Welt zu finden.

»Wir nennen dieses Wesen ›Lebensblume‹«, sagte Pern schlicht und stand auf.

Kaia war sprachlos, wusste nicht, was sie erwidern sollte, also schwieg sie.

»Komm«, forderte Pern sie auf. »Wir müssen Essen finden.«

Pern hatte einen aus Gras geflochtenen Beutel dabei, in den sie die Pilze und Früchte legten, die sie fanden. Der Junge zeigte ihr, was essbar war und wovon man besser die Finger ließ. Tieren begegneten sie keinen und Vögel waren auch nicht zu hören, nur die unvermeidlichen Insekten umgaben sie ständig.

Es war ein einziges Surren und Summen, allerdings schienen die kleinen Biester Pern zu ignorieren und so war nur Kaia die ganze Zeit von einer Wolke merkwürdiger Fliegen und Mücken umgeben, die immer wieder versuchten, sie zu stechen.

Nachdem Pern eine Weile stumm beobachtet hatte, wie sie andauernd um sich schlug, ging er zu einem Busch, pflückte ein paar Blätter und schmierte mit dem Pflanzensaft ihr Gesicht, den Hals und die Arme ein. Sofort wurde es besser.

»Warum stechen dich die Viecher nicht?«, wollte Kaia wissen.

»Wir essen regelmäßig die Früchte dieses Busches, darin ist etwas enthalten, das Insekten nicht mögen. Wir können es nicht riechen, sie schon, es ist in unserem Schweiß und auf der Haut.«

»Und wie habt ihr das herausgefunden?«, fragte Kaia.

Er zuckte mit den Schultern. »Ich möchte dich etwas fragen.«

»Okay.«

»Ist dieser Junge aus der Stadt dein Freund?«

Kaia war überrascht, dass sich Pern für ihre Beziehung zu Adam interessierte.

*Vielleicht ist da doch etwas von seiner Seite?*

»Warum willst du das wissen?«

*Sag es! Sag: Weil du mich magst.*

»Er passt gut zu dir. Ihr teilt viel miteinander, und er hat ein großes Risiko auf sich genommen, um dich zu finden.«

*Fuck, das wollte ich nun nicht hören.*

Ärger stieg in ihr auf. Immer wenn es so aussah, als würden sie und Pern sich näherkommen, zog er sich wieder zurück.

»Er ist nicht *mein* Freund, sondern *ein* Freund. Alles andere ist zwischen uns schon lange geklärt.«

Es war eine Lüge und sie wusste es. Nichts war mit Adam geklärt. Jedenfalls nicht von seiner Seite aus.

Pern legte den Kopf schief und betrachtete sie. »Warum hast du mich geküsst?«

*Warum wohl, du Idiot?*

»Ich hatte eher das Gefühl, es war andersherum.«

»Egal, sag einfach, warum?«

Kaia war klar, dass sie sich mit der Antwort auf diese Frage alles versauen konnte. Wenn sie jetzt die Coole gab, würde sich Pern von ihr abwenden. In ihren Augen war es bereits ein Wunder, dass er sie überhaupt auf dieses Thema ansprach.

Sie versuchte es mit der Wahrheit.

»Ich bin in dich verliebt.«

Kein ›ich glaube‹ oder ›ich denke‹, sondern so, wie es war. Sie hatte die Hosen heruntergelassen. Nackt und verletzlich stand sie vor ihm.

*Bitte sag jetzt nichts Falsches. Tu mir nicht weh.*

Pern erwiderte gar nichts. Wie in der Nacht im Wald trat er einen Schritt vor, küsste sie und diesmal löste er sich nicht von ihr.

Gemeinsam sanken sie auf das weiche Moos des Waldes. Entkleideten sich mit fliegenden Fingern, ohne auch nur einen Moment voneinander zu lassen.

Perns sanfte Hände erkundeten neugierig Kaias Körper und bedeckten ihre Haut mit unzähligen Küssen, während sie die Augen schloss und sich ihm hingab.

# 27.

*Heute, Jahr 2169, USA, Die Wilde Welt*

Als Kaia und Pern ins Dorf zurückkamen und die gefundenen Lebensmittel an der Feuerstelle ablegten, war keiner von den anderen zu sehen. Kaia war froh darüber, denn bestimmt stand ihr das Glück ins Gesicht geschrieben und sie grinste die ganze Zeit wie eine debile Idiotin.

Noch zwei weitere Male hatten sie sich geliebt, bis Pern gesagt hatte, sie müssten aufbrechen und die Vorräte ins Dorf bringen. Zuvor hatten sie Storm bei der Höhle abgeholt, der anscheinend den ganzen Tag mit Schlafen verbracht hatte und nun etwas steif neben ihr hertrabte. Dabei hielt er sich dicht an ihrer Seite, als wollte er Pern deutlich machen, dass sie zu ihm gehörte.

Plötzlich schien alles seinen richtigen Platz in ihrem Leben gefunden zu haben, und hätte es nicht Goya und das Problem mit Adam gegeben, wäre sie vollends glücklich gewesen. So aber spürte sie, dass ihr neues Glück zerbrechlich und vielleicht nicht von Dauer war, trotzdem schob sie alle trüben Gedanken beiseite, wollte jede Sekunde genießen, die sie mit Pern hatte.

Über das, was zwischen ihnen geschehen war, hatten

sie nicht gesprochen. Das mussten sie auch nicht. Kaia wusste, dass Pern das Gleiche für sie empfand wie sie für ihn. Sie sah es in seinen Blicken, fühlte es in jeder seiner zarten Berührungen.

Ihre Gedanken wurden von Sarah unterbrochen, die aus ihrer Hütte trat und auf sie zukam. Ihr Gesicht war ernst.

*Sicherlich nimmt sie wahr, dass etwas zwischen uns passiert ist.*

Aber sie sagte nichts, setzte sich ans Feuer und schaute in die Flammen.

Kaia und Pern nahmen neben ihr auf dem Baumstamm Platz.

»Wo ist Adam?«, fragte Kaia.

»Bei Henry. Er löchert den alten Mann schon den ganzen Tag mit seinen Fragen. Seit er mit Gala gesprochen hat, ist er ganz aufgeregt.«

»Weißt du, worüber sie geredet haben?«

»Was wohl?«, entgegnete Sarah lachend. »Er hat sie zum Energieweben befragt. War fast wie ein Verhör. Wie geht das? Wie machst du das? Irgendwann ist er losmarschiert und hat seinen komischen Kasten geholt. Er hat ihn Gala in die Hand gedrückt und wollte wissen, ob sie ahne, was das ist.«

»Und?«

»Gala hat sich in ihrer Bildersprache ausgedrückt, ziemlich wilde Vergleiche bemüht, aber offensichtlich hat sie nicht nur den Zweck des Detektors erkannt, sondern auch, wie er funktioniert. Dein Freund ist komplett ausgeflippt, hat sie hochgehoben und vor Freude herumgewirbelt. Das hat Gala natürlich gefallen. Gemeinsam sind sie dann zu Henry, der Adam Dinge erklären sollte, für die Gala die Worte und Begriffe fehlten. Da sind sie noch immer.« Ihr Blick fiel auf die mitgebrachten Früchte und Wurzeln. »Nicht gerade viel, wenn man bedenkt, wie lange ihr weg wart.«

Kaia spürte, wie ein Grinsen ihre Lippen verzog. Pern hingegen blieb unbewegt. Für einen kurzen Moment hatte sie das Gefühl, er und Sarah würden sich per Gedanken verständigen, denn ihre Schwester lächelte unvermittelt.

»Die anderen werden auch bald zurück sein, dann können wir gemeinsam essen.« Sie wandte sich an Kaia. »Hilfst du mir, Wasser vom Bach zu holen?«

Kaia nickte.

Mit zwei einfachen Tonkrügen, die in jedem Fall selbst gemacht aussahen, gingen sie los. Die Dinger waren leer schon schwer, kaum vorstellbar, dass man sie tragen konnte, wenn sie gefüllt waren. Sarah schien kräftiger zu sein, als sie aussah.

Ihre Schwester kniete sich ans Ufer und legte ihren Krug in den Bach, sodass er von selbst volllief. Kaia tat es ihr nach.

»Für Pern ist das eine ernste Sache«, sagte Sarah unvermittelt, nachdem sie die ganze Zeit geschwiegen hatte.

Kaia holte tief Luft. »Das ist es für mich auch.«

»Ich will es dir gern glauben, aber ich weiß, du hast vor, zurückzugehen und dich an Goya zu rächen.«

»Es ist mehr als nur Rache. Jemand muss ihn aufhalten und die Menschen der Stadt befreien.«

»Mag sein, aber höchstwahrscheinlich kommst du nicht wieder.«

»Du gehst also davon aus, dass ich es nicht schaffe?«

»Das habe ich nicht gesagt, aber nach allem, was du mir erzählt hast, sind deine Chancen gering. Und selbst wenn es dir gelingt, Goya zu entmachten, wirst du vielleicht in der Stadt bleiben, denn dort ist dein Leben. Du wärst im Wald nicht glücklich.«

»Lass das bitte meine Sorge sein, wo ich glücklich bin und wo nicht.«

»Das tue ich, aber es gibt ein Problem.«

Kaia starrte sie an.

*Vielleicht hat Pern bereits eine Freundin im Dorf*, schoss ihr durch Kopf.

Himmel, sie hatte ihn nie danach gefragt, aber andererseits konnte sie sich nicht vorstellen, dass er sie küssen würde, wenn es da jemand gäbe. Außerdem hatte Sarah gesagt, es wäre eine ernste Sache für ihn. Verärgert über sich selbst schob sie den Gedanken beiseite.

»Wenn du gehst …«, sagte Sarah, »ziehen wir uns tiefer in den Wald zurück. Wir geben das Dorf auf. Durch deinen Freund wissen wir jetzt, dass sie uns finden können. Er hat es hierhergeschafft, dann wird es auch einem Trupp Soldaten gelingen.«

»Adam ist es nur durch den Apparat gelungen, den er gebastelt hat, und er sagt, es gibt kein zweites funktionierendes Gerät.«

»Er ist sicherlich nicht der einzige kluge Kopf in der Stadt.« Sie schüttelte den Kopf. »Ich darf kein Risiko eingehen.«

»Ja … Ja, aber wie finde ich euch dann?«

Sarah schaute sie ernst an. »Das ist es ja, was ich dir sagen will. Du wirst uns nicht finden. Diesmal gehen wir so tief in den Wald, dass uns niemand entdeckt.«

Tränen schossen in Kaias Augen. »Das kannst du nicht tun.«

»Ich muss.«

»Außerdem stimmt nicht, was du behauptest. Goya kann uns bloß über den Chip in unserem Hals ausfindig machen. Wenn Adam und ich gehen, seid ihr sicher.«

Sarah schwieg für einen Moment, dann legte sie den Kopf schief. »Denkst du, dass er mit dir kommt, wenn er das von dir und Pern erfährt?«

Kaia zuckte zusammen.

»Ihr könnt beide eure Gefühle nicht verbergen, und so wie ich es sehe, liebt dich dieser Junge. Mehr, als du vielleicht ahnst. Aber wie auch immer: Er kann nicht zurück. Adam ist kein Kämpfer wie du, er würde dich nur aufhalten, vielleicht sogar deine Mission gefährden. Also muss er hierbleiben. Ich denke, das wird er auch wollen, wenn er erfährt, wie es um dich steht.«

Kaia ließ den Kopf sinken. Sarah hatte recht, Adam würde ihr in die Hölle folgen, so sehr liebte er sie. Letztendlich hatte er genau das bereits getan. Wenn er jedoch mitbekam, dass ihr Herz einem anderen gehörte …

*Was dann? Wie wird er reagieren?*

Sie musste sich nichts vormachen. Er würde wütend sein, verletzt und ihre Freundschaft zerbrochen.

*Ach Adam, ich wollte dir doch nie wehtun.*

»Was soll ich machen, Sarah? Sag es mir!«, rief sie verzweifelt aus.

»Bleib bei uns. Lass alles hinter dir. Hier beginnt ein neues Leben für dich.«

»Das … kann ich nicht. Ich bin den Menschen in meiner Stadt schuldig, es zumindest zu versuchen.«

»Siehst du, du sagt es selbst. ›Meine Stadt‹. Dort gehörst du hin. Pern nicht. Er wäre außerhalb des Waldes niemals glücklich.«

Kaia wollte aufbegehren, aber Sarah hatte einfach nur ausgesprochen, was sie tief in sich selbst bereits wusste.

Ohne ein weiteres Wort hob sie den schweren Wasserkrug aus dem Bach und schleppte ihn zurück zum Dorfplatz.

Adam saß auf dem Baumstamm neben Gala und fuchtelte wild mit den Händen. Als Kaia näher kam, sprang er auf und nahm ihr den Krug ab.

»Da bist du ja endlich.« Er stolperte fast über die Worte. »Ich habe dir so viel zu erzählen. Dieses Mädchen … Dieses Mädchen ist außergewöhnlich.« Er deutete auf Gala. »Sie kann Dinge, von denen ich niemals geträumt hätte.«

Obwohl ihr nicht danach war, musste Kaia über seine Aufgeregtheit lächeln.

»Sie versteht Energie, wie sie erzeugt, genutzt oder geleitet wird, auf eine Art, die meine Vorstellungskraft sprengt. Aber nicht nur das, so wie es aussieht, kann sie durch die Kraft ihrer Gedanken jede Form von Energie lenken und beeinflussen.« Adams Augen glänzten. »Ich habe ihr meinen Detektor in die Hand gedrückt, ohne ihr den Sinn des Apparates zu erklären. Aber sie begriff recht schnell seine Funktion und danach war sie in der Lage, ihn zu bedienen …« Er holte tief Luft. »… ohne ihn anzufassen. Sie hat das verdammte Ding nicht einmal berührt. Eingeschaltet und ausgeschaltet. Einstellungen vorgenommen, sogar eine schadhafte Lötstelle entdeckt und repariert.« Er keuchte. »Ich sag es noch mal, OHNE IHN ZU BERÜHREN!«

»Okay, Adam, ich verstehe, dass das eine tolle Sache ist, aber …«

»Nein«, unterbrach er sie. »Du verstehst gar nichts! Das ist das Ende aller Energieprobleme!« Er deutete nochmals auf Gala, die stumm das Gespräch verfolgte. »Sie kann jede Form von Energie nutzbar und anwendbar machen. Es spielt keine Rolle, ob es Sonnen- oder Windenergie oder sonst etwas ist. Sogar die Energie lebender Organismen kann sie lenken und formen. Dieses Mädchen ist ein Transformator! Nein, mehr als das! Verdammt, warum finde ich nie die richtigen Worte.«

»Was willst du mir sagen?«, fragte Kaia.

»Wenn du zurück in die Stadt gehst, nehmen wir sie mit. Wir zeigen allen, was sie kann. Goya ist erledigt. Danach wird es Frieden zwischen den Mutierten und den Menschen der Stadt geben.«

»Adam, sei bitte nicht naiv. Selbst wenn wir es lebend in die Stadt schaffen würden, wäre das Erste, das Goya tun würde, das Mädchen zu versklaven. Er würde sie zwingen, ihre Fähigkeiten für ihn zu nutzen, und dann wäre er der große Held der Stadt. Seine Macht wäre danach unantastbar. Solange er Gala kontrolliert, könnte niemand gegen ihn aufbegehren.« Kaia seufzte. »Aber das ist es nicht allein. Ich würde das Kind niemals so einem Risiko aussetzen und Sarah sie nicht gehen lassen. Außerdem habe ich inzwischen beschlossen, ohne dich in die Stadt zurückzukehren. Meine Chancen sind größer, wenn ich es allein durchziehe.«

Adam riss die Augen auf. »Du willst mich nicht mitnehmen?«

»Es ist besser so.«

»Nein! Da stimmt was nicht.«

Seine Miene wurde finster. Dann wandte er den Kopf in Richtung Pern, der etwas abseits mit Sarah, Albert und Kevin stand und sich unterhielt.

»Es ist seinetwegen!« Adams Stimme hatte einen tiefen, grollenden Ton angenommen. »Deswegen hast du mich letzte Nacht abgewiesen, gesagt, wir könnten nicht mehr als Freunde sein. Du hast dich in diesen Typen verliebt, das sehe ich doch an der Art, wie du ihn anschaust.«

»Ja, so ist es.« Kaia hob beide Hände an. »Ich habe nichts gesagt, weil ich dich nicht verletzen wollte.«

»Ich bin dir in den Wald gefolgt, habe alles aufgegeben, was ich kannte, nur um bei dir zu sein.« Seine Stimme erstarb. »Das ist nicht fair.«

»Es tut mir leid.« Kaia streckte ihre Hand nach ihm aus. Adam wich davor zurück.

»Für dich bin ich nur ein kleiner Junge. War es schon immer. Das erkenne ich jetzt«, flüsterte er.

»Nein, Adam, das stimmt nicht.«

»Doch, ich kann es sehen. Ich war so dumm zu glauben, ich könnte der Mann an deiner Seite sein, wenn ich alles, alles tun würde, um dich glücklich zu machen. Aber nun weiß ich, es wäre nie genug, denn ich bin nicht genug für dich.«

Wieder wollte Kaia nach ihm fassen, aber er drehte seine Schulter weg. »Lass mich!«

Dann wandte er sich ab und ging davon.

»Er braucht Zeit«, sagte Sarah etwas später, als sie am Feuer saßen. »Gib sie ihm.«

»Was ist mit Adam?«, fragte Pern.

»Kannst du es dir nicht denken?«, fragte Sarah.

»Oh.«

»Er wird darüber hinwegkommen.«

»Da bin ich mir nicht so sicher«, meinte Kaia zerknirscht. »Ich wollte ihm niemals wehtun und nun ist es doch passiert.«

»Soll ich mit ihm reden?« Pern schien es tatsächlich ernst zu meinen.

»Nein!«, sagten beide Schwestern wie aus einem Mund.

»Himmel, das wäre das Letzte, was er wollte.« Kaia schüttelte heftig den Kopf.

»Ich kann es tun«, sagte Gala.

Sarah legte ihr die Hand auf die Schulter. »Davon verstehst du nichts.«

»Das denkst du, aber ich verstehe sehr viel mehr, als du ahnst.«

»Trotzdem«, beharrte Sarah. »Lasst ihn einfach in Ruhe.

Als Kaia aufsah, entdeckte sie Summer, die mit großen Schritten auf sie zusteuerte. Ihre Augen waren weit aufgerissen, die Miene angespannt.

Sarah sprang sofort auf. »Was ist los?«

Summer trat ans Feuer. »Es geht um Henry.«

»Was ist mit ihm?«

»Er ist weg.«

»Was meinst du mit ›weg‹?«

»Er ist nicht mehr da.«

»Das habe ich schon verstanden. Vielleicht ist er ein Stück in den Wald gegangen, sucht irgendetwas. Du weißt, wie er ist.«

»Nein, er hat seinen alten Rucksack und das Jagdgewehr mitgenommen, obwohl er keine Munition mehr dafür hat. Henry hat uns verlassen.«

Mehrere Minuten herrschte erschrockenes Schweigen. Kaia konnte sich nicht annähernd vorstellen, was der alte Mann der Gemeinschaft bedeutete. Wahrscheinlich war er so etwas wie der gute Geist des Dorfes.

»Seine Zeit ist gekommen«, sagte Sarah schließlich. »Er muss es gespürt haben.«

»Was meinst du damit?«, fragte Kaia unsicher.

Gala begann zu weinen und auch Summer liefen die Tränen über die Wangen.

»Er geht in den Wald, um zu sterben.«

»Nein!«, rief Kaia aus. Ihr wurde plötzlich schwindlig, alles begann sich um sie zu drehen. Sie fasste nach Perns Hand und hielt sich fest, bis es ihr wieder besser ging, dann sagte sie: »Er hätte seine Sachen nicht mitgenommen. Das ergibt keinen Sinn.«

»Doch, das tut es«, widersprach Sarah ruhig. In ihren Augen schimmerte es. »Er hat diese Dinge in unsere Welt gebracht und nun nimmt er sie mit sich. Er will nicht, dass sie an ihn erinnern, wenn wir sie ansehen. So wird er irgendwann zum Geist in unserem Kopf werden und das Bild von ihm verblassen. Henry war uns stets sehr dankbar für das, was wir für ihn getan haben, und die Liebe, die wir ihm gegeben haben. Er will nicht, dass der Schmerz, ihn zu verlieren, ewig währt.«

Kaia stand auf. »Wir müssen ihn suchen.«

»Nein!« Hart und kompromisslos. Sarah funkelte sie an. »Henry hat eine Entscheidung getroffen. Er ist ein freier Mann, du hast kein Recht, ihn davon abzuhalten, das Ende selbst zu bestimmen.«

Kaia spürte Ärger in sich aufwallen, aber eigentlich galt der ihr selbst, da sie den alten Mann nicht loslassen wollte oder konnte. Dabei hatte sie ihn kaum gekannt, für Sarah und die anderen musste dieser Abschied viel schwerer sein.

Sie griff nach einem Stück Holz und warf es ins Feuer. Funken stoben in den dunkler werdenden Himmel.

*Diese Funken sind wie wir. Für einen Moment funkeln wir hell und feurig, doch dann vergehen wir im Nichts.*

Dieser Gedanke hinterließ eine gewisse Ratlosigkeit in ihr. Wenn das Leben tatsächlich so kurz war, sollte sie dann nicht lieber hier bei Pern, Adam und Sarah bleiben, statt zu riskieren, alles zu verlieren?

Ihr Vorhaben, Goya zu entmachten, war der blanke Wahnsinn. Kaum vorstellbar, dass es ihr gelingen sollte. Und doch gab es keinen anderen Weg. Das war sie sich und all den Toten schuldig.

In dieser Nacht kam nicht Sarah in die Hütte und schlief bei ihr, sondern Pern. Eng umschlungen lagen sie auf dem einfachen Lager und genossen die Nähe des anderen. Für Kaia war es Trost in diesen Stunden.

Adam war später ans Feuer zurückgekehrt, hatte sich abseits von den anderen ins Gras gesetzt, kaum etwas gegessen und nur mit Gala leise gesprochen. Dann war er plötzlich aufgestanden und gegangen.

Von Henry hatte an diesem Abend niemand mehr geredet. Überhaupt waren alle sehr schweigsam gewesen, hatten ins Feuer geschaut und den eigenen Gedanken nachgehangen.

Der Mond stand schon weit oben am Himmel, als Sarah den Kopf hob, alle nacheinander betrachtete und sagte: »Es ist geschehen. Henry ist nicht mehr unter uns.«

Kaia hatte nicht zu fragen gewagt, woher sie das wusste, sondern still geweint. Die Kinder hatten ein altes Lied angestimmt und leise gemeinsam gesungen. Es war ihre Art, Abschied von dem alten Mann zu nehmen, der sie drei Jahre lang begleitet hatte. Nun würde niemand mehr auf dem Felsbrocken sitzen und sagen, dass er durch die Augen der Tiere sehen könne.

Als Kaia daran dachte, kuschelte sie sich enger an Pern, der sie fest in seinen Armen hielt. Seine Wärme tat ihr gut und seine Nähe gab ihr Halt. Sie spürte, dass er nicht über Henry reden wollte, und das war okay für sie. Irgendwann begannen ihr die Lider zuzufallen.

Und dann schlief sie ein.

# 28.

*Heute, Jahr 2169, USA, Die Wilde Welt*

Die nächsten beiden Tage verliefen ruhig und still. Alle wirkten in sich gekehrt. Niemand lachte wie sonst oder scherzte. Jeder hing stumm seinen Gedanken nach.

Kaia sah Adam nun öfter mit Elea zusammenstehen. Die beiden schienen freundschaftliche Gefühle füreinander zu entwickeln. Bis jetzt hatte sich keine weitere Gelegenheit für Kaia ergeben, noch einmal mit ihm zu sprechen, aber zumindest wich er ihren Blicken nicht mehr aus, sondern lächelte sogar zaghaft, wenn sie einander im Dorf begegneten.

Pern und sie waren ständig im Wald unterwegs und sammelten Nahrung für die Gemeinschaft. Immer wieder zeigte er ihr wundersame Pflanzen und Tiere, deren Fähigkeiten Kaia jedes Mal aufs Neue erstaunten.

So gab es Leuchtpilze, die rasch die Farbe wechselten, wenn man sich ihnen näherte. Aus dem grünlichen Schimmer wurde dann ein warnender Rotton. Pern erklärte ihr, dass dieser Pilz sehr giftig sei und deutlich darauf hinweise, falls jemand auf die Idee kam, ihn fressen zu wollen.

Ein anderes Mal hatte sie sich über einen Schmetterling mit acht Flügeln gewundert. Vier waren an der Oberseite des Körpers und vier an der Unterseite, was dem kleinen Tier unglaubliche Flugfertigkeiten verlieh. Innerhalb von Sekundenbruchteilen konnte es die Richtung und die Geschwindigkeit verändern und somit möglichen Fressfeinden entkommen.

Kaia hatte noch einmal versucht, mit Pern über das Leuchten seiner Haut und seiner Augen zu sprechen, aber er war ihr ausgewichen. Ebenso wenig sprach er darüber, wie er mit dem Wald über die Lichtbotschaften kommunizierte, und hatte es auch seit dem ersten Mal, als sie es beobachtet hatte, nicht mehr getan.

Heute waren sie ebenfalls im Wald unterwegs und hatten schon einiges an Vorräten gesammelt, als Pern stehen blieb.

»Du willst wirklich zurück in die Stadt?«, fragte er.

»Ja. Ich muss es tun.«

»Dann komme ich mit dir.«

»Nein, Pern, das Dorf, die anderen brauchen dich.«

»Es fällt mir schwer hierzubleiben, wenn du dich in Gefahr begibst.«

»Das weiß ich, aber glaub mir: So ist es am besten. Ich komme wieder.«

»Bist du dir sicher?«

Sie legte ihre Hand auf seine nackte Brust, an die Stelle, wo sein Herz schlug. »Ich schwöre es dir.«

»Gut.«

Er nickte, wandte sich erneut um und marschierte tiefer in den Wald.

Irgendwie ging das Kaia zu schnell. Pern hatte zu rasch akzeptiert, dass sie ihn nicht mitnehmen wollte. Es passte nicht zu ihm, ›gut‹ zu sagen und dann einfach weiterzumachen. Vielleicht hatte er sich vorgenommen, ihr insgeheim zu folgen. Für Pern wäre es kein Problem, im Wald unentdeckt zu bleiben, doch das war ihr Kampf, keinesfalls wollte sie, dass Pern etwas geschah, er verletzt oder getötet wurde.

Es waren nur wenige Minuten vergangen, als Pern erneut stoppte und warnend die Hand hob. Als Kaia zu ihm trat, zog er sie hinter den Stamm einer mächtigen Fichte und bedeutete ihr, leise zu sein.

Kaia lauschte. Außer einem leisen Rascheln war nichts zu hören, doch plötzlich kam Bewegung in den Waldboden. Der riesige Kopf einer Schlange … nein, es war etwas anderes. Ein Insekt kroch aus den Büschen hervor. Mit wippenden Fühlern schlängelte sich ein gigantischer Tausendfüßler auf die kleine Lichtung zwischen den Bäumen. Der Panzer des Tieres war grünbraun, aber winzige hellblaue Lichter zuckten darüber, blinkten auf und verschwanden wieder. Das Tier war mindestens sieben Meter lang und hatte den Umfang eines menschlichen Körpers. Es machte einen friedlichen Eindruck, obwohl es ein Maul mit spitzen Zähnen hatte, die unablässig etwas vom Boden fraßen. Gras, Moos oder Pilze, was auch immer.

Kaia sah Pern fragend an, der grinste und bedeutete ihr, kräftig in die Hände zu klatschen. Kaia hob ratlos die Schultern. Er nickte ihr zu. Also tat es Kaia und klatschte in die Hände.

Der Tausendfüßler reagierte sofort und rollte sich zu einem funkelnden Ball zusammen. Lichtpunkte blitzten am schuppigen Körper wie ein leuchtendes Feuerwerk auf. Als jedoch nichts geschah, wurden es zunehmend weniger. Schließlich entrollte sich das Tier wieder und huschte zwischen den Büschen davon.

»Was war das?«, fragte Kaia.

»Ein Sternläufer. Schade, dass es nicht dunkel ist, sonst wäre das Schauspiel noch viel eindrucksvoller gewesen.«

Für ihn waren all diese Tiere normal, Teil seines Lebens, aber Kaia hatte so etwas zuvor weder gesehen noch jemals davon gehört, dass es derartige Tiere gab.

Erneut stellte sich ihr die Frage, wie das sein konnte. Die Stadt war keine fünfzig Meilen entfernt, schien aber auf einem anderen Planeten zu existieren.

*All die Jahre habe ich von dieser Welt nichts gewusst.* Es war fast, als wäre die Stadt in einer Art Schneekugel gefangen, in der die Zeit stehen geblieben war, während hier draußen das Leben unermüdlich voranschritt, die Evolution völlig neue Wege ging.

Und wieder war da die Gewissheit, zurückkehren zu müssen, damit alle davon erfuhren, wie viele Wunder es hinter den Mauern gab. Es genügte jedoch nicht, Goya zu entmachten. Die Bewohner der Stadt mussten sich der

Wirklichkeit öffnen und ihren Platz in der neuen Welt finden.

»Danke«, sagte Kaia leise.

»Wofür?« Pern sah sie erstaunt an.

»Dafür, dass du mir all das zeigst. Es ist wunderbar.«

Als sie später ins Dorf zurückkehrten, kam Adam direkt auf sie zu.

»Gib uns einen Moment«, sagte Kaia leise zu Pern, der daraufhin allein weiterging.

Adam trat heran, schaute ihr direkt in die Augen. »Ich habe viel nachgedacht.«

»Ja?«

»Du weißt, ich liebe dich.«

Kaia antwortete nicht darauf, was sollte sie auch sagen.

»Aber vor allem möchte ich, dass du glücklich wirst«, fuhr Adam fort. »Wenn das nicht mit mir, sondern jemand anderem ist, dann soll es so sein. Du bist der wichtigste Mensch in meinem Leben. Ich will, dass es dir gut geht.«

Ein Schluchzen entrang sich Kaias Kehle, dann stürzte sie sich in Adams Arme und weinte haltlos.

»Ich … Ich …«

»Ruhig, es ist alles gut.« Seine Hand strich sanft über ihr Haar.

»Ich … dachte, ich habe dich verloren. Für immer.«

Adam lachte leise. »Das geht nicht. Ohne dich wäre alles bedeutungslos.«

»Und du kommst damit klar, dass mein Herz Pern gehört?«

»Ich will nicht lügen. Es zerreißt mich innerlich, wenn ich euch beide zusammen sehe, weil ich mir so sehr gewünscht hätte, der eine Mann in deinem Leben zu sein. Nun ist es jemand anderes. Ich versuche mich für dich zu freuen.«

»Oh, Adam …«

»Du musst nichts sagen.«

»Doch … ich will, mir fehlen nur einfach die Worte. Du bedeutest mir so viel und dass du jetzt …«

Sie schluchzte wieder.

Adam drückte sie noch einmal fest an sich, dann löste er sich aus der Umarmung.

»Lass uns zurück ins Dorf gehen.«

# 29.

*Heute, Jahr 2169, USA, Die Wilde Welt*

Sie waren in einem anderen Waldstück unterwegs, aber nicht weit vom Dorf entfernt. Dort wollte Pern Lianen sammeln, um daraus Seile anzufertigen. Es war früh am Morgen, vereinzelte Nebelschwaden zogen zwischen Bäumen dahin. Es sah gespenstisch aus, hatte aber auch einen gewissen Zauber, dem sich Kaia nicht entziehen konnte. Sie lauschte in den Wald. Heute war es stiller als sonst. Kein Vogel zwitscherte in den Wipfeln, kein Insekt summte durch die Luft.

Fast ein wenig unheimlich.

»Adam hat mit mir gesprochen«, sagte Kaia.

»Das ist gut, oder?«, fragte Pern.

»Ja, das ist es. Er hat mir gesagt, dass er sich wünscht, ich solle glücklich werden, und wenn das nicht mit ihm geht, dann ist es eben so. Er versucht sich mit mir zu freuen, dass wir beide uns gefunden haben.«

»Dann ist er ein wahrer Freund.«

»Ich habe dich nie danach gefragt, aber gibt es im Dorf ein Mädchen, das sich für dich interessiert?«

»Du meinst, so wie Adam für dich?«

»Ja.«

Er schüttelte den Kopf. »Sie sind alle wie Schwestern für mich.«

»Und du … und Sarah? Es … Es wäre naheliegend, ihr seid die Ältesten.«

Pern lachte leise. »Du kennst deine Schwester nicht. Unvorstellbar. Sie ist die Faye. Unsere Anführerin und für alle wie eine Mutter, selbst für mich.«

»Dann bin ich erleichtert.«

Plötzlich nahm Perns Gesicht einen ernsten Ausdruck an. Er legte seine Hand auf den Stamm des nächsten Baumes und schloss die Augen. Als er sie wieder aufschlug, leuchteten sie heller als je zuvor. Das Licht schien regelrecht aus seinem Schädel zu strömen. Kaia wich einen Schritt vor diesem Anblick zurück, dann fing sie sich.

»Was ist?«

Pern wandte sich ihr zu. Sein Gesicht wirkte wie das eines Geistes.

»Gefahr.«

Nur ein Wort. Nicht laut ausgesprochen. Ein leises Raunen, aber der Wald wurde still. So still. Kein Geräusch drang mehr an Kaias Ohren.

»Ich verstehe nicht …«

Da zerriss ein lauter Knall die Ruhe. Ihm folgten ratternde Geräusche und Kaia begriff, dass sie gerade eine Explosion und das Feuer automatischer Waffen gehört hatte.

*Soldaten!*, schoss ihr durch den Kopf. *Goya greift das Dorf an.*

Das Leuchten in Perns Augen erlosch. Er griff nach ihrer Hand.

»Komm, sie brauchen unsere Hilfe.«

Sie rannten durch den Wald zurück zum Lager, begleitet vom unablässigen Rattern der Maschinenpistolen und einzelnen Schüssen, wenn die Scharfschützen feuerten. Storm hetzte neben ihr her.

Kaias Brust hatte sich vor Angst zugezogen. Sie bekam kaum noch Luft und hätte sich am liebsten übergeben, aber dann wäre sie zu weit hinter Pern, der in unglaublicher Geschwindigkeit zischen den Stämmen der Bäume hindurchjagte, zurückgeblieben.

Als sie die Waldlichtung erreichten, bot sich ihnen ein Bild des Chaos. Sämtliche Hütten brannten lichterloh. Zwei Körper lagen regungslos am Boden. Kaia konnte nicht ausmachen, um wen es sich handelte. Der Geruch von Metall lag in der Luft.

Pern war stehen geblieben, um sich zu orientieren, wollte dann jedoch lostürmen und sich auf die Soldaten stürzen, die zwischen den Hütten nach Überlebenden suchten. Kaia warf sich auf ihn und riss ihn zu Boden. Sofort versuchte er wieder aufspringen, aber sie hielt ihn fest.

»Bleib unten«, raunte sie. »Du kommst keine fünf Meter weit, ohne dass die Soldaten dich erschießen oder die Drohnen dich erledigen.«

Er zitterte. Alles bebte an ihm. Tränen liefen über sein Gesicht. »Da unten sind Kenley und Amanda. Ich muss zu ihnen. Nachsehen, ob sie noch leben und ich ihnen helfen kann.«

»Das ist zu gefährlich. Wir müssen die anderen finden.«

»Du willst, dass ich sie liegen lasse?«, fragte er fassungslos.

»Es geht nicht anders. Komm mit.«

Sie kroch in den Wald zurück. Pern folgte ihr zögerlich.

»Sarah wird die anderen zur Höhle geführt haben. Wir müssen zu ihnen«, sagte Kaia, als sie es wagte, sich abermals aufzurichten.

Pern stand vor ihr. Das Gesicht tränenverschmiert. Er schien unschlüssig zu sein, was er jetzt tun sollte.

»Hast du mich gehört?«

»Was?«

»Wir müssen zu den anderen.«

»Sie sind hier.«

»Wie? Ich verstehe nicht.«

Pern gab ein Geräusch von sich und plötzlich wurden die Büsche und Bäume lebendig. Die Kinder und Jugendlichen des Dorfes gaben ihre Tarnung auf, wurden sichtbar. Ihre Haut gewann den natürlichen hellen Braunton zurück, das Grün der Blätter, die Musterungen der Rinde verschwanden. Es war ein unglaubliches Schauspiel, als nach und nach Ben, Betty, Summer, Mike, Albert und Elea sichtbar wurden.

»Wo ist Sarah?«, fragte Kaia. »Und Adam?«

Ben hob beide Hände. »Kevin wurde verletzt. Eine Kugel hat ihn an der Hüfte getroffen. Adam hat ihn zur Höhle getragen, die Faye kümmert sich dort um ihn. Gala ist bei ihnen.«

»Und ihr? Warum seid ihr nicht bei der Höhle?«, fragte Kaia.

»Wir wollen kämpfen, die Soldaten aufhalten.«

»Das ist sinnlos, ihr habt keine Chance gegen sie. Das sind ausgebildete, schwer bewaffnete Männer. Sie machen kurzen Prozess mit euch.«

»Wir haben keine Wahl.«

»Doch, geht tiefer in den Wald. Dorthin, wo sie euch nicht finden.«

Ben schüttelte den Kopf.

»Aber warum nicht? Die Männer werden irgendwann wieder verschwinden, dann seid ihr sicher.«

»Das glauben wir nicht«, sagte Albert. »Wir denken, sie haben uns durch den Chip in eurem Hals gefunden. Wie sonst sollten sie hierhergekommen sein?«

»Dann müssen Adam und ich verschwinden.«

Albert sah sie freundlich an. »Das wird nicht klappen, denn entweder die Soldaten kriegen euch oder ihr verirrt euch im Wald. Außerdem gehört ihr jetzt zu uns. Alle beide. Wir lassen nicht zu, dass sie euch etwas antun.«

»Aber …« Kaia holte tief Luft. »Was habt ihr vor?«

Elea lächelte zart. »Wir sind nicht ganz so schwach, wie du denkst.«

Hilflos drehte sich Kaia nach Pern um. Dessen Miene

drückte eiserne Entschlossenheit aus. Die Kiefer aufeinandergepresst, starrte er sie herausfordernd an. Kaia erkannte, dass eine Entscheidung gefallen war. Es gab für sie nur noch die Möglichkeit, zu fliehen oder mit den Jugendlichen zu kämpfen. Eigentlich war das keine Wahl, denn sie würde niemals die Kinder zurücklassen, um ihr eigenes Leben zu retten.

»Was schlagt ihr vor?«, fragte sie.

Perns Augen begannen zu leuchten. »Wir locken sie in den Wald. Im Dorf haben sie es leicht, uns abzuknallen, hier zwischen den Bäumen wird das schon viel schwieriger, wenn sie uns nicht sehen.«

»Könnt ihr euch alle so tarnen wie Ben?«

Die Jugendlichen nickten.

»Warum habt ihr mir das nicht gesagt? Und wie macht ihr das?«, wollte Kaia wissen.

»Dafür ist jetzt keine Zeit«, sagte Pern.

Kaia schaute ihn an. »Ich schleiche zurück zum Dorf. Zeige mich kurz. Auf mich haben es die Soldaten bestimmt am meisten abgesehen, darum werden sie mir folgen. Natürlich werden sie sehr aufmerksam sein und auf alles schießen, was sich bewegt, also seid vorsichtig.« Sie zögerte kurz. »Habt ihr überhaupt Waffen?«

»Ben und ich haben einen Bogen«, sagte Pern. »Aber wir wollen niemanden töten.«

»Was?«, ächzte Kaia. »Seid ihr verrückt? Was ist mit den Gewehren und dem restlichen Kram, den Sarah irgendwo versteckt hat?«

»Wir wissen nicht, wo«, antwortete Summer.

»Dann fragt sie.«

»Sie wird es uns nicht verraten.«

»Das kann jetzt nicht wahr sein.« Kaia fuchtelte mit den Händen herum. »Die Männer, die uns jagen, haben Maschinenpistolen, Gewehre, automatische Pistolen und Handgranaten, und ihr wollt es mit ihnen aufnehmen? Mit zwei Bögen und ein paar Pfeilen? Ihr seid komplett verrückt.«

Pern trat auf sie zu. »Nein, sind wir nicht. Wir kennen den Wald, wir haben Fähigkeiten, die sich die Soldaten nicht einmal annähernd vorstellen können, und wir haben dich und den Wolf.«

»Wir werden alle draufgehen«, stöhnte Kaia.

»Mag sein«, sagte Pern. »Aber so ist es.«

Kaia wollte sich abwenden, doch der Junge hielt sie am Arm fest. »Noch etwas, Kaia. Keiner der Männer darf sterben.«

»Was?«, kreischte Kaia. »Was soll denn der Scheiß?«

»Wir dürfen nicht töten. Nichts und niemanden. So hat es die Faye bestimmt.«

Kaia blickte hilflos von einem zum anderen. In sämtlichen Gesichtern stand der gleiche Ausdruck. Zustimmung zu Perns Worten.

»Das geht nicht«, stammelte Kaia. »In anderen Situationen mag das richtig sein, doch diese Leute wollen euch umbringen. Amanda und Kenley haben sie bereits erschossen. Ihr könnt ihnen nicht mit diesem Vorsatz gegenübertreten, wenn ihr leben wollt. Sarah wird das verstehen …«

»Nein«, sagte Pern hart. »Wir töten niemanden. Auch du nicht.«

»Wie sollen wir dann mit ihnen fertigwerden?«

Elea hielt ihre Hand hoch. »Wir haben Seile.«

»Ihr habt Seile?«, krächzte Kaia fassungslos. »Was wollt ihr damit?«

»Sie einfangen.«

Die zwei Worte machten sie sprachlos. Ausgebildete, bewaffnete Soldaten einfangen? Elea meinte das ernst. Das war doch Wahnsinn. Niemand würde überleben.

Noch einmal setzte Kaia zum Widerspruch an, doch die Worte erstarben auf ihren Lippen.

»Bist du bereit?«, fragte Pern.

*Nein!*

Sie nickte.

# 30.

*Heute, Jahr 2169, USA, Die Wilde Welt*

Kaia war zum Waldrand zurückgekehrt. Storm lag direkt neben ihr.

Ein Zivilist tauchte plötzlich im Dorf auf. Er schritt vorsichtig, geschützt von Soldaten, vorwärts. In seinen Händen das gleiche Gerät, mit dem Adam sie im Wald gefunden hatte. Kaia spürte ein bitteres Lächeln auf ihren Lippen. Goya war es also gelungen, das Zweitgerät zu reparieren, von dem Adam glaubte, er hätte es funktionsuntüchtig gemacht.

Der Typ war mittelgroß, hager, mit dünnen blonden Haaren. Kaia überlegte, ob sie ihn schon einmal in der Stadt gesehen hatte, konnte sich aber nicht an den Kerl erinnern, der nun von Soldaten flankiert in der Mitte des Dorfes stand und auf die Stelle im Wald deutete, wo sie sich mit Storm verbarg.

Einer der Soldaten hob die Faust. Das Zeichen zum Aufbruch. Die Männer schwärmten aus. Es waren neun. Eine überschaubare Anzahl von Feinden. Vielleicht hatten sie doch eine kleine Chance, das Ganze hier zu überleben.

Kaia robbte davon. Storm trabte geduckt direkt hinter ihr. Sie schlich zu einer Baumgruppe, die aus hoch gewachsenen Schwarzfichten bestand, und verbarg sich unter den tiefen hängenden Ästen.

Die Soldaten kamen in einer Reihe, nach allen Seiten sichernd den Wildpfad herauf. Als der erste die Lichtung betrat, jagte ein Pfeil aus dem Dickicht und bohrte sich in den Oberschenkel des Mannes. Schmerzerfüllt brüllend sackte der Soldat nach hinten und rief um Hilfe.

Die restlichen Männer gingen sofort in die Hocke und eröffneten das Feuer. Sie schossen wild um sich, ohne einen Gegner ausmachen zu können. Kugeln jagten über Kaia und Storm hinweg, bis der Anführer des Trupps den Befehl gab, das Feuer einzustellen.

Der nächste Pfeil traf einen der Soldaten in den Arm. Daraufhin stoben die Männer auseinander und suchten Schutz hinter den Baumstämmen oder warfen sich flach auf den Boden.

Kaia bleckte die Zähne. Nun galt es, noch mehr Verwirrung zu stiften und die Gruppe weiter aufzusprengen.

Nicht weit von ihr entfernt kniete ein Soldat auf dem Boden und wechselte das Magazin seines Automatikgewehres. Kaia gab Storm ein Zeichen und sprang auf. Sie rannte geduckt auf den Mann zu, doch der Wolf war schneller. Er stürzte sich auf ihn und ging ihm an die Kehle. Es war ein kurzer Kampf. Der Mann versuchte die riesigen Zähne von seinem Hals abzuhalten, aber er war chancenlos. Als sich Storm wieder aufrichtete, war sein

Fang blutverschmiert und der Soldat rührte sich nicht mehr.

*Tja, schade. Storm hat wohl nicht verstanden, dass wir niemanden töten wollen.*

Eine Kugel schlug direkt neben ihr ein. Kaia warf sich zu Boden, rollte sich herum und entdeckte, dass ein Soldat sie ins Visier nahm. Sie war dem Mann ohne Deckung schutzlos ausgeliefert.

Kaia konnte sehen, wie sich der Zeigefinger des Soldaten krümmte, aber der Schuss kam nicht. Der Baumstamm, an den er sich gestützt hatte, wurde lebendig, und Ben schälte sich aus seiner Form. In seinen Händen lag ein Seil, das er dem Mann von hinten über den Kopf warf und ihn zu würgen begann, bis dieser bewusstlos zu Boden sackte. Ben grinste ihr zu, dann war er wieder verschwunden, hatte sich vollkommen in der Umgebung aufgelöst.

*Da sind es nur noch fünf,* dachte Kaia zufrieden. Sie spurtete los und suchte sich neue Deckung, als das Feuer wieder eröffnet wurde. Die Schüsse gingen allerdings nicht in ihre Richtung.

Plötzlich flogen kleine Lichtkugeln durch die Gegend. Prallten an die Baumstämme, erzeugten weitere Lichter.

*Pern!*

Die Soldaten wussten nun offensichtlich nicht mehr, aus welcher Richtung sie attackiert wurden, schossen wild um sich und versuchten sich wieder zu einer Gruppe zu sammeln. Die Lichtkugeln waren das reinste Feuerwerk, das ständig zwischen ihnen hindurchjagte und sie in Panik versetzte.

Kaia beobachtete, wie Mike urplötzlich sichtbar wurde, einen Soldaten von den Füßen riss und ihn blitzschnell fesselte. Dann zog er ihn ins Gebüsch. Die restlichen vier Mann schossen auf ihn, aber da war er bereits verschwunden.

Pern hatte das Feuern der Lichtkugeln eingestellt, unmittelbar darauf wurde es sehr still. Nichts rührte sich mehr und nur noch das hektische Atmen der Männer war zu hören.

Neben ihr gab Summer die Tarnung auf. Kaia zuckte erschrocken zusammen, als das Mädchen sichtbar wurde. Summer legte einen Finger auf ihre Lippen und bedeutete, ihr zu folgen. Kaia und Storm schlichen ihr nach, tiefer in den Wald.

Sie hatten etwa zweihundert Meter zurückgelegt, als sie zu einer Gruppe riesiger Büsche gelangten. Zunächst konnte Kaia keinen Sinn darin erkennen, warum Summer sie hergebracht hatte, aber dann schälten sich die Schemen der anderen Kinder heraus. Zwei waren nicht dabei.

»Wo sind Mike und Ben?«, fragte Kaia. »Und was machen wir jetzt?«

Pern sah sie ruhig an. »Hier in der Nähe lebt ein Waldbär. Wir wissen das schon lange und meiden diesen Teil der Gegend. Mike und Ben locken die Soldaten dorthin. Wir warten.«

Dann sagte er nichts mehr und auch die anderen Kinder schwiegen. Plötzlich waren wieder Schüsse zu hören. Nach wie vor sagte keiner ein Wort.

Erneut Stille. Auf einmal ein furchtbarer Schrei. Weitere Schreie voller Entsetzen folgten. Es wurde geschossen. Das Brüllen des Bären ertönte. Schließlich war nichts mehr zu vernehmen.

Kurz darauf standen Ben und Mike vor ihnen. Beide unverletzt.

Pern sah sie fragend an. Sie nickten langsam.

*Die Soldaten sind tot.*

»Ich dachte, ihr wollt niemanden umbringen«, sagte Kaia leise.

»Der Wald hat sie sich geholt«, antwortete Pern ruhig.

*So kann man das natürlich auch sehen.*

»Ihr habt Gefangene gemacht.«

»Zwei Mann«, sagte Elea. »Wir nehmen ihnen die Waffen ab und setzen sie mit den beiden Verwundeten im Wald aus.«

»Das werden sie nicht überleben«, meinte Kaia.

Keine Antwort.

»Lasst uns ins Dorf gehen und Kenley und Amanda holen.«

»Wollt ihr sie begraben?«

»Nein, wir geben sie dem Wald.«

»Was heißt das?«

Pern antwortete nicht.

Sie näherten sich vorsichtig dem Dorf, da niemand wusste, ob sich irgendwo weitere Soldaten verbargen. Kaia hatte die ganze Zeit Storm im Blick, der entspannt neben ihr trabte. Also gab es keinen, der ihnen auflauerte. Kaia teilte ihre Beobachtung den anderen mit.

In einer Reihe verließen die Jugendlichen den Schutz des Waldes. Sie gingen langsam, erschüttert von der Zerstörung, die sie sahen. Die Jüngeren weinten stumm, die Älteren hatten die Kiefer aufeinandergepresst. Es roch nach Feuer und Rauch, aber auch nach Kordit und Metall.

Kaia schaute sich nach dem Zivilisten um, aber der war anscheinend davongelaufen, nachdem er die Schüsse der Soldaten gehört hatte und niemand zurückgekommen war.

Amanda und Kenley lagen dicht beisammen, auf den ersten Blick wirkte es so, als schliefen sie. Beide in seitlicher Position, die Gesichter einander zugewandt, ihre Hände berührten sich.

»Sie waren Geschwister«, sagte Pern leise. »Keiner von ihnen konnte sich vorstellen, ohne den anderen zu sein, und das müssen sie nun nicht mehr.«

Summer stimmte ein leises Lied an. Kaia verstand die Worte nicht, aber es klang traurig.

Die anderen Kinder bildeten einen Kreis um die Toten, fassten sich an den Händen und schlossen die Augen. Als beteten sie für Amanda und Kenley. Dann traten Pern und Ben, Betty und Summer vor und hoben ihre gefallenen Freunde auf. Schweigend trugen sie die Leichen mit sich.

»Wo gehen wir hin?«, fragte Kaia.

»Zur Höhle«, antwortete Pern. »Die Faye wird sie segnen wollen, bevor wir sie dem Wald geben.«

# 31.

*Heute, Jahr 2169, USA, Die Wilde Welt*

Als sie die Höhle erreichten, spürte Kaia bereits, dass etwas nicht stimmte. Auch die anderen schienen es zu fühlen, denn Kaia bemerkte Unsicherheit in ihren Gesichtern. Plötzlich tauchte Gala im Höhleneingang auf. Ihr Gesicht war tränenverschmiert. Sie schluchzte.

Pern trat zu ihr, kniete sich vor sie und fasste mit beiden Händen nach ihren schmalen Schultern.

»Beruhige dich und sag mir, was los ist. Ist Kevin schwer verletzt oder …?«

Gala schüttelte heftig den Kopf. Ihre Haare flogen wild umher. Dann sagte sie nur ein Wort: »Sarah.«

Kaia schrie auf und stürzte an ihr vorbei in die Höhle. Im Licht brennender Fackeln sah sie ihre Schwester auf dem Boden liegen, neben ihr saß Adam und hielt ihre Hand. Tränen liefen über seine Wangen.

»Sie … Ich wusste, nicht, dass sie verletzt ist.«

Kaia fiel neben ihrer Schwester auf die Knie. Sarah hatte die Augen geöffnet und lächelte. Ihre Hand lag auf einer Stelle ihres Bauches, auf die sie ein Stück Stoff presste.

»Sei ihm nicht böse«, sagte sie ruhig. »Ich habe Adam nicht gesagt, dass mich eine Kugel getroffen hat, als ich Kevin aus der Schusslinie gezogen habe.«

»Sarah …«

»Ist schon gut.«

Kaia nahm ihre andere Hand. »Wir sind wieder sicher.«

Sarah nickte zufrieden. »Kevin geht es auch schon besser. Ich habe mein Möglichstes getan.«

Kaia begann zu zittern. Immer wieder fieberte ihr Blick zu der Stelle, an der Sarah getroffen worden war. Sie wollte nach dem Stoff fassen, ihn wegziehen, nachschauen, ob man etwas tun konnte, aber Sarah ließ es nicht zu.

»Es ist zu spät«, sagte sie. »Ich spüre es.«

Die anderen Kinder betraten nacheinander die Höhle, setzten sich schweigend im Halbkreis um ihre Anführerin. Sarah betrachtete sie alle nacheinander, als wollte sie sich versichern, dass außer Amanda und Kenley alle da waren.

»Kannst du dich nicht selbst heilen?«, fragte Kaia verzweifelt.

»Nein, das geht nicht. Meine Energie ist aufgebraucht.«

»Dann ruh dich aus … Später …«

»Sie wird nicht wiederkehren. Aus einem Brunnen, der versiegt ist, schöpft man kein Wasser.« Sarah wandte sich an Pern. »Wirst du alles vorbereiten?«

Pern nickte stumm. Seine Augen schimmerten im Glanz der Tränen.

»Wir sind einen langen Weg gegangen, mein Freund, und ich war immer froh, dich an meiner Seite zu wissen. Ihr alle seid mein Leben gewesen, und ich danke dem Wald, dass er uns so lange zusammengelassen hat. Kenley, Amanda und ich müssen nun gehen. Pern wird euer neuer Anführer sein. Ihr könnt ihm vertrauen, das wisst ihr.«

Keiner sagte etwas.

»Nun, lasst mich für einen Moment mit meiner Schwester allein. Ich muss ihr noch etwas sagen.«

Es gab kein Zögern. Einer nach dem anderen erhob sich, kniete sich kurz neben Sarah und legte einen Finger auf ihre Lippen und Sarah sagte:

»Danke, Ben.«

»Danke, Betty.«

»Danke, Albert.«

»Danke, Elea.«

»Danke, Summer.«

»Danke, Mike.«

»Danke, Adam.«

»Danke, Gala.«

»Danke, Pern.«

Dann waren sie und Kaia allein in der Höhle. Kevin schlief auf einem Bett aus Gras in einer Ecke. Nach wie vor hielt Kaia die Hand ihrer Schwester und weinte hemmungslos.

»Nicht«, sagte Sarah leise. »Du musst nicht traurig sein. Ich werde nun ein Teil des Waldes. So ist es uns bestimmt. Es gibt keinen Tod. Nur einen immer wiederkehrenden Neuanfang.«

»Sarah …«

»Ich weiß, du glaubst das nicht, doch eines Tages wirst du die Wahrheit erkennen. Nun muss ich dir etwas sagen.«

»Ich liebe dich. Stirb nicht.«

»Das liegt nicht in meiner oder deiner Hand. Hör mir zu.«

»Was? Was willst du mir sagen?«

Statt zu antworten, zog ihre Schwester das Tuch zurück, das sie auf ihre Wunde gepresst hatte. Darunter schimmerte und leuchtete es in hellem Grün. Kein Blut. Nur eine Schusswunde, aus der … grüne leuchtende Flüssigkeit tropfte.

Kaia zuckte zurück. »Was ist das?«

»Du musst keine Angst haben«, sagte Sarah.

»Was zum Teufel ist das? Gift? War die Kugel vergiftet?«

Kaia starrte fassungslos auf Sarahs Bauch. Sie verstand nicht, was sie da sah. Der Blick ihrer Schwester fing sie ein. Darin entdeckte sie Schmerz, aber auch etwas anderes. Frieden.

»Die Mutation ist hier draußen im Wald viel weiter fortgeschritten, als die Menschen in der Stadt glauben. Euch wird erzählt, wir würden uns in Monster verwandeln, und daran ist etwas Wahres.« Sie zögerte. »Wir verwandeln uns, allerdings nicht in Monster.«

»In … In was dann?«

»Etwas Neues. In Menschen einer anderen Art. Die Natur hat dieses Virus erschaffen, um die Evolution umzulenken. Zu viel Schmerz und Leid für diese Welt, zu viel Zerstörung. Das Prinzip der Tiere, des Tötens und Getötetwerdens, des Fressens und Gefressenwerdens, wird aufgegeben. Dieses Virus tötet nicht und macht Menschen nicht zu Bestien, er verwandelt ihre tierische Lebensform in eine pflanzliche.«

Kaia sog die Luft ein. Sarah meinte ernst, was sie da sagte, auch wenn es total verrückt klang. Für einen Moment wollte Kaia glauben, dass ihre Schwester im Todeskampf lag und fantasierte, aber Sarah wirkte vollkommen ruhig.

»Sarah, ich verstehe kein Wort von dem, was du sagst. Das ist Unsinn, nicht möglich. Aus Menschen können keine Pflanzen werden.«

»Warum nicht? Schau dir mein Blut an, sieht das wie menschliches Blut aus? Ist dir nicht aufgefallen, dass alle Lebewesen, denen du begegnet bist, Pflanzen ähnlicher waren als Tieren? Denk an den Wassergeist, der dich angegriffen hat. Waren seine Fangarme nicht eher Lianen? Und der Waldbär, erschien er dir nicht wie ein Baumstamm? Schau hin, der Wandel findet genau vor deinen Augen statt. Hier draußen im Wald schreitet er unablässig in atemberaubendem Tempo voran. Wenn die Evolution einen anderen Weg einschlägt, tut sie das in aller Konsequenz, lässt das Alte aussterben oder passt es den neuen Bedingungen an. Die Erde gibt uns die Chance, uns anzugleichen. Es ist unsere letzte Chance. Nutzen wir sie nicht, werden wir im Nichts verschwinden.«

»Willst du mir sagen, dass wir zu Büschen und Bäumen werden? Das ist doch Quatsch!«

Sarah lächelte gequält. »Natürlich nicht. Wir behalten unsere menschliche Form und unser Bewusstsein, gewinnen jedoch pflanzliche Eigenschaften hinzu. Unser Stoffwechsel hat sich verändert. Henry hat mir das erklärt. Wir verfügen über neue Fähigkeiten, die unser Überleben in der Wildnis sichern, aber uns wachsen keine Blätter aus den Ohren oder Wurzeln aus den Füßen. Sieh mich an. Die Umwandlung ist bei mir seit Jahren abgeschlossen. Bin ich so viel anders als du? Bin ich kein Mensch mehr?«

Das lange Reden hatte Sarah erschöpft. Ihr Kopf sank auf den Boden zurück.

Kaia strich ihr sanft über das Gesicht, gleichzeitig jagten sich ihre Gedanken, wirbelten alles, was sie über die Welt zu wissen glaubte, durcheinander und verschluckten es.

Wenn das stimmte, war der Junge, den sie liebte, inzwischen pflanzlicher Natur oder auf dem Weg dahin. Nun ergab auch das Leuchten unter seiner Haut und aus seinen Augen Sinn. Im Biologieunterricht hatten sie mal über Biolumineszenz gesprochen, die Fähigkeit von

Lebewesen, selbst oder durch Bakterien Licht zu erzeugen. Sie hatte damals nicht richtig zugehört, da es solche Tiere in der Stadt nicht gab und die Chance gering war, dass sie jemals eines sehen würde. Hier im Wald allerdings hatte sie dieses Können bei Pern in Perfektion erlebt.

Außerdem war er wie alle anderen Kinder in der Lage, sich zu tarnen, indem er sein Aussehen an die Umgebung anpasste.

Das alles war irre! Total irre!

Wenn sie nicht gerade in ihrem Bett lag, sich einen Joint reingezogen hatte und nun einen wirren Albtraum erlebte, dann hatte sie sich in eine … Pflanze verliebt?

*Oh mein Gott!*

»Ich kann dir ansehen, was du denkst«, sagte Sarah. Sie hatte ihre Augen aufgeschlagen und atmete nun ruhig und gleichmäßig.

»Das alles ist zu viel für mich«, gab Kaia zu. Tränen liefen über ihre Wangen, den Hals hinunter. Sie stöhnte auf und legte sich neben ihre Schwester. »So vieles ist passiert. Ich weiß nicht … ob ich damit klarkomme.«

»Lass dir Zeit.« Sarahs Hand strich sanft über ihren Kopf. »Es wird alles gut werden.«

Kaia schluckte schwer.

Sie schloss kurz die Augen.

Dann hörte sie ein leises Seufzen.

Sarah war tot.

Die Kinder trugen Sarah, Kenley und Amanda zu einer kleinen Lichtung. Der helle Vollmond warf sein silbernes Licht herab und in diesem Schein legten sie die Toten nebeneinander. Sie begannen ihre verstorbenen Freunde mit großen Blättern zu bedecken, bis lediglich eine vage Form daran erinnerte, dass hier Menschen lagen.

Kaia blickte in ihre Gesichter, sah die im Mondlicht glitzernden Tränen, die über ihre Wangen liefen, und weinte mit ihnen. Pern war ihr ganz nah, berührte sie aber nicht, so als spürte er, dass sich etwas zwischen ihnen verändert hatte.

Als Kaia aus der Höhle getreten war, um den anderen zu sagen, dass ihre Schwester gestorben war, hatte er versucht sie zu umarmen. Sie war vor ihm zurückgewichen. Kaia konnte die Verwirrung in seinen Augen erkennen, war jedoch nicht in der Lage, Pern zu sagen, warum sie sich ihm entzog. Seinen späteren Versuch, mit ihr zu sprechen, hatte sie abgeblockt.

Nun war er ihr so nah, dass seine Nähe sie erbeben ließ, trotzdem konnte sie es nicht. Konnte ihn nicht mehr berühren.

Ihr Blick wanderte zu Adam, der im Kreis der anderen Kinder stand, als gehörte er zu ihnen. An seiner Seite Elea, die seine Hand hielt. Wenigstens er fand Trost in der Berührung eines anderen.

Summer stimmte ein leises Klagelied an, voller Schmerz und Traurigkeit wehte es in den dunklen Wald davon. Und dann geschah etwas, das Kaia schon einmal erlebt hatte.

Tausende und Abertausende Glühwürmchen stiegen aus dem Gras auf, tanzten in der warmen Luft und gaben dem Moment die Würde, die er verdient hatte.

Als Summers Lied endete, drehten sich die Kinder schweigend um und gingen zurück zur Höhle.

In dieser Nacht sprach niemand mehr ein Wort.

# 32.

*Heute, Jahr 2169, USA, Die Wilde Welt*

Kaia hatte sich aus der Welt zurückgezogen und war in den Wald gegangen. Storm an ihrer Seite.

Sie hatte die Lichtung im Wald gesucht, auf der ihre Schwester und die beiden anderen Kinder bestattet worden waren, sie aber nicht gefunden.

Im Tageslicht sah alles anders aus und es gab zu viele Pfade, denen man folgen konnte. Nach einer Stunde hatte sie die Suche aufgegeben und sich auf einen kleinen Findling gesetzt, um über alles nachzudenken, was geschehen war.

Am Morgen hatten die Kinder diskutiert, ob sie das Dorf an der gleichen Stelle wiederaufbauen sollten oder sich besser tiefer in den Wald zurückzogen. Pern hatte die gefangenen Soldaten freigelassen und ihnen eine Botschaft für Goya mitgegeben: »Kommt nicht in den Wald!«

Kaia bezweifelte, dass es die Männer bis in die Stadt schafften.

Pern war es, der nun entschied, das alte Lager aufzugeben, auch wenn es schmerzte. Letztendlich gab es keine Alternative, das wussten alle.

Kaia hatte sich an der Diskussion nicht beteiligt. Adam, der die ganze Zeit über stumm dasaß und zu Boden starrte, ebenfalls nicht. Sie beide hatten seit Sarahs Tod nicht miteinander gesprochen, denn es gab nichts zu sagen. Kaia hatte überlegt, ihm mitzuteilen, was ihr Sarah über die körperliche Veränderung der Kinder verraten hatte, aber als sie kurz mit ihm allein in der Höhle gewesen war, war es ihr schwergefallen, es auszusprechen: Aus Menschen wurden Pflanzen.

Der Gedanke verursachte ihr Übelkeit. Vielleicht war das Leben in der Stadt doch die bessere Alternative, obwohl es dort Leute wie Goya gab, die erbarmungslos die Stadtbewohner unterdrückten und ausbeuteten. Wenigstens blieb man dort ein Mensch und wurde nicht zu … zu … einem *Ding!*

Und dann war da noch Adams Beziehung zu Elea. Kaia hatte in der Nacht beobachtet, wie die beiden einander trösteten, sich in den Armen hielten und zärtlich zueinander waren. Sie konnte und wollte Adam diesen Trost und die vielleicht aufkommende Liebe nicht nehmen. Dazu hatte sie kein Recht. Irgendwann würde er selbst herausfinden, was hier los war.

Storm lag zu ihren Füßen und schnarchte leise. Seine Ohren zuckten im Schlaf, wahrscheinlich träumte er gerade.

Kaias Träume waren im Nichts zerflogen. Es gab für sie keine Zukunft mehr im Wald. Ihre Schwester war tot, alle Kinder und Jugendlichen zu Fremden geworden.

*Wenn man es genau bedenkt, gehören sie nicht einmal mehr zu meiner Art.*

Kaia schaute sich um. Beobachtete Insekten, die summend in der Luft tanzten, und erkannte, dass auch sie pflanzlich waren. Sie erinnerte sich an die merkwürdige Fliege, die sie erschlagen hatte. Damals hatte sie nicht begriffen, was die grünliche Flüssigkeit aus dem zerquetschten Körper bedeutete, aber nun verstand sie es.

Grünes Blut!

Wenn es überhaupt Blut und nicht Pflanzensaft war.

Ein Schauer lief über ihren Rücken.

Und dann war da Pern.

Immer wieder tauchte sein Gesicht in ihrem Geist auf. Sein Lächeln, die Art, wie er manchmal den Kopf schief legte, die Erinnerung an all die Küsse und die Momente, als sie miteinander geschlafen hatten.

Konnte das falsch gewesen sein?

Ihr Herz schrie vor Sehnsucht nach ihm, aber da war etwas, das sie zurückhielt. Vielleicht eine uralte Angst vor dem Fremden. Eine Angst, die schon die Steinzeitmenschen gekannt hatten, als alles Unbekannte eine unmittelbare Gefahr für das eigene Leben gewesen war. Hier draußen, mitten im Wald, wollte sie sich einreden, dass es möglicherweise doch eine Zukunft für sie beide gab. Wenn sie allerdings in sich hineinlauschte, hörte sie eine Stimme, die ihr sagte, dass das niemals möglich sein würde.

Ihre Trauer um Sarah, der Verlust der Liebe zu Pern ließen sie erzittern, und als die Tränen kamen, drängte sie diese nicht zurück. Sie schluchzte so laut, dass Storm sich erhob und an sie drängte.

Ihre Hand fuhr durch sein weiches Fell, aber diesmal gab ihr seine Nähe keinen Trost. Der Schmerz, alles, was ihr wichtig war, verloren zu haben, war überwältigend. Ein dunkler Ozean mit Untiefen, die keine noch so abstruse Hoffnung erleuchten konnte.

Die Wahrheit war so simpel wie vernichtend. Pern war kein Mensch mehr, doch dieses dumme Herz wollte nicht aufhören, sich nach ihm zu sehnen. Mit jedem Schlag pochte es im Klang seines Namens.

*Pern.*

Irgendwann hatte Kaia sich zu Storm auf den Boden gesetzt und war erschöpft eingeschlafen. Als sie erwachte, kniete Pern vor ihr. Er berührte sie nicht, sah sie nur eindringlich an.

Kaia richtete sich auf, rieb die Augen.

»Wie lange sitzt du schon da?«

»Eine Weile.«

»Ich mag es nicht, wenn man mich beim Schlafen beobachtet, habe ich dir das nicht gesagt?« Es klang härter als beabsichtigt.

»Nein, hast du nicht.«

»Gut, nun weißt du es.«

»Wir wollen aufbrechen. Kommst du?«

»Ich kann nicht.«

Er schwieg einen Moment. »Sarah hat mit dir geredet. Du weißt jetzt, wer wir sind.«

»Nicht wer, sondern *was* ihr seid.«

Es war heraus und sogleich verfluchte sich Kaia dafür.

Schmerz trübte Perns Augen. Kaia wollte die Hand nach ihm ausstrecken, sagen, dass es so nicht gemeint war, aber er wich zurück.

Ohne ein weiteres Wort erhob er sich und war wenige Augenblicke später im Wald verschwunden.

Kaia war fassungslos über sich selbst.

*Wie konnte ich nur so gemein sein? Dieser Junge hat mir nie etwas Böses getan, im Gegenteil, mir sogar das Leben gerettet.* Durch ihn hatte sie ihre tot geglaubte Schwester wiedergefunden, und wenn das Schicksal ihnen auch nicht viel Zeit gegönnt hatte, so war doch jede gemeinsame Sekunde wertvoll und wunderbar gewesen. *Und wie danke ich ihm all das?*

Sie hatte ihn zutiefst gekränkt und verletzt. Ihm gesagt, dass er für sie kein Mensch war.

Egal, ob sie Pern für immer verließ oder nicht, sich kein Leben mit ihm vorstellen konnte und ihre Liebe endete, er hatte es nicht verdient, so behandelt zu werden.

Kaia sprang auf. Rief seinen Namen, aber da war nur Stille.

Pern war nicht mehr da.

Nach Tom, Sarah und irgendwie auch Adam hatte sie auch ihn verloren.

Nun gab es nichts mehr, das sie hier noch hielt.

Es war Zeit, aufzubrechen und sich Goya zu stellen.

# 33.

*Heute, Jahr 2169, USA, Die Wilde Welt*

Adam erwartete sie am Rande des Dorfes. Er wirkte zornig.

»Ist etwas?«, fragte Kaia.

»Das frage ich dich.«

Kaia spürte ein flaues Gefühl im Magen. Irgendetwas stimmte hier nicht.

»Ich weiß nicht, was du meinst.«

»Wo ist Pern?«

»Keine Ahnung.«

»Du hast ihn nicht gesehen?«

Sie zögerte. »Doch … vorhin im Wald.«

»Und?«

»Was und?«

»Erzähl mal, was geschehen ist.«

»Warum willst du das wissen? Das geht dich eigentlich nichts an.«

Adam deutete zu den abgebrannten Hütten. »Die Kinder sind zum Aufbruch bereit, aber ihr Anführer ist verschwunden.«

»Pern ist nicht da?« Es klang selbst in ihren eigenen Ohren bescheuert.

»Nein, ist er nicht, und ich will jetzt wissen, was zwischen euch vorgefallen ist.«

Kaia schluckte. »Ich habe ihm irgendwie gesagt, dass es aus ist mit uns beiden.«

»Was soll das heißen, *irgendwie*?«

»Echt jetzt, Adam, halt dich aus meinem Liebesleben raus! Aber wenn du es unbedingt wissen musst: Ich war nicht nett zu ihm. Ehrlich gesagt, sogar ziemlich gemein, doch daran kann ich jetzt nichts ändern.«

»Worum ging es? Warum kannst du ihn nicht mehr lieben?«

»Das ist meine Sache, und damit ist das Thema erledigt.«

»Ich glaube, ich weiß, was los ist. Du hast dich entschlossen, in die Stadt zurückzukehren und den Kampf gegen Goya aufzunehmen. Da du nicht willst, dass Pern mitkommt und sich in Gefahr bringt, stößt du ihn lieber vor den Kopf. Das wird nicht funktionieren, denn mancher Schaden lässt sich nicht beheben.«

»Wie gesagt: Hier geht es um mich, ist nicht dein Problem.«

»Vielleicht doch, denn du kannst nicht zurück. Der Zivilist ist entkommen, also gibt es zumindest immer noch einen funktionierenden Detektor …«

»Dank dir.«

Adams Züge wurden hart. »Schön, dass du mich daran erinnerst.«

»Ich denke nicht, dass es der Typ zurück in die Stadt

schafft. Der Wald ist zu gefährlich. Er und die freigelassenen Soldaten haben keine Waffen mehr. Sie werden nicht zurückkehren und uns aufspüren.«

»Es ist mir gelungen, dich hier zu finden, und sie haben es ebenfalls geschafft. Die Chance ist also da, dass sie die Stadt wieder erreichen. Aber selbst, wenn nicht, kann es sein, dass Goya den funktionierenden Detektor als Vorlage benutzt hat, um weitere zu bauen.«

Kaia wollte etwas sagen, doch Adam hob die Hand.

»Das ist aber nicht das eigentliche Problem. Du schaffst es nie bis in die Stadt. Der Chip in deinem Hals verrät dich, lange bevor du die Mauern der Stadt siehst, und es gibt keinen Weg hinein, ohne dass die automatischen Waffensysteme dich erledigen.«

Kaia verzog den Mund. »Darüber habe ich nachgedacht.«

»Und? Lässt du mich an deinen Gedanken teilhaben?«

»Du wirst mir das Ding rausschneiden.«

»Was?« Adam riss die Augen auf. »Bist du völlig irre geworden? Das geht nicht! Noch nie hat das jemand überlebt. Glaub nicht, du wärst die Erste, die auf diese Idee gekommen ist. Der Chip ist mit deinem Nervensystem verbunden. Jeder Versuch, ihn zu entfernen, wäre dein sicherer Tod.«

»Hayes hat es überlebt. Ich habe dir erzählt, dass er den Chip mit einem Bügeleisen ausgeschaltet hat.«

»Teilweise ausgeschaltet hat. Du hast mir selbst gesagt, dass es ihm nicht gelungen ist, ihn vollständig zu deaktivieren, denn wie sonst hätten ihn die Drohnen aufspüren können?«

Kaia musste zugeben, dass Adam recht hatte, aber das würde sie nicht aufhalten. »Ich muss es versuchen!«

Adam legte ihr beide Hände auf die Schultern und sah sie flehend an. »Kaia, das ist Wahnsinn. Ich kann das nicht tun! Wenn … dir etwas geschieht oder du stirbst, werde ich mir das niemals verzeihen.«

»Siehst du nicht, dass ich keine andere Wahl habe?«, zischte sie ihn an. »Jemand muss Goya stoppen.«

»Dann tun wir es beide.« Adam holte tief Luft. »Ich schneide deinen Chip raus und du meinen. Ich komme mit dir.«

»Nein, das wirst du nicht! Du bist ein Tüftler, kein Kämpfer, und die Kinder brauchen dich, jetzt, wo Sarah tot und Pern verschwunden ist. Geh mit ihnen tief in den Wald, fangt irgendwo neu an. Wenn es so weit ist, finde ich euch.«

»Wie denn?«

Kaia grinste. »Du gibst mir deinen Detektor.«

Er ließ den Kopf sinken, dann sagte er: »Willst du das wirklich tun?«

Sie nickte.

»Was soll ich Pern sagen, wenn er wieder auftaucht?«

»Du musst nichts erklären, er wird es verstehen.«

»Okay, ich gebe den Kindern Bescheid, dass sich unser Aufbruch verzögert und wir noch einmal in die Höhle zurückmüssen. Ich brauche ein sauberes Messer und irgendetwas, womit ich die Wunde desinfizieren und verbinden kann. Vielleicht kennt einer von ihnen ein natürliches Antiseptikum.«

Elea trat heran.

Kaia wandte sich an sie: »Gib mir die Waffen der Soldaten.«

Eleas Blick war hart. »Nein, du kennst unsere Einstellung zum Töten.«

»Wenn du mir die Sachen nicht gibst, werde ich unbewaffnet in den Kampf ziehen und sterben. Goya wird für immer über die Stadt herrschen. Irgendwann kommen seine Männer erneut in den Wald, um euch zu suchen. Jetzt habe ich die Chance, ihn zu erledigen. Er rechnet nicht damit, dass ich in die Stadt zurückkehre, und wenn der Chip in meinem Hals nicht mehr funktioniert, bin ich praktisch unsichtbar. Ich kenne alle Winkel der Stadt und weiß, wie ich unbemerkt in die Zentrale schleichen kann. Ich verspreche dir, ihn nur zu töten, wenn es keine andere Möglichkeit gibt.«

Elea sah die anderen an. Alle nickten. Dann wandte sie sich wieder Kaia zu.

»Ich nehme das als dein Versprechen.«

»Du hast es.«

Plötzlich stieß Gala einen spitzen Schrei aus. Kaia verstand nicht, was los war, nichts hatte sich verändert. Die Kinder rissen entsetzt die Augen auf. Summer schlug die Hand vor den Mund und deutete mit der anderen auf sie.

Angst durchzuckte Kaia.

Ihr Kopf ruckte zu Adam, der sie fassungslos anstarrte. Panik stand in seinem Blick. Absolute Verzweiflung.

Kaia wurde übel. »Was … was … ist?«

»Der … der Chip in deinem Hals …«

»Was ist damit?«

»Er leuchtet rot.«

Kaia sackten die Beine weg.

# 34.

*Heute, Jahr 2169, USA, Die Wilde Welt*

»Ich weiß nicht, was passiert ist, und warum das verdammte Ding sich aktiviert hat«, hörte sie Adam wütend sagen.

Kaias Augen waren geschlossen. Sie war bei Bewusstsein, aber es fiel ihr schwer, sich zu konzentrieren. In ihrem Hals pochte es heiß.

»Was tun wir jetzt?« Das war Bens Stimme.

»Ich schneide den Chip raus. Eine Alternative gibt es nicht mehr.«

Für eine Sekunde herrschte Stille. Kaia dachte über Adams Worte nach. *Ja, mach es! Es ist die einzige Möglichkeit.*

Die Gedanken kamen wie durch einen dichten Nebel, trotzdem verstand sie, was um sie herum vorging.

»Lass mich mal«, sagte eine dünne, hohe Stimme. Gala.

»Was willst du tun?«, fragte Adam. Er bekam keine Antwort.

Plötzlich spürte Kaia eine Berührung an ihrem Hals. Schmale Finger hatten sich daraufgelegt. Die Hand strahlte Wärme aus, das Pochen in Kaias Hals wurde schwächer.

»Ich sehe die Energie«, sagte Gala. »Der Chip ist wie ein Haus mit vielen Zimmern, anders lässt es sich nicht beschreiben.«

»Du siehst das?«, ächzte Adam.

»Ja! Da ist Energie. Bis jetzt hat sie geschlafen, aber nun verbrennt sie ein Zimmer nach dem anderen, wenn ich sie nicht aufhalte.«

»Kannst du das?«

»Ich will es versuchen.«

Dann schwieg sie für einen Moment.

Die Wärme der Hand wurde intensiver und … irgendwie weicher. Der Nebel in Kaias Kopf lichtete sich ein wenig.

»Ich muss sie aus dem Haus leiten«, sagte Gala. »Ich öffne alle Zimmertüren und führe die Energie zum Eingang, damit sie ins Freie entkommen kann. Alle Energie strebt nach Ungebundenheit.«

*So redet doch kein kleines Mädchen*, dachte Kaia. Sie schlug die Lider auf und blickte direkt in die Augen von Gala, die sich über sie beugte.

»Beweg dich nicht«, sagte das Kind. »Gleich ist es vorbei.«

Die Hitze des Chips in ihrem Hals wurde schwächer, die Wärme, die aus Galas Hand strömte, nahm zu.

Kaia hielt die Luft an. Ein paar Sekunden vergingen. Sie glaubte zu spüren, wie die Hitze aus Galas Hand in ihren Körper überging, ihn durchströmte und durch den Mund austrat. Und etwas anderes mitnahm, das immer da gewesen war. Im Hintergrund. Etwas, das man erst bemerkte, wenn es nicht mehr da war.

»Es ist getan.«

Gala richtete sich wieder auf. Adam erschien in Kaias Blickfeld. Sein Gesicht strahlte vor Erleichterung.

»Das Leuchten des Chips hat aufgehört. Ich glaube, Gala ist es gelungen, ihn zu deaktivieren. Wie sie das gemacht hat, ist mir ein Rätsel, aber was soll's, solange es funktioniert. Wie fühlst du dich?«

»Etwas benommen.«

»Hast du mitgekriegt, was geschehen ist?«

»Ja, ich war die ganze Zeit bei Bewusstsein, nur das Denken und Sprechen fiel mir schwer.«

»Weißt du, was das heißt?«, fragte Adam aufgeregt.

»Ich glaube, schon.«

Er sagte es trotzdem: »Ich muss dir den verfluchten Chip nicht mehr aus dem Hals schneiden, denn nun bist du für Goya unsichtbar. Du hast tatsächlich eine Chance.«

Kaia sah ihn an. »Warum hat sich der Chip aktiviert? Das war doch bisher ausnahmslos bei älteren Menschen der Fall.«

»Du bist bereits eine Weile im Wald und hier schreitet die Mutation schneller voran. Ich nehme an, darauf hat er reagiert.«

Kaia zuckte zusammen. *Also beginnt auch in mir bereits die Veränderung. Wenn ich im Wald bleibe, werde ich wie die Kinder.*

Adam musterte sie neugierig. Offensichtlich erkannte er, dass sie über etwas nachgrübelte.

Bevor er fragen konnte, was sie beschäftigte, wandte sich Kaia an Gala, die die ganze Zeit stumm gelauscht hatte.

»Du hast mir das Leben gerettet. Danke.«

Gala lächelte zaghaft.

Elea trat vor Kaia. »Geht es wieder?«

»Ja.«

Sie streckte ihr die Hand entgegen und Elea zog sie auf die Füße.

»Komm mit«, sagte das Mädchen.

Kaia, Elea und Adam gingen ein Stück in den Wald hinein, aber nicht weit. Die anderen Kinder waren nicht mitgekommen.

Elea trat zum Stamm einer umgestürzten Kiefer und zog einen vertrockneten Busch weg. Da lagen sie.

Zwei Automatikgewehre, Handfeuerwaffen, Survivalmesser, Funkgeräte mit Headset, Handgranaten und jede Menge Munition. Genug, um einen kleinen Krieg zu führen. Elea sah Kaia noch einmal an, dann machte sie sich wortlos auf den Rückweg zu den anderen.

Kaia griff sich eines der Gewehre, überprüfte den Zustand und lud es leer durch. Als sie den Abzug durchzog, klackte es. Gut! Sie nahm einen der am Boden liegenden Rucksäcke und entschied sich für zwei Pistolen, die sie sich in den Gürtel schob, und ein langes Messer, das sie in den Stiefel steckte. In den Rucksack stopfte sie Ersatzmagazine und zwei Handgranaten. Dazu noch eine Wasserflasche und Verbandmaterial.

»Ich will mitkommen«, sagte Adam erneut. »Du brauchst mich.«

»Und du weißt, dass es nicht geht. Ohne dich bin ich schneller. Außerdem kämpfe ich besser, wenn ich dich nicht auch noch schützen muss.« Sie sah ihn eindringlich an. »Mal ehrlich, Adam, kannst du auf jemanden schießen? Ihn töten?«

Er senkte den Kopf und sagte leise: »Nein, ich glaube nicht. Und du solltest das auch nicht. Du hast es Elea versprochen.«

»Ich habe ihr gesagt, dass ich Goya nur töte, wenn es keine andere Möglichkeit gibt, aber sollte sich mir jemand in den Weg stellen, werde ich keine Gnade kennen.«

»In der Zentrale könnte ich dir helfen. Goya ist es gelungen, das Internet wieder zum Laufen zu bringen. Ein Probeversuch hat gezeigt, dass es funktioniert, aber er will es noch nicht aktivieren.«

»Warum hast du mir nichts davon erzählt?« Kaia starrte ihn an. Dann verstand sie. »Du warst das«, ächzte sie. »Du hast ihm geholfen.«

»Ich und ein paar andere«, verteidigte sich Adam. »Aber das ist doch nicht schlimm. Endlich können sich die Menschen wieder austauschen, und wenn das Mobilfunknetz funktioniert, erfahren wir vielleicht auch, ob es da draußen noch andere Städte wie unsere gibt. Nicht alle werden von Menschen wie Goya beherrscht werden. Durch das Internet kann viel Gutes geschehen.«

»Oder Schlechtes. Hast du nie daran gedacht, dass der Kommandant das Internet für seine eigenen Zwecke missbrauchen könnte, so wie er alles missbraucht, was in seine Finger fällt? Er wird es als Kanal für seine Propaganda und Lügen nutzen, vielleicht sogar dazu, die Bürger der Stadt noch weiter zu kontrollieren, und du hast ihm diese Waffe in die Hand gelegt.«

Adam blickte auf. Zorn funkelte in seinen Augen. »Ja, das habe ich. Ich bin nicht blöd, weißt du, und mir ist schon klar, was Goya und der Rat mit dem Netz vorhaben, aber glaub' mir eines: Das Internet lässt sich nicht kontrollieren. Es wird immer Möglichkeiten und Räume für freie Meinungsäußerungen bieten. Versteckt, okay, und gefährlich. Es ist die Waffe der Schwachen und Armen, sie sind nicht mehr so wehrlos wie zuvor, sondern können sich organisieren.«

»Wunderbar, wie du dir alles immer zurechtlegst«, zischte Kaia. »So weit wird es nie kommen. Goya wird einen Weg finden, das zu verhindern, doch selbst wenn nicht, die meisten Endgeräte, Computer, Tablets und Handys sind veraltet oder defekt. Da funktioniert kaum noch etwas. Die Zentrale ist da bestimmt besser ausgerüstet, und ich kann mir gut vorstellen, dass der Kommandant darauf aus ist, die großen, elektronischen Werbetafeln an den Wänden der Häuser wieder in Betrieb zu nehmen. Propaganda übers Radio ist eine Sache, wenn man aber den heiligen Führer in Fleisch und Blut erlebt, etwas ganz anderes. Begreif es endlich: Das Internet bringt nichts Gutes für die Menschen. Es versklavt sie bloß weiter.«

»Ein Grund mehr, mich mitzunehmen. Ich weiß, wie man es abschaltet.«

Kaia lachte. »Abschalten? Sag mal, bist du blöd?«

Adams Miene wurde hart. »Ich meine: für immer. Ich weiß, wo die Server stehen. Eine Handgranate richtig platziert, und Goya schickt nie wieder eine Nachricht hinaus.«

»Sag es mir. Ich erledige das«, verlangte Kaia.

»Nein, du hast genug damit zu tun, den Kommandanten auszuschalten. Du kannst nicht an zwei Orten gleichzeitig sein. Außerdem: Was ist, wenn du scheiterst? Denk mal darüber nach.«

»Das gefällt mir nicht.«

»Ist mir scheißegal, was dir gefällt und was nicht. Ich bin alt genug, um für mich selbst zu entscheiden.« Adam schnaubte. »Während du dich um Goya kümmerst, kann ich mich unbemerkt in den Serverraum schleichen und alles in die Luft jagen. Bei dem Lärm werden die Wachen abgelenkt sein, und für dich ist es einfacher, in den Kommandoraum zu gelangen.«

Kaia dachte nach. Alles, was Adam sagte, klang logisch und ergab Sinn.

»Okay, du kannst mit. Bleibt aber das Problem mit dem Chip in deinem Hals, der ist noch aktiv.«

»Ich denke, Gala wird mir helfen.«

Adam bückte sich, hob eine Automatikpistole und zwei volle Magazine auf.

»Tu das bitte in deinen Rucksack. Ich will nicht, dass mich die anderen mit Waffen in der Hand sehen.«

»Was ist das mit dir und Elea?«

»Ich weiß nicht«, gab Adam offen zu. »Ich mag sie sehr, aber …«

»Was aber?«

»… sie ist nicht du.«

Kaia zuckte zusammen. »Findest du das fair?«

»Ich habe keine Lust mehr auf Lügen. Wir sind vermutlich bald beide tot und da sollten wir wissen, wie wir zueinander stehen.«

»Das weißt du, Adam. Du bist mir wichtig, wie ein Bruder für mich. Ich dachte, das wäre geklärt.«

»Ist es auch, doch wenn du dich als meine Schwester siehst, musst du auch aushalten, dass ich dir die Wahrheit sage.« Er fuhr sich durch die Haare. »Elea ist nett und vielleicht wird mal was aus uns beiden, aber im Augenblick kann ich mich noch nicht von dir lösen. Sie weiß das, wir haben darüber geredet und sie hat gesagt, ich solle mir Zeit lassen.«

»Sie ist ein tolles Mädchen«, sagte Kaia.

»Das ist sie wirklich.«

»Das heißt, du kehrst in den Wald zurück, wenn wir diesen Scheiß überleben?«

»Ehrlich gesagt, habe ich keine Ahnung. Darüber

denke ich jetzt nicht nach. Erst mal müssen wir Goya erledigen, der Rest wird sich finden.«

»Elea, es tut mir leid, dass sich euer Aufbruch weiter verzögert«, sagte Kaia, als sie zurück bei den anderen waren. »Adam wird mich begleiten. Es ist wichtig, dass Gala versucht, auch seinen Chip zu deaktivieren.«

Elea riss bei den Worten die Augen auf. Sie wandte sich an Adam. »Willst du das wirklich tun? Ich dachte, du wärst bei uns glücklich.«

»Das bin ich auch«, sagte er. »Aber ich kann Kaia nicht allein gehen lassen. Sie braucht meine Hilfe.«

»Nun, dann frag Gala selbst.«

Adam trat vor das Mädchen und schaute sie an. »Würdest du das für mich tun?«

Gala nickte. »Knie dich hin. Du bist zu groß für mich.«

Er tat es.

Die Kleine legte ihre Hand auf die Stelle an Adams Hals, an der der Chip implantiert worden war.

Für einen kurzen Moment hatte Kaia den Eindruck, dass der Chip aufleuchtete, aber dann nahm Gala ihre Hand wieder weg und sagte: »Die Energie ist gegangen.«

Adam erhob sich, legte dem Mädchen beide Hände auf die Schultern. »Ich danke dir von Herzen.«

»Komm wieder«, sagte Gala. »Ich mag dich.«

Er schloss sie in die Arme. »Ich mag dich auch.«

Kaia fiel sofort auf, dass er nicht versprochen hatte,

zurückzukehren. Darüber würde sie mit ihm noch reden müssen.

»Dann ist es so weit«, sagte Elea. »Ich wünsche euch Glück.«

Sie umarmte erst Kaia, dann Adam. Alle anderen taten es ihr nach. Anschließend gingen sie in den Wald.

Adam und Kaia blieben zurück, schauten ihnen hinterher, bis sie zwischen den hohen Bäumen verschwunden waren.

»Meinst du, wir werden sie wiedersehen?«, fragte Adam.

»Ich weiß es nicht«, antwortete Kaia.

Sie dachte an Pern und ihr Herz wurde schwer.

# 35.

*Heute, Jahr 2169, USA, Die Wilde Welt*

Storm trabte auf dem ausgetretenen Wildpfad voraus, dem Adam und Kaia seit Stunden folgten. In regelmäßigen Abständen blieb der Junge stehen und schaute auf den Detektor in seiner Hand.

»Das Gerät funktioniert auch umgekehrt, das heißt, man kann es dazu verwenden, um zurück zur Stadt zu finden. Dafür muss ich nur die Kennung des Chips eines Menschen eingeben, der hinter den Mauern lebt«, hatte er erklärt.

»Wen hast du ausgewählt?«

Adam hatte bitter gelacht. »Goya natürlich. Um ihn geht es schließlich. Egal, wo er sich in der Stadt aufhält, mit diesem Detektor werden wir ihn aufspüren.«

Das war jetzt fünf Stunden her. Langsam wurde es dunkel, in Kürze würden sie kaum noch etwas sehen und die Gefahr stieg, dass sie stolperten oder in ein gefährliches *Wesen* liefen. Kaia dachte inzwischen nicht mehr an Tiere. Nach allem, was ihr Sarah erzählt hatte, war das der falsche Begriff, auch wenn sie es nach wie vor kaum glauben konnte.

Während sie stumm marschiert waren, hatte sie

mehrfach erwogen, Adam die Wahrheit zu erzählen, war dann aber jedes Mal davor zurückgeschreckt. Obwohl er sich dessen nicht bewusst war: Da war etwas zwischen ihm und Elea und das wollte Kaia nicht zerstören. Wenn er selbst draufkam oder es durch Elea erfuhr, war das eine andere Sache. Mit Sicherheit würde sie nicht ein zweites Mal seine Gefühle zerstören.

Kaia hustete. Die Luft war stickig. Irgendwelche stechenden Biester summten darin umher, wobei sie heute nicht so sehr von ihnen belästigt wurde.

*Habe ich mich schon so weit verändert?*

Sie schauderte bei dem Gedanken, zu einer Pflanze zu werden, wenngleich das sicherlich der falsche Begriff dafür war. Durch die Mutation entstand laut Sarah eine neue Lebensform.

Der Mensch 2.0.

*Homo sapiens plantae.*

Kaia biss sich auf die Lippe. *Ich hätte nie für möglich gehalten, dass es so etwas gibt.*

»Wir sollten uns einen Rastplatz suchen«, sagte Kaia etwas später. »Es wird bald dunkel und heute erreichen wir die Stadt sowieso nicht mehr. Wie weit ist es noch?«

»Kann ich dir nicht sagen. Der Chip wird im Display nur als leuchtender Punkt angezeigt, auf den man sich zubewegen kann. Funktioniert wie Radar.«

»Bei dem Thema muss ich in der Schule gefehlt haben.«

Adam lachte, und es tat gut, das zu hören, nachdem er stundenlang stumm hinter ihr hermarschiert war.

»Glaube ich dir gern. Du hast oft gefehlt und bist mit Hayes an den Strand zum Schwimmen gegangen.«

*Ja, es war kein schlechtes Leben. Tom hat versucht für mich da zu sein, mir zu geben, was ein Kind braucht. Dass er nicht alles richtig gemacht und zu viel gesoffen hat, ist klar, aber er hat sein Bestes getan.*

Tränen stiegen in ihre Augen, als sie an ihn dachte. Dann loderte der Zorn auf Goya wieder in ihr hoch, doch diesmal unterdrückte sie ihre Gefühle.

*Alles zu seiner Zeit.*

Storm kam und rieb seinen Kopf an ihrem Oberschenkel. Kaia streichelte ihn nachdenklich. Mit dem Wolf in die Stadt zu gelangen, war schwierig. Die Menschen hinter den Mauern kannten ihn und wussten, zu wem er gehörte. Ihn nicht mitzunehmen, kam aber auch nicht infrage. Der Wolf folgte ihr auf Schritt und Tritt und würde keinesfalls zurückbleiben. Einzig Pern war er ebenfalls gefolgt. Der Gedanke an den Jungen versetzte ihr einen Stich.

*Wo bist du?*

»Ich denke, dort drüben können wir ein provisorisches Lager errichten.«

Adam deutete auf einen riesigen Mammutbaum, in dessen Stamm irgendein Tier ein Loch gerissen hatte. So groß, dass ihr Pick-up mühelos darin hätte parken können. Darüber, was für ein Tier dazu in der Lage war, wollte Kaia gar nicht nachdenken.

»Wir machen ein Feuer, das wird die wilden Tiere abhalten.«

Kaia nickte. Sie hoffte, dass diese *neuen* Tiere Feuer ebenso fürchteten wie ihre Vorfahren. Sie legte den Rucksack und das Gewehr ab und begann heruntergefallene, trockene Äste zu sammeln, die sie zu einem großen Stapel aufschichtete.

»Ist das nicht ein bisschen viel Holz?«, fragte Adam.

»Ich will sichergehen, dass uns nichts im Schlaf überrascht. Kann ja sein, dass das Biest, das dieses Loch in den Stamm gefetzt hat, heute Nacht wiederkommt.«

Adam schluckte trocken. »Daran habe ich gar nicht gedacht.«

Etwas später brannte das Feuer lichterloh. Die Sonne ging unter und zurück blieben tanzende Schatten auf den Büschen und Bäumen. Kaia starrte in die Flammen, während sie auf einem Stück Trockenfleisch herumkaute, das zu der Notration der Soldaten gehört hatte. Sie hatte die Portion gerecht mit Storm geteilt, der unweit des Feuers zufrieden dalag und das gewohnte Essen sichtbar zu genießen schien.

Adam saß neben ihr und aß irgendwelche Früchte. Kaia dachte darüber nach, wie weit sich die Menschen im Laufe ihrer Entwicklung von ihrem tatsächlichen Ursprung entfernt hatten. Und nun führte der Weg der Evolution dahin zurück.

*Wie unsere Vorfahren, die Steinzeitmenschen, sitzen*

*wir im Wald im Schutz eines Feuers und fürchten uns vor dem, was in der Dunkelheit lauert.*

All die Errungenschaften der Menschheit hatten in kürzester Zeit ihre Bedeutung verloren. Durch die Mutation war klar geworden, dass die Dinge, die ihr früher wichtig gewesen waren, eigentlich nur dem Luxus und ihrer Bequemlichkeit dienten. Die Jugendlichen im Wald brauchten diese Sachen nicht und lebten dennoch zufrieden und im Einklang mit der Natur. Eigentlich ein erstrebenswerter Zustand, wenn da nicht die Verwandlung zu einem pflanzenähnlichen Wesen wäre. Kaia seufzte. Das alles war so verwirrend.

»Was ist?«, fragte Adam.

»Wieso?«

»Du hast geseufzt, so als belastete dich etwas«, sagte er.

Kaia grinste. »Schau uns doch an! Zwei Jugendliche mitten im Wald, mit dem aberwitzigen Plan, den gefährlichsten Mann ihrer Welt auszuschalten. Morgen um diese Zeit könnten wir längst tot sein.«

»Oder eine neue Ära beginnt.«

»Das ist auch so eine Frage: Was kommt danach?«

»Ich denke, die Menschen der Stadt werden sich öffnen und erkennen, dass man sie belogen hat, dass dieses Virus nicht so ist, wie man ihnen erzählte. Mit Galas Hilfe oder durch das Abschalten der Chips können wir sie befreien. Niemand muss mehr Angst vor der Verwandlung haben. Mal ehrlich, Kaia. Jeder in der Waldgemeinschaft wirkt glücklicher und zufriedener als alle Stadtbewohner, die wir kennen, uns eingeschlossen.«

*Ja, aber du kennst nicht die ganze Wahrheit.*

Erneut überfiel sie der Wunsch, ihr Wissen mit ihm zu teilen, gleichzeitig wusste sie, dass dies nicht der richtige Zeitpunkt dafür war.

Morgen würden sie hoffentlich Goya gegenübertreten, da musste Adam voll konzentriert sein. Es war so schon gefährlich genug. Ein Junge, der im entscheidenden Moment mit seinen Gedanken ganz woanders war, konnte ihrer beider Tod bedeuten.

»Willst du mir immer noch nicht sagen, was zwischen dir und Pern vorgefallen ist?«

»Nein.«

»Na dann.«

Danach schwieg er.

Kaia blickte zum Nachthimmel. Sterne waren nicht zu sehen, aber plötzlich tanzte ein kleiner Lichtfleck auf einem der Baumstämme. Ein grüner Tropfen. Er brachte den Baum zum Leuchten, dann schoss ein weiterer Tropfen daraus hervor, flog in die Nacht davon.

Pern!

Ihr Herz jubelte auf. Oh, du verräterisches Ding, schimpfte sie stumm.

*Er ist da draußen. Wenn ich die Lichter sehen kann, ist er dort draußen. Nicht weit entfernt.*

Obwohl sie nicht wusste, ob Pern ihren Standort überhaupt kannte, fühlte sie sich beschützt. Der Junge, den sie liebte, war nicht weit entfernt. Vielleicht würde nicht alles gut werden. Ja, vielleicht war morgen ihr letzter Tag in diesem Leben, aber in ihr wuchs die Hoffnung, Pern noch einmal zu sehen. Ihn noch einmal in die Arme zu nehmen, den Duft seiner Haut zu riechen und seiner Stimme zu lauschen, die ihr zuflüsterte, dass er sie liebte.

In diesem Augenblick war ihr egal, *was* er war. Es zählte nur noch, *wer* er war. Der Junge, mit dem sie ihr Leben verbringen wollte, egal, wie lange es dauerte.

Alle Ängste und Zweifel vergingen. Ihre Liebe flog mit den grünen Lichttropfen in den Wald.

Zu Pern.

# 36.

*Heute, Jahr 2169, USA, Die Wilde Welt*

Am nächsten Morgen war er da. Kaia spürte seine Nähe, noch bevor sie die Augen öffnete. Als sie es dann tat, sah sie ihn vor ihr knien, ein Lächeln umspielte seine Lippen. Storm lag neben ihm.

»Hallo«, sagte er leise.

Kaia warf einen Blick auf Adam, der neben ihr auf dem Boden döste. Sie berührte ihn sanft an der Schulter, damit er nicht erschrak, wenn er aufwachte. Adam schlug die Lider auf.

»Oh«, sagte er. »Du bist es.«

»Hallo Adam«, begrüßte ihn Pern.

Adam rappelte sich auf, klopfte sich das Laub und Erdkrümel von der Hose. »Äh … Ich denke, ich … muss mal in den Wald … Kann eine Weile dauern, ihr habt sicherlich viel zu besprechen.«

»Danke«, sagte Kaia.

»Darf ich mir deinen Wolf ausleihen? So allein … Wer weiß, was für Biester sich da rumtreiben.«

»Storm, geh mit Adam«, sagte Kaia.

Der Wolf erhob sich, legte den Kopf schief, als überlegte er, den Befehl zu verweigern, aber dann trottete er zu Adam hinüber, der kurz die Hand zum Abschied hob und in den Büschen verschwand.

Als er nicht mehr auszumachen war, meinte Kaia: »Ich hoffe, ihm geschieht nichts.

»Er ist sicher.«

Kaia fragte nicht, woher er das wusste. Wenn Pern es sagte, dann war es auch so. Niemand kannte den Wald besser als er.

»Du bist zu mir gekommen«, stellte sie fest.

»Ich kann dich nicht allein gehen lassen.«

»Warum?«

»Du weißt, warum.«

»Ja, aber ich will es von dir hören. Sag es.«

»Weil ich dich liebe, aber das ist nicht die Frage.«

Kaia sagte nichts und Pern fuhr fort: »Die Frage ist, kannst du mich auch lieben? So, wie ich bin?«

Sie musste nicht mehr überlegen. Seit letzter Nacht nicht mehr. Sie flog in seine Arme und presste sich an ihn. Tränen liefen über ihr Gesicht.

»Es … Es tut mir so leid, dass ich dich verletzt habe«, stammelte sie und musste niesen. »'tschuldigung.«

Sie spürte sein Grinsen, obwohl sie es nicht sehen konnte.

»Dann ist alles gut mit uns?«, fragte sie. »Kannst du mir verzeihen?«

»Da ist nichts zu verzeihen«, sagte er ruhig.

*Oh doch, so vieles.*

Aber sie sprach es nicht aus. »Pern, ich will nicht, dass

du mit in die Stadt kommst. Es ist zu gefährlich. Es würde mich umbringen, wenn dir etwas geschieht.«

»Meine Entscheidung steht, so wie deine, Goya aufzuhalten. Du kannst nicht anders und ich auch nicht. Wohin du gehst, dahin werde ich gehen.«

»Das ist schön und ich danke dir, aber …«

Er legte seinen Finger auf ihre Lippen, dann nahm er ihn wieder weg und küsste sie sanft. Kaia drängte sich ihm entgegen. Seine Nähe zu spüren, war ein unglaubliches Gefühl. Der Kuss wurde leidenschaftlicher, doch dann löste sie sich keuchend von ihm. »Adam ist sicherlich gleich zurück.« Pern strich mit der Hand über ihr Gesicht und sie schmiegte ihre Wange hinein. »Wissen die anderen, dass du hier bist?«, fragte Kaia.

»Ja, ich habe es ihnen gesagt. Elea übernimmt die Führung, sie ist die neue Faye und so soll es auch sein. Die Kinder brauchen eine Anführerin, die wie eine große Schwester ist und der man alles anvertrauen kann, keinen störrischen Jungen, der für Tage im Wald verschwindet und Probleme mit seinem Mädchen hat.«

»Bin ich das? Dein Mädchen?«

Er grinste. »Wenn du es sein möchtest.«

Sie drückte ihn fest und flüsterte in sein Ohr: »Und wie ich das will.«

Etwas später kam Adam mit Storm aus dem Wald zurück. Er lächelte, als er Kaia und Pern nebeneinander am Feuer sitzen sah.

»Ich vermute, zumindest eine Sache ist geklärt.«

Er blickte kurz nach oben, zu den Wipfeln der Bäume. Ein Stück des grauen Himmels blitzte dort hindurch. Die Sonne hatte sich hinter dichten Wolken verborgen. Es war kühler geworden.

»Offenbar verschlechtert sich das Wetter. Bald wird es regnen. Nicht unbedingt zum Nachteil für uns, wenn wir versuchen, in die Stadt zu gelangen. Die Wachen auf den Mauern werden sich ins Trockene zurückziehen und wir werden nicht so leicht auszumachen sein. Allerdings haben wir immer noch keinen Plan.«

»Darüber habe ich nachgedacht«, sagte Pern. »Ich könnte die Männer auf den Mauern ablenken.«

Kaia sah ihn an. »Du meinst mit diesen Lichtkugeln.«

Er nickte.

»Das ist eine gute Idee. Du darfst es aber nicht übertreiben, sonst lösen die Wachen Alarm aus und dann ist die Hölle los. Nur ab und zu eine Lichtkugel, die durch die Nacht fliegt und über die man sich wundern kann.«

»Ich kriege das hin.«

»Was machen wir mit ihm?« Adam nickte in Richtung des Wolfes, der auf einem Ast herumnagte. »Er fällt auf.«

»Ich weiß«, gab Kaia zu. »Kannst du ihn bei dir behalten, Pern?«

»Das wird er nicht wollen. Er wird spüren, dass du dich in Gefahr begibst. Dein Atem wird schneller gehen, dein Herz lauter pochen. Storm nimmt das alles wahr und wird an deiner Seite bleiben.«

»Shit.«

»Aber ich werde ihm sagen, was er tun soll.«

Adam riss die Augen überrascht auf. »Meint er das ernst?«

Kaia erzählte ihm kurz von der Begegnung mit dem großen Wanderer und wie Pern den Wolf davor gewarnt hatte.

»Du willst ihm Bilder übermitteln?«

»Ja, einfache Befehle und die Art, wie er sich verhalten soll.«

»Kann ich mir, ehrlich gesagt, nicht vorstellen«, meinte Adam. »Doch einen Versuch ist es allemal wert.«

In den nächsten Stunden marschierten sie schweigend durch den Wald. Adam sah immer wieder auf den Detektor, um den Weg zu bestimmen, bis Pern ihm sagte, dass es nicht nötig sei. Er kenne den Weg zur Stadt.

Schließlich erreichten sie den Rand des Waldes und vor ihnen lagen drei Meilen offenes Feld. Inzwischen hatte starker Regen eingesetzt. Sie waren vollkommen durchnässt. Die Haare klebten an Kaias Stirn und die Kleidung auf ihrer Haut. Sie fröstelte im kalten Wind, der von Westen weitere Regenwolken herantrieb.

Es war ein Wetter, passend zu ihrem seelischen Zustand.

Kaia musste sich eingestehen, dass es eine Sache war,

meilenweit von der Stadt entfernt davon zu sprechen, Goya zu stürzen, und eine ganze andere, es dann wirklich zu tun.

Schon in die Stadt hineinzukommen, würde teuflisch schwer werden. Goya zu finden und ihn auszuschalten, ebenso schwierig wie gefährlich. Da es mitten in der Nacht war, hoffte Kaia, dass er sich nicht in der Zentrale aufhielt, sondern irgendwo in seinen Privaträumen, aber sie machte sich nichts vor. Auch dort würde es Wachen geben.

Neben ihr trottete Storm. Sie warf einen Blick auf ihn und war dankbar, ihn an ihrer Seite zu wissen. Der Wolf hatte stets zu ihr gestanden und würde ihr in die Hölle folgen und Pern und Adam ebenso.

Und genau dorthin waren sie unterwegs.

In die Hölle.

Pern hielt kurz an. Sein Gesicht war kaum in der Dunkelheit auszumachen. »Ich sehe die Lichter der Stadt.«

Kaia starrte nach vorn. Sie selbst konnte nichts erkennen, aber sie hatte auch nicht so gute Augen wie er.

»Das Wetter ist ein Riesenglück für uns«, sagte Adam.

»Findest du?«, antwortete Kaia. »Mir ist scheißkalt.«

»Ja, mir auch, hat aber Vorteile, denn die ganze optische Überwachungstechnik der Zentrale bringt denen gerade gar nichts. Bei diesem Regen sind sie praktisch blind. Goya träumt seit Jahren davon, Wärmebildkameras einzusetzen. Die zwei Geräte, die wir haben, sind jedoch defekt, also sitzt er jetzt vor den Bildschirmen und sieht …«, er machte eine kunstvolle Pause und sagte dann, »nichts!«

»Mehr Sorgen bereiten mir die Wachen am Tor. Sie erschießen jeden, der versucht, in die Stadt zu gelangen. Wir müssen sie erledigen, bevor sie uns entdecken. Wird nicht einfach.«

»Ja«, sagte Adam. »Bestimmt nicht.«

»Ich kann das machen«, sagte Pern. »Ihr kennt meine Fähigkeit, mich zu tarnen. Sie werden mich nicht kommen sehen.«

»Da sind keine Pflanzen, die du imitieren kannst«, gab Kaia zu bedenken.

»Die brauche ich dafür auch nicht. Mein Aussehen passt sich jeder Umgebung an.«

»Okay, aber es sind mindestens zwei Wachen. Goya teilt sie so ein, damit sie sich gegenseitig kontrollieren und keiner abhaut«, erklärte Adam.

»Den anderen übernehme ich«, sagte Kaia.

»Ohne Tarnung?«

Kaia spürte ein Grinsen auf ihren vor Kälte zitternden Lippen. »Es gibt so etwas wie Schlamm. Damit kann man sich einreiben. Ich werde wie ein verdammter Erdgeist über diese Typen kommen.«

Es klang entschlossener, als sie sich fühlte.

»Wenn wir durch das Tor sind und die Zentrale erreichen, schleiche ich in den Keller. Dort stehen die Server. Ich habe eine Idee. Wenn das nicht funktioniert, werde ich sie in die Luft jagen.«

»Was hast du vor?«

»Ich habe eine der Helmkameras der Soldaten abmontiert und mitgenommen. Damit will ich dich ausrüsten. Sie zeichnet alles auf und sendet es drahtlos an die Zentrale. Ich leite das Signal um und speise es ins Netz ein. Die ganze Stadt soll sehen, wie du Goya mit der Wahrheit konfrontierst.«

»Das habe ich mir eigentlich ein wenig anders vorgestellt. Goya muss sterben für das, was er meiner Familie und allen anderen Menschen der Stadt angetan hat.«

Der Wind blies nun noch stärker. Dies waren definitiv der falsche Zeitpunkt und der falsche Ort, um so etwas auszudiskutieren, aber Adam ließ sich nicht aufhalten.

»Wenn du ihn einfach nur tötest, stehst du in den Augen der Stadtbewohner als Mörderin da. Goya wird zum Märtyrer stilisiert, der Rat wählt einfach einen neuen Kommandanten und nach kurzer Zeit läuft alles wieder wie zuvor. Nur dass wir drei im Knast verrotten, wenn man uns nicht aufhängt.« Er brüllte fast, um den Wind zu übertönen. »Sieh es ein: Goya ist für uns lebend wertvoller als tot. Außerdem hast du Elea versprochen, ihn nicht umzubringen, wenn es eine Alternative gibt.«

»Du musst mich nicht dauernd daran erinnern. Ich weiß, was ich zu ihr gesagt habe«, schrie Kaia zurück. »Jetzt lass die Diskutiererei, wir sollten weiter, solange das Wetter auf unserer Seite ist.«

Pern hatte die ganze Zeit geschwiegen. Wenigstens er schien darauf zu vertrauen, dass sie das Richtige tat.

# 37.

*Heute, Jahr 2169, USA, Sperrzone*

Vor ihnen ragten die Stadtmauern wie längst vergessene Riesen in der fahlen Dunkelheit auf. Noch immer regnete es in Strömen. Das Licht der Suchscheinwerfer bewegte sich in gleichbleibendem Rhythmus hin und her. Kaia wusste, dass die Dinger automatisch gesteuert wurden. Ebenso die Waffensysteme, die aber nur reagierten, wenn sie einen Chip orteten und die Bewegungsmelder ansprachen, was bei diesem Wetter ausgeschlossen war, solange man sich langsam durch den Regen bewegte.

Es war noch kälter geworden. Kaia hatte inzwischen Sorge, dass das Klappern ihrer Zähne sie verriet, und presste die Kiefer so sehr aufeinander, dass sie schmerzten. Neben ihr kauerten Adam, Pern und der Wolf hinter einem alten Autowrack.

Bis zur Mauer war es bloß ein kurzes Stück. Wachen waren dort oben nicht zu sehen. Wahrscheinlich hatten sie sich, so wie Adam vermutete, ins Trockene zurückgezogen.

Das Tor war wie erwartet geschlossen. Irgendwo da vorn standen die beiden Wachen, die es auszuschalten galt. Kaia griff in den Schlamm und rieb sich damit das Gesicht und die nackten Arme ein. Adam tat es ihr nach. Pern war kaum auszumachen. Seine Haut hatte ein Camouflagemuster angenommen, sodass er sich nicht vom Hintergrund abhob.

»Sag Storm, dass er hier warten und uns nicht folgen soll«, flüsterte Kaia ihm leise zu.

Pern nahm den Kopf des Wolfes in beide Hände und legte seine Stirn darauf.

*Das könnte ich auch gern*, dachte sie neidisch.

»Adam, du bleibst ebenfalls hier, bis wir dir ein Zeichen geben. Dann kommst du mit Storm nach. Das Gewehr und den Rucksack lasse ich bei dir.«

»Zeichen?«, raunte er. »Was für ein Zeichen?«

»Ich pfeife.«

»Bist du verrückt? Das hört man doch oben auf der Mauer.«

»Okay, dann lässt Pern kurz seine Haut aufleuchten. Es wird für die Mauerwache nicht erkennbar sein.« Sie wandte sich an Pern. »Kannst du das tun?«

»Kein Problem.«

»Okay, lasst es uns angehen.«

Kaia wartete, bis die Suchscheinwerfer über sie hinweggeglitten waren, dann schlich sie gebückt los. Pern direkt hinter ihr. Der starke Regen unterdrückte alle Geräusche, und sie erreichten die Stadtmauer, ohne entdeckt zu werden.

Hier war es durch die Lichter der Scheinwerfer nicht ganz so finster. Kaia schaute Pern an, dessen Aussehen sich erneut verändert hatte. Seine Haut wirkte nun wie eine schmutzige, nasse Steinoberfläche. Kaia erschauderte kurz bei dem bizarren Anblick. Sie deutete nach rechts. Dort im Übergang des Torbogens standen die Wächter. Kaia konnte sie nicht sehen, aber ihre leise Unterhaltung hören.

Kaia schlich langsam los. Ihre Hand tastete die Mauer entlang, dann erreichte sie das Tor. Schwacher Lichtschein fiel daraus hervor und beleuchtete den Boden.

Pern stand neben ihr. Kaia wandte sich ihm zu und klopfte ihm als Startsignal auf die Schulter. Pern bewegte sich langsam an ihr vorbei. Seine Tarnung war so perfekt, dass sie ihn schon nach einem Meter nicht mehr ausmachen konnte. Sie blieb direkt hinter ihm und hoffte, dass sein Körper auch sie verbarg.

Jetzt wurden die Schemen der beiden Männer deutlich.

Pern machte einen Satz nach vorn und warf sich auf den ersten. Kaia zögerte keinen Moment und sprang gegen die Brust des zweiten Mannes, der nach hinten an die Wand geschleudert wurde. Er gab ein ächzendes Geräusch von sich und rührte sich nicht mehr. Ihr Kopf fuhr herum. Pern hielt den ersten Wächter in einem Würgegriff, aus dem sich der Mann nicht befreien konnte. Schließlich gab er das Gezappel auf und starrte Kaia aus aufgerissenen Augen an. Für ihn mussten sie und Pern wie Geister aussehen.

Kaia zog die Pistole aus ihrem Gürtel und hielt die Mündung an die Stirn des Mannes.

»Ich stelle dir jetzt ein paar Fragen«, sagte sie leise. »Wenn du schreist, versuchst wegzulaufen oder uns angreifst, töte ich dich. Hast du das verstanden?«

Er nickte.

Kaia gab Pern ein Zeichen und er ließ den Mann los, der sich sofort den Hals rieb. Er glotzte erst Pern, dann sie an.

»Ich kenne dich. Du bist die Schlampe, vor der uns Goya gewarnt hat. Er sagte, du könnest versuchen, in die Stadt zu gelangen.«

Kaia entsicherte die Waffe. »Wenn du mich noch einmal beleidigst, jage ich dir eine Kugel in den Kopf.«

»Das wirst du nicht wagen, man würde es oben auf der Mauer hören und dann ist hier der Teufel los.«

Kaia zog mit der linken Hand das lange gezackte Messer aus ihrem Stiefel. »Du hast recht. Damit ist es leiser.«

Sie legte ihm die Klinge an die Kehle. »Zurück zu meinen Fragen. Vielleicht hast du jetzt ja Lust, sie zu beantworten.«

Er knurrte wie ein Hund, schien aber erkannt zu haben, dass sie es ernst meinte.

»Wann ist die Wachablösung?«

»In etwa einer Stunde.«

Gut, das gab ihr ausreichend Zeit, die Zentrale zu erreichen, bevor die überwältigten Wächter entdeckt wurden.

»Ist Goya im Kommandoraum?«

»Weiß ich nicht, als ich vor zwei Stunden meinen Dienst begonnen habe, war er es, aber er könnte inzwischen sonst wo sein. Goya bespricht seine Pläne nicht mit mir«, meinte er sarkastisch.

Der Typ ging Kaia inzwischen gehörig auf die Nerven. Sie verstärkte den Druck des Messers gegen seinen Hals. Eine dünne blutrote Linie erschien auf der Haut. Der Mann stöhnte auf.

»Letzte Frage: Wie viele Wachen befinden sich in der Zentrale?«

»Keine Ahnung.«

»Wirklich nicht? Ich glaube, du lügst mich an.«

Die Augen des Mannes weiteten sich.

*Erwischt! Er weiß also, wie viele Soldaten dort heute Nacht Dienst haben.*

»Halt ihm den Mund zu«, sagte sie zu Pern.

Bevor der Wächter reagieren konnte, hatte Pern ihn wieder mit einem Arm in den Würgegriff genommen und die Hand auf den Mund gepresst.

Kaia riss das Messer vom Hals des Wächters und rammte es ihm in den Oberschenkel. Ein erstickter Schrei erklang. Der Mann begann sich wild zu wehren, doch Pern hielt ihn eisern fest. Schließlich beruhigte sich der Kerl wieder. Kaia nickte Pern zu, der den Mund des Mannes freigab.

»Bei deiner nächsten Lüge schneide ich dir ein Ohr ab. Danach nehme ich mir deine Achillessehnen vor. Du wirst nie wieder gehen können. Haben wir das jetzt geklärt?«

»Ja«, keuchte der Wächter.

Kaia sah Wut, Angst und Schmerz in seinen Augen lodern, aber das ließ sie kalt. Die ganze Sache hier dauerte schon viel zu lange und die Gefahr, entdeckt zu werden, steigerte sich mit jeder Sekunde, die sie mit diesem Arschloch vertrödelte. Außerdem fragte sich Adam inzwischen bestimmt, was passiert war und warum sie ihm kein Zeichen sandten.

»Wie viele Soldaten sind in der Zentrale?«, wiederholte Kaia ihre Frage.

»Sechs Mann auf drei Stockwerke verteilt. Dazu die Wache am Eingang.«

Kaia atmete auf. Sie hatte mehr erwartet. Goya hatte zwar die Sicherheitsmaßnahmen verstärkt, aber im Gegensatz zu dem, was der Wachmann gesagt hatte, schien keiner ernsthaft zu glauben, dass es Kaia in die Stadt schaffen könnte.

»Und das ist die Wahrheit?« Sie sah ihn aufmerksam an.

»Ich schwöre es dir.«

Kaia hämmerte ihm die Pistole gegen die Schläfe und er sackte bewusstlos zusammen.

»Okay, rufen wir Adam«, sagte sie.

Perns Hände leuchteten für einen Moment auf.

Erst geschah nichts, dann erschien der Wolf im Torbogen. Sein Fell triefte vor Nässe. Kurz darauf kam auch

Adam angeschlichen. Er warf einen Blick auf die beiden regungslosen Wächter am Boden.

»Sind sie tot?«

»Nein, nur bewusstlos.«

»Der blutet am Hals und am Bein.«

»Kümmere dich nicht darum.«

»Und was ist, wenn man sie findet oder sie erwachen?«

»Daran können wir nichts ändern. Wir müssen uns beeilen.«

Sie huschte zum Tor hinüber und öffnete das Gitter so weit, dass alle durchschlüpfen konnten, dann verschloss sie es wieder. Das Ganze war vollkommen geräuschlos vonstattengegangen.

Vor ihnen lag eine verlassene Straße, die notdürftig von der spärlichen Beleuchtung erhellt wurde. Also kein Problem, solange sie sich im Schatten der Gebäude hielten. Sie hasteten gebückt zum ersten Haus. Kaia hob die Hand und bedeutete den anderen, stehen zu bleiben. Sie blickte zur Mauer hoch, aber auch von dieser Seite waren keine Wachen auszumachen.

*Gut so!*

Dann ging es weiter.

Um diese Uhrzeit und bei diesem Wetter war kein Mensch auf der Straße. Alles wirkte trostlos, schmutzig und verlassen. Während sie an den Gebäuden entlangschlichen, bemerkte Kaia, dass Pern immer wieder den Kopf hin und her drehte.

*Er sieht so etwas zum ersten Mal. Für ihn muss das alles komplett fremdartig sein.*

An der nächsten Kreuzung bogen sie rechts ab. Hier begann der Marktplatz, dessen Stände im Licht der Laternen verlassen wirkten. Sie überquerten den Platz und nahmen eine Seitenstraße, von der Kaia wusste, dass sie direkt zur Zentrale führte.

Etwas entfernt vom Eingang duckte sich Kaia hinter einen rostigen Müllcontainer. Die anderen taten es ihr nach. Der Regen strömte über Adams und Perns Gesicht, als sie Kaia ansahen.

»Die Frage ist«, sagte Kaia leise, »ob die Eingangstür verschlossen ist oder nicht. Was glaubst du, Adam?«

»Ich denke, nicht. Goya wird sich auf die Wachen und die automatischen Waffensysteme auf den Mauern verlassen und nicht damit rechnen, dass es jemand ungesehen in die Stadt schafft.«

»Einer der Wächter am Tor hat gesagt, dass heute Nacht sechs Soldaten in der Zentrale Wache schieben. Zwei auf jedem Stockwerk. An denen müssen wir vorbeikommen, und das wird nicht einfach werden.«

Sie öffnete den Rucksack und reichte Adam die Pistole.

»Bist du bereit dafür?«

Er nickte stumm.

»Bleibt noch das Problem mit den Außenkameras, dazu brauche ich deine Fähigkeit, Pern.«

»Was soll ich tun?«

»Siehst du den Kasten über dem Eingang?«

»Ja.«

»Darin befinden sich Kameras, die alles aufzeichnen und ein Überwachungsbild in die Kommandozentrale senden. Wir müssen sie ausschalten.«

»Wie soll das funktionieren?«, fragte Adam.

Kaia sah Pern an. »Kannst du die Kameras mit deinen Lichttropfen blenden?«

Er runzelte die Stirn. »Ich denke, schon.«

»Bevor er das tut, lass mich die mobile Kamera des Soldaten an dir befestigen. Ich vermute, hier bricht bald die Hölle aus.«

»Okay, mach schnell. Wir haben keine Zeit.«

Adam fischte eine winzige Kamera aus seiner Hosentasche und klemmte sie an das tropfnasse Shirt von Kaia. »Darin ist auch das Mikrofon, das alles aufzeichnet und per Funk überträgt.«

»Das wird niemals klappen«, sagte sie. »Goya wird das Ding sofort entdecken, wenn ich ihm gegenüberstehe.«

»Vielleicht, vielleicht auch nicht. Wenn es dir gelingt, in den Kommandoraum zu gelangen, und du eine Waffe auf ihn richtest, spielt es keine Rolle.«

»Der Mann ist nicht blöd und wird nichts sagen, das ihn belastet.«

»Dann musst du ihn dazu bringen.«

»Wie denn? Soll ich ihn foltern? Live vor den Kameras?«

»Lass dir was einfallen.«

Kaia stöhnte auf.

»Was machen wir mit ihm?«, fragte Adam und deutete auf den Wolf.

»Er kommt natürlich mit.«

»Da drin wird geschossen werden.«

»Storm kann auf sich aufpassen.«

»Okay, dann ist ja alles klar. Sollen wir auf drei zählen?«

»Adam, lass den Mist.« Sie wandte sich an Pern. »Bist du so weit?«

»Ja.«

»Dann los.«

Pern schloss die Augen, und als er sie wieder öffnete, leuchteten seine Hände gespenstisch grün in der Dunkelheit, viel stärker als vor wenigen Minuten, als er Adam das ausgemachte Zeichen gegeben hatte. Dann schossen Lichttropfen daraus hervor, jagten durch die Luft und prallten auf die Überwachungskameras, umflossen die Objekte und wurden noch heller.

Plötzlich erklang ein kreischender Alarm. Sirenen jaulten auf.

*Was für eine Scheiße!*, dachte Kaia.

# 38.

*Heute, Jahr 2169, USA, Sperrzone*

Kaia hatte nicht damit gerechnet, dass die Zentrale sofort reagierte. Möglicherweise gab es geheime Überwachungssysteme, von denen sie nichts wusste. Letztendlich war es unwichtig.

Sie rannte los. Pern, Adam und Storm hinter ihr her. Mit langen Sätzen überquerte sie den Platz vor der Zentrale und erreichte die Eingangstür aus Panzerglas. Drinnen flammte Licht auf. Rufe waren zu vernehmen. Die Schemen zweier Männer, die ihre Gewehre hochrissen.

Kaia zog eine der Handgranaten von ihrem Gürtel und entsicherte sie. Dann rammte sie die Schulter gegen die Glastür und warf noch im Fallen die Granate in den Vorraum.

Schüsse jagten über sie hinweg.

Ein ohrenbetäubender Knall. Metallsplitter zischten durch die Luft. Irgendjemand schrie gellend auf. Pern, Adam und der Wolf stürmten herein. Die beiden Jungs gingen neben den Steinsäulen des Vorraumes in Deckung. Storm rannte an ihr vorbei und stürmte auf einen Soldaten zu, der gerade versuchte, seine Pistole in

Anschlag zu bringen. Der Mann stürzte durch den Aufprall nach hinten. Ein Schuss ertönte.

Storm jaulte schmerzerfüllt auf.

Dann sein wildes Knurren, als er über den Soldaten herfiel. Die Hilferufe des Mannes erstarben.

Storm sackte über ihm zusammen.

Eine eiskalte Faust fasste nach Kaias Herz, presste es so stark zusammen, dass sie keine Luft mehr bekam.

Sie schrie.

Kam auf die Füße und rannte zu Storm, der reglos auf dem toten Soldaten lag. Blut floss aus einer Schusswunde in der Flanke. Viel Blut!

Der Anblick verpasste ihr einen Schock. Kaia war verwirrt. Was sollte sie jetzt tun?

Wie durch Nebel drang Adams Stimme zu ihr.

»Kaia, wir sollten weiter. Die oberen Wachen werden sich verschanzen und Verstärkung anfordern. Wir müssen schnell sein, wenn wir Goya schnappen wollen.«

Sie hörte seine Worte, wollte sie aber nicht verstehen.

Storm war verletzt.

Sie musste irgendetwas tun, um ihm zu helfen.

»Himmel! Kaia! Wir …!«, brüllte Adam.

Pern legte seine Hand auf ihre Schulter. Sie sah zu ihm auf.

»Komm«, sagte er ruhig.

Ihr Blick wanderte zwischen ihm und dem Wolf hin und her. Es war alles sinnlos geworden.

*Ich kann nicht.*

Storm begann zu hecheln.

Und dieses Geräusch, das sie schon Tausende Male gehört hatte, riss sie aus ihrer Betäubung.

*Goya!*

Kaia legte Storm die Hand auf den Kopf und sagte: »Ich komme gleich wieder.«

Dann sprang sie auf.

»Alles klar«, meinte Adam. »Ich gehe in den Keller und bringe das Internet zum Laufen. Du schnappst dir den Kommandanten.«

Kaia biss die Zähne zusammen und nickte.

Adam rannte davon.

»Wir müssen in den dritten Stock. Da oben warten sie schon auf uns. Wenn du keine Waffe benutzen willst, solltest du mit Adam gehen.«

Pern schüttelte wild den Kopf.

»Habe ich mir gedacht.«

Seltsamerweise warteten keine Wachen im ersten Stock, als Kaia und Pern langsam die Stufen hinaufstiegen. Kaia sicherte sie beide die ganze Zeit mit dem schussbereiten Gewehr. Die beiden Männer, die zuvor hier positioniert gewesen waren, mussten sich zurückgezogen haben, als im Erdgeschoss die Handgranate explodierte.

*Das bedeutet, dass im nächsten oder übernächsten Stock vier Mann auf uns lauern, und vier sind schwerer zu überwältigen als zwei.*

»Fuck!«, zischte sie leise.

Pern sah sie an. »Was ist los?«

»Ich denke, die restlichen Wachen sind weiter oben.«

Sie nahm den Rucksack ab, fischte die zwei verbliebenen Handgranaten und die Ersatzmagazine heraus.

»Das wird jetzt hart werden. Willst du wirklich keine Waffe oder eine Granate?«

Er schüttelte den Kopf.

»Dann bleib hinter mir.«

»Okay.«

Vorsichtig erklommen sie Stufe für Stufe bis in den zweiten Stock. Kurz vor dem Ende der Treppe legte ihr Pern eine Hand auf die Schulter und flüsterte ihr leise ins Ohr. »Sie sind da. Ich kann sie riechen.«

Kaia überdachte ihre Optionen. Wenn sie weiterging, würden die Männer sie abknallen, bevor sie auch nur den ersten ins Visier nehmen konnte. Blieb also bloß eine weitere Handgranate.

Ganz sicher hatten sich die Wachen verschanzt. Kaia rechnete nicht damit, sie mit der Granate ausschalten zu können, aber zumindest würden die Explosion und die herumfliegenden Splitter die Männer zwingen, in Deckung zu bleiben.

Kaia legte das Gewehr vor sich auf die Stufe und entsicherte es. Sie gab Pern mit Zeichen zu verstehen, was sie vorhatte, und bedeutete ihm, sich die Ohren zuzuhalten. Dann nahm sie die Handgranate vom Gürtel und zog den Splint heraus. Kaia holte einmal tief Luft und warf sie in hohem Bogen. Sie presste sich ebenfalls die Hände auf die Ohren. Es gab einen Knall, der die Wände erzittern ließ. Kaia griff nach dem Gewehr, sprang auf und stürmte die Treppe hoch.

Wild um sich schießend, rannte sie über den Marmorfußboden, während ihr die Kugeln der Soldaten um die Ohren flogen. Sie sah das Mündungsfeuer eines automatischen Gewehres und schoss darauf. Ein gellender Schrei erklang.

Dort ein Schemen. Kaia feuerte zweimal und ein weiterer Wächter war ausgeschaltet. Etwas schlug hart in ihre Schulter ein. Kaia wurde herumgewirbelt, fiel aber nicht. Während sie sich auf den Boden warf, sprang ein Schatten über sie hinweg.

Pern!

Kaia rollte herum, brachte das Gewehr wieder in Anschlag und gab ihm Feuerschutz. Pern überwand einen Stahltisch, den die Wachen als Schutz hergeschleppt und umgeworfen hatten, und packte den ersten Mann an der Kehle. Anscheinend mühelos hob er ihn hoch und warf ihn an die Wand. Der Wächter rutschte ohnmächtig daran herab.

Der letzte Soldat erhob sich aus seiner Deckung, warf sein Gewehr weg und streckte die Hände in die Luft.

»Nicht schießen! Ich ergebe mich!«

Kaia stand auf. Brüllender Schmerz jagte durch ihre Schulter, wo die Kugel sie getroffen hatte. Sie drehte den Kopf. Blut sickerte aus der Stelle, aber es schien ein glatter Durchschuss zu sein. Unter Schmerzen bewegte sie den linken Arm. Es ging einigermaßen, also hielt sich Verletzung in Grenzen, und so wie es aussah, war keine Arterie getroffen. Sie würde nicht verbluten. Kaia legte ihr Gewehr ab, da es sich nur mit beiden Händen benutzen ließ, und zog die Pistole aus ihrem Gürtel. Sie entsicherte sie und richtete die Mündung auf den Soldaten.

»Komm langsam zu mir. Lass die Hände oben und keine hastigen Bewegungen.«

Er leistete keinen Widerstand, sondern sagte: »Du bist Kaia. Ich habe dich in der Zentrale gesehen, als du das letzte Mal hier warst.«

Kaia konnte sich nicht an den jungen Mann erinnern. Sie verzog den Mund.

»Ist Goya im Kommandoraum?«

»Ja.«

»Sind Soldaten bei ihm?«

»Nein, nur ein Operator.«

Goya hatte also tatsächlich nicht damit gerechnet, dass sie es in die Stadt schaffen würde.

»Ich lasse dich gehen, gebe dir aber den Rat, schnell zu verschwinden. Goya hat für Feiglinge nichts übrig, und da draußen marschiert bestimmt inzwischen Verstärkung auf.«

»Ich bin nicht feige und Goya mag ich nicht.«

»Da haben wir etwas gemeinsam.«

»Ich könnte dir helfen.«

Kaia schüttelte den Kopf. »Sorry, vielleicht meinst du

es ehrlich, vielleicht auch nicht. Ich will keine Kugel in den Rücken bekommen.«

»Kann ich verstehen.« Er tippte sich zum Gruß an die Stirn. »Dann viel Glück.«

Kaia nickte.

Der Typ rannte die Treppe hinunter.

Pern, der die ganze Zeit wortlos danebengestanden hatte, sah Kaia an.

»Und nun?«, fragte er.

»Besuchen wir Goya!«

# 39.

*Heute, Jahr 2169, USA, Kommandoraum*

Kaia stand vor der Tür des Kommandoraums und lauschte. Nichts. Sie legte die Hand auf den Türgriff.

Natürlich verschlossen. Etwas anderes hatte sie auch nicht erwartet.

»Goya? Hören Sie mich?«

»Für Sie immer noch *Kommandant*«, kam es dumpf hinter der Tür zurück.

*Dieses blöde Arschloch!*

»Machen Sie die Tür auf oder ich sprenge sie aus den Angeln. Dass ich Granaten habe, sollten Sie inzwischen wissen.«

Die Tür wurde entriegelt. Kaia bedeutete Pern, sich an die Wand zu stellen, falls Goya auf die Idee kam, auf sie zu schießen.

Sie hob die Pistole an.

»Ich bin unbewaffnet und werde jetzt die Tür öffnen«, erklang die Stimme des Kommandanten.

Kaia sagte nichts, konzentrierte sich darauf, sofort zu reagieren, sollte Goya lügen und doch eine Waffe in der Hand halten.

Die Tür schwang auf. Im hellen Licht des Kommandoraums stand Goya breitbeinig und selbstsicher. Sein Gesicht war etwas hagerer geworden, der Bart wirkte struppig, aber er war immer noch eine beeindruckende Person. Nachtschwarze Augen richteten sich auf sie. Die Waffe in ihrer Hand beachtete er nicht.

Hinter ihr betrat Pern den Raum.

»Wer ist das?«, fragte Goya.

»Ein Freund.«

»Seltsam gekleidet, ihr *Freund,* ich vermute, es handelt sich um einen Mutierten.«

»Ja, und jetzt können Sie mit eigenen Augen sehen, dass die Menschen in der Wilden Welt keine mordgierigen Bestien sind, wie Sie stets behauptet haben.«

»Ich habe Sie unterschätzt«, gab Goya zu. »Kaum zu glauben, dass Sie an den automatischen Waffensystemen und den Wachen vorbei in die Stadt gelangt sind. Da stellt sich mir die Frage: Wie haben Sie das geschafft? Der Chip hätte uns Ihr Kommen melden müssen.«

»Er wurde abgeschaltet«, sagte Kaia. Sie blickte zu dem Operator an der Kontrolleinheit der Systeme hinüber. Um die vierzig. Schlank, schütteres Haar. Er trug ein Headset mit Mikrofon, hatte beide Hände erhoben und rührte sich nicht.

»Wie bitte? Das ist unmöglich!« Der Kommandant lachte. »Dann wären Sie längst tot.«

»Und doch stehe ich vor Ihnen. Mit einer Waffe in der Hand.«

»Was wollen Sie jetzt tun? Mich erschießen?«

»Glauben Sie mir, Goya. Ich würde nichts lieber tun als das. Sie tragen die Verantwortung für den Tod meiner Eltern und meiner Schwester, am Tod so vieler.«

Goya lächelte.

»Was gibt es da zu grinsen?«, fragte Kaia.

»Das Ding da an Ihrem Shirt … Ich nehme an, dabei handelt es sich um eine Minikamera. Was soll das hier werden? Ein Versuch, mich dazu zu bringen, mich selbst zu belasten? Mit erfundenen Lügen und vorgehaltener Waffe?«

*Ich habe mir gleich gedacht, dass er nicht so blöd ist, darauf reinzufallen. Was jetzt?*

»Ich nehme an, Adam, der Verräter ist noch am Leben und hat Sie begleitet. Wahrscheinlich zeichnet er alles auf und will es später dem Rat oder sonst wem als Beweis für die Rechtmäßigkeit Ihrer Anschuldigungen vorspielen, aber daraus wird nichts.«

»Ich kann Sie immer noch erschießen.«

»Das werden Sie nicht tun, denn …«

»Was?«

Goya wandte sich um. »Williams, haben wir ihn?«

»Ja, Sir. Die Meldung kam vor einer Sekunde. Sie haben Adam im Technikraum geschnappt. Er hat keinen Widerstand geleistet.«

»Konnte er irgendwelchen Schaden anrichten?«

Der Operator Williams sprach leise in das Mikrofon vor seinem Mund.

Kaia verfluchte sich stumm, dass sie sich von dem ergebenen Verhalten des Mannes hatte täuschen lassen. Während sie und Goya plauderten, hatte er die ganze Zeit Meldungen über das Eintreffen der Verstärkung erhalten. Zwar nichts gesagt, aber gelauscht.

»Soweit es erkennbar ist, funktioniert alles noch.«

Der Kommandant blickte wieder zu Kaia. »Waffe runter oder ich lasse ihn sofort erschießen!«

Kaia zögerte. Was sollte sie nun tun? Sicher, sie konnte das verdammte Schwein Goya jetzt und hier erschießen, doch dann starb Adam, und sie und Pern würden vermutlich ebenfalls getötet werden, wenn die Soldaten den Kommandoraum stürmten. Ihr wahnwitziges Vorhaben war schief gegangen. Sie hatte versagt.

Kaia sicherte die Pistole und warf sie zu Boden.

»Gut. Williams, sagen Sie den Männern, sie sollen den Verräter nach oben bringen. Ich will, dass er bei dem, was jetzt kommt, dabei ist.«

Etwas später stolperte Adam herein, gestoßen von einem der drei Männer, die ihn in den Kommandoraum brachten. Zwei Meter vor Goya blieb er stehen. Kaia schaute ihn an. Adam weinte.

»Es tut mir leid, Kaia. Sie haben mich geschnappt, bevor ich das Internet zum Laufen gebracht habe. Goya hat das Passwort zum System geändert, dafür, es zu hacken, war keine Zeit.«

Der Kommandant lachte, trat vor Kaia. Er nahm ihr

das Mikrofon ab und zerstampfte es unter seinem Stiefel.

»Dämlicher Plan«, knurrte er. »Zu glauben, dass ich mich selbst vor laufender Kamera belaste, und dann noch der Gedanke, das Internet dafür zu benutzen, mein Geständnis zu verbreiten.«

»Sie sind ein Schwein!«, stieß Kaia hervor. »Sie und Ihresgleichen belügen die Menschen dieser Stadt. Pflanzen ihnen Computerchips ein, die angeblich eine Mutation durch das Virus verlangsamen soll. Die Wahrheit ist: Die Mutation lässt sich nicht aufhalten. Irgendwann bricht das Virus aus und verändert die Menschen. Also haben Sie ein System entwickelt, das feststellt, wann es so weit ist. Sie behaupten, dass sich die Menschen in Bestien verwandeln und getötet werden müssen, und wir alle haben Ihnen geglaubt. Selbst Hayes, obwohl er am Ende seines Lebens etwas geahnt hat.«

»Ah.« Goya verschränkte die Arme hinter seinem Rücken. »Sie haben einiges herausgefunden. Gut gemacht, kleine Kaia, und tatsächlich richtig geschlussfolgert. Ja, wir müssen diese armen Menschen ausschalten. Die Öffentlichkeit darf nicht wissen, was tatsächlich mit ihnen geschieht.«

»Die Rückkehr zu einem Leben innerhalb der natürlichen Ordnung«, sagte Kaia.

»Ordnung?« Goya runzelte die Stirn. »Chaos wäre das richtige Wort. Die Menschen würden in die Wälder strömen, die wir vor Jahrtausenden verlassen haben.«

»Das sollte nicht Ihre Entscheidung sein, aber Sie haben sie getroffen, damit Sie und die Mitglieder des Rates die Menschen weiter knechten können.«

»So war es schon immer in der menschlichen Geschichte. Einige wenige Auserwählte beherrschen die dumpfe Masse. Wir sorgen dafür, dass sie etwas zu essen bekommen, in relativer Sicherheit leben, und verlangen dafür so wenig. Nur ihre Unterwerfung.«

Kaia schaute zu Adam, der stumm zu Boden starrte. Wut kochte in ihr auf. Sein verdammter Plan. Sie hätte Goya nach dem Öffnen der Tür erschießen sollen. Nun hatte dieses Arschloch auf der ganzen Linie gewonnen und der Terror der Bevölkerung würde weitergehen. Sie wandte sich wieder an Goya.

»Was ist mit Ihnen?«

»Was soll mit mir sein?«

»Irgendwann bricht das Virus aus und Sie verändern sich. Im Wald habe ich gesehen, was mit den Menschen geschieht. Dass die Verwandlung zum Guten ist, ein friedliches Leben mit der Natur und allem, was darin lebt, möglich macht. Sie brauchen keine Angst davor zu haben.«

Goya musterte sie aufmerksam, dann lächelte er. »Ich habe keine Angst, aber ich will diese Veränderung nicht. Nicht bei mir und nicht bei den Bewohnern dieser Stadt.«

»Wie schon erklärt, es lässt sich nicht …«

Der Kommandant machte eine unwirsche Handbewegung. »Das sagten Sie bereits, aber Sie wissen nicht alles. Die Forschung an dem Virus läuft ohne Unterbrechung. Eines Tages werden wir einen Impfstoff finden, der das Virus bekämpft, und Medikamente, die jedwede körperliche Veränderung unterdrücken. In den nächsten –«

Plötzlich sprangen sämtliche Bildschirme im Kommandoraum an. Die Aufnahme einer Kamera wurde gezeigt. Es war eine Draufsicht. Offensichtlich die Aufzeichnung einer Überwachungskamera. Kaia schaute zur Decke, wo ein kleines rotes Licht blinkte. Dann blickte sie wieder auf die Bildschirme. Goya, sie selbst, Pern und Adam, der Operator und die drei Soldaten waren zu sehen. Die Stimme des Kommandanten erklang.

*Sie haben einiges herausgefunden. Gut gemacht, kleine Kaia, und tatsächlich richtig geschlussfolgert. Ja, wir müssen diese armen Menschen ausschalten. Die Öffentlichkeit darf nicht wissen, was tatsächlich mit ihnen geschieht.*

*Die Rückkehr zu einem Leben innerhalb der natürlichen Ordnung.*

*Ordnung … Chaos wäre das richtige Wort. Die Menschen würden in die Wälder strömen, die wir vor Jahrtausenden verlassen haben.*

*Das sollte nicht Ihre Entscheidung sein, aber Sie haben sie getroffen, damit Sie und die Mitglieder des Rates die Menschen weiter knechten können.*

*So war es schon immer in der menschlichen Geschichte. Einige wenige Auserwählte beherrschen die dumpfe Masse.*

*Wir sorgen dafür, dass sie etwas zu essen bekommen, in relativer Sicherheit leben, und verlangen dafür so wenig. Nur ihre Unterwerfung.*

»Sir!«, meldete sich der Operator zu Wort. »Das sehen nicht nur wir. Es wird über das Internet in die ganze Stadt ausgestrahlt.«

Goyas Gesicht lief rot an. »Schalten Sie es ab!«

Adams Kopf ruckte hoch. »Das kann er nicht, und außerdem ist es zu spät. Mir war die ganze Zeit bewusst, dass Sie auf den Trick mit dem Mikrofon nicht hereinfallen würden.« Er deutete mit der Hand nach oben. »Daher habe ich die Überwachungskamera dieses Raumes und die versteckten Mikrofone angezapft und ihre Signale zeitverzögert über das Netz ausgesendet, damit Sie die Ausstrahlung nicht verhindern können, wenn Sie merken, was hier vor sich geht.«

Der Kommandant trat vor einen Soldaten und entriss ihm die Pistole, die er sofort auf Adam richtete, der aber scheinbar vollkommen unberührt blieb. Kaia war erstaunt darüber, wie er alles geplant hatte.

*Er hat das getan, damit du dich nicht durch eine Reaktion verrätst und Goya darauf kommt, was er vorhat. Nun hat sich der Kommandant vor der ganzen Stadt selbst belastet.*

»Übrigens, Kommandant«, fuhr Adam fort, »Ihre Passwörter kenne ich seit Monaten. Alle.«

Adam lachte.

*Provoziere ihn nicht weiter. Er erschießt dich vor unser aller Augen, Internet hin oder her.*

Goya drehte den Kopf, ohne Adam aus den Augen zu lassen. Seine Hand zitterte vor unterdrückter Wut.

»Williams?«

»Sir?«

»Hat jemand da draußen etwas von der ganzen Sache mitbekommen?«

Der Operator wischte sich mit der Hand über das schweißnasse Gesicht. Er sprach leise in sein Headset und lauschte einige Sekunden. Dann wandte er sich erneut an den Kommandanten. »Vermutlich gibt es nicht viele Endgeräte, die nach so langer Zeit noch funktionieren. Ich …«

»Na also.« Der Kommandant wirkte plötzlich wieder ruhig. »Dann bleibt dieses kleine Gespräch unter uns. Ermitteln Sie die Standorte der Geräte und schicken Sie Soldaten dahin, die die Leute verhaften sollen, die diese Geräte besitzen. Offensichtlich geht es hier um Terrorismus und Rebellion gegen die Ordnung. Und dann ziehen Sie den Stecker dieser verdammten Kamera an der Decke. Ich habe vor, all diese Leute zu erschießen, die illegal in die Zentrale eingedrungen sind.«

»Ich … Sir?«

»Was denn noch, Williams?«, brüllte Goya ungehalten.

»Ich habe gerade eine Meldung erhalten. Als ich sagte, dass nicht viele Endgeräte aktiv seien, entsprach das der

Wahrheit, aber Adam hat die großen Werbetafeln an den Häusern aktiviert, die alles, aber auch alles übertragen, was Sie gerade gesagt haben.«

Goya klappte sprichwörtlich die Kinnlade herunter.

»Draußen auf den Straßen rotten sich die ersten Menschen zusammen. Bis jetzt sind es bloß ein paar Dutzend. Zumeist Anwohner nahe dem Marktplatz, wo die meisten Werbetafeln stehen, aber die Überwachungskameras zeichnen auf, dass es beständig mehr werden. Sehr rasch, sehr viel mehr. Die Leute strömen nach draußen.«

»Dann schicken Sie die Soldaten raus!«, kreischte Goya. »Das ist Aufruhr. Sie sollen für Ordnung sorgen. Ich erteile Schießbefehl ohne Vorwarnung. Wer sich da draußen aufhält und mit unseren Feinden gemeinsame Sache macht, muss damit rechnen, verletzt oder getötet zu werden.«

Goya wandte sich wieder Adam zu. »Und nun zu euch. Ihr habt euer Leben verwirkt und werdet jetzt sterben.«

Sein Blick richtete sich auf den Truppführer der Soldaten. »Erschießen Sie die Aufrührer!«

Der Mann rührte sich nicht. Kaia sah, wie seine Kiefer mahlten.

»Ich habe Ihnen einen direkten Befehl gegeben«, zischte Goya. »Wenn Sie es nicht tun, können Sie sich gleich dazustellen.«

»Machen Sie das nicht«, sagte Kaia eindringlich. »Die Kamera läuft nach wie vor, alles, was in der Zentrale geschieht, wird übertragen. Man wird Sie und den Rat und alle, die Ihnen geholfen haben, später dafür zur Verantwortung ziehen.«

Der Soldat focht einen inneren Kampf mit sich aus. Kaia beneidete ihn nicht um seine Situation. Sollte Goya die Kontrolle über die Stadt behalten, würde er ihn wegen Befehlsverweigerung hängen lassen. Wenn er schoss und Goya für seine Taten zur Rechenschaft gezogen wurde, war er ein Mörder, der den Rest seiner Tage im Gefängnis verbrachte.

»Dann tue ich es eben selbst!«, schrie der Kommandant, wurde allerdings von Williams unterbrochen.

»Sir!«

»Was ist?«

»Wir haben auch noch ein ganz anderes Problem.«

»Jetzt und hier? Kann das nicht warten?«

»Nein, Sir.« Williams schaltete einen kleinen Monitor ein, der flackernd zum Leben erwachte. »Bitte schauen Sie auf den Bildschirm, der die Sicherheitszone rund um die Stadt und das Sperrgebiet zeigt.«

Goya kniff die Augen zusammen und beugte sich vor. Kaia konnte nicht erkennen, was passierte, der Kommandant anscheinend auch nicht, denn Williams erklärte: »Draußen vor den Mauern sind Tausende Menschen aufgetaucht. Abertausende! Das müssen Mutierte aus den Wäldern sein. Ich fürchte, sie sind gekommen, um die Stadt zu stürmen.«

Goya richtete sich wieder auf. »Ach was! Damit werden die automatischen Waffensysteme fertig. Wir haben genug Munition, um jeden Einzelnen da draußen zu eliminieren.«

»Das ist es ja, Kommandant. Adam hat die Waffensysteme abgeschaltet. Wir sind wehrlos.«

Kaia sah zu Pern, der lächelnd neben ihr stand.

»Wie kann das sein?«, fragte sie leise. »Ich dachte, da draußen gibt es niemanden mehr, nur noch eure kleine Dorfgemeinschaft.«

»Das habe ich nie gesagt. Wir sind viele. Wir sind die neue Welt. Leben in kleinen Gruppen, um die Natur nicht zu sehr zu belasten, aber wir bleiben stets miteinander verbunden.«

»Verdammt, warum hast du mich nicht eingeweiht?«

»Sarah, ich und die anderen wussten immer, dass du zurück in die Stadt gehen würdest, um Rache an Goya zu nehmen. Wir konnten nicht riskieren, dass er dich schnappt, foltert und von dir erfährt, wie es wirklich im Wald aussieht. Nun sind sie alle gekommen. Ich bin nicht verschwunden, weil ich gekränkt war, sondern um sie zu holen.«

»Was soll das Geflüster?«, knurrte Goya, hob die Waffe und zielte auf Kaia. »Halt den Mund. Ich werde euch alle –«

Weiter kam er nicht. Der Truppenführer der Soldaten machte einen Satz nach vorn und schlug dem Kommandanten die Waffe aus der Hand, bevor er ihm die Mündung der eigenen an den Hals setzte.

»Hier wird niemand erschossen.« Der Mann stieß Goya zu Boden. »Im Namen der Bewohner der Stadt enthebe ich Sie Ihres Amtes und nehme Sie fest. Zu gegebener Zeit wird man über Ihr weiteres Schicksal entscheiden.«

»Sie Idiot«, zischte Goya. »Diese Stadt gehört mir. Niemand wird es wagen –«

Der Soldat schlug ihn mit der Waffe nieder. Goya sackte bewusstlos auf den Boden.

*Nun sieht er gar nicht mehr so furchterregend aus*, dachte Kaia.

»Wie geht es jetzt weiter?«, fragte der Truppenführer.

Kaia wandte sich ihm zu. »Fesseln Sie den Kommandanten und bringen Sie ihn in eine Zelle im Keller. Dort bleibt er, bis ein Gericht aus freien Bürgern über sein Schicksal entschieden hat.«

Der Soldat und seine Kameraden hoben Goya hoch und trugen ihn davon.

Sie wandte sich an den Operator. »Sie gehen jetzt auch. Womöglich wird gegen Sie ebenfalls ein Verfahren eingeleitet.«

»Ich habe nur Befehle befolgt«, verteidigte sich der Mann.

Kaia verzog verächtlich den Mund. »Das sagen alle Verbrecher, die einem anderen Verbrecher willig gedient haben. Es gibt so etwas wie ein Gewissen und das Gefühl für Unrecht. Sie haben beides nicht, also raus hier.«

Der Mann erhob sich und stolperte davon.

Adam ging zur Konsole hinüber und setzte sich an die Tastatur. Er tippte hektisch etwas ein, dann drehte er sich um und blickte Kaia an.

»Ich habe die Verbindung nach draußen kurz unterbrochen, damit wir uns beratschlagen können. Die Bewohner der Stadt werden verwirrt sein. Vor den Mauern stehen viele Tausend Menschen aus der Wilden Welt. Du solltest etwas sagen, um sie zu beruhigen.«

»Ich? Wieso ich? Warum tust du das nicht?«

»Du bist das Symbol des Widerstandes gegen das System. Das Gesicht der Veränderung. Nur du kannst diese Aufgabe übernehmen.«

Kaia seufzte. Ihr Wunsch, nach Storm zu sehen, war übermächtig, aber sie verstand, was Adam von ihr wollte. Die Stadtbewohner waren ohne Führung, verängstigt. Jemand musste ihnen sagen, dass alles gut werden würde.

»Okay, was mache ich jetzt?«

»Komm her, setz dich auf den Stuhl und schau in die Kamera am oberen Rand des Monitors.«

»Und was soll ich sagen?«

»Lass einfach dein Herz sprechen.«

*Als wenn das so einfach wäre.*

Sie nahm auf dem Bürostuhl Platz und räusperte sich.

»Bereit?«, fragte Adam.

Kaia nickte. Dann begann ein kleines grünes Licht auf dem Monitor zu glimmen.

»Ich bin Kaia«, sagte sie. »Viele von euch kennen mich. Wie ihr bin ich mit dem Bewusstsein aufgewachsen, dass eines Tages das Virus in mir ausbrechen wird. Dass ich mich irgendwann in eine Bestie verwandle, die getötet werden muss, bevor sie Schlimmes tun kann. Heute weiß ich: Das war eine Lüge. Goya und der Rat haben uns versklavt und ausgebeutet. Wir haben gehungert und gelitten und dabei war da draußen die ganze Zeit eine Welt der Fülle. Dort gibt es Nahrung im Überfluss, und wenn ihr mir nicht glaubt, geht zum Stadttor hinaus oder steigt auf die Stadtmauern. Auf dem Feld vor dem Tor stehen Tausende Menschen aus der Wilden Welt, wie wir sie nennen. Und das ist sie: eine wilde Welt, aber wunderschön. Ich war dort, habe mit diesen Menschen gelebt, die absolut friedfertig sind und niemals einem Lebewesen Leid zufügen. Sie üben keinerlei Gewalt aus, töten nicht einmal, um sich zu verteidigen, denn ihnen ist jedes Leben heilig. Auch das ihrer Feinde.«

Kaia holte tief Luft, bevor sie weitersprach.

»Das da draußen sind eure Brüder und Schwestern, schließt sie in die Arme, seht, was sie euch zu geben haben, und hört, was sie euch sagen wollen. Ja, es gibt dieses Virus. Ja, es verändert uns, denn es will uns heimführen. Die Erde ist unsere Mutter, die Natur unser Vater, lasst es uns besser als die Menschen vor uns machen.«

Sie nickte Adam zu, der die Übertragung unterbrach.

Plötzlich erklang ein dumpfes Grollen. So wie Donner, der ein Gewitter ankündigte.

»Was ist das?«, fragte Kaia.

Pern legte den Kopf schief. Lauschte. Dann lächelte er.

»Die Menschen der Stadt rufen deinen Namen.«

# 40.

*Heute, Jahr 2169, USA, Die Wilde Welt*

*Sechs Monate später*

Kaia schaute zu Storm, der zu ihren Füßen lag. Sie lächelte. Seine Verletzung war gut verheilt.

Die Sonne schien warm vom Himmel, während sie im Gras am Waldrand saß und auf das alte, neue Dorf blickte, das die Kinder wiedererrichtet hatten.

Unzählige Insekten, wenn man sie noch so nennen wollte, surrten und summten in der Luft umher, aber schon seit geraumer Zeit stachen sie Kaia nicht mehr. Durch das Leben in der Wilden Welt, die Nahrung, das Wasser und die Luft hatte sich ihr Organismus angepasst, sodass diese kleinen Mistviecher sie endlich in Ruhe ließen.

Pern lag ausgestreckt neben ihr im Gras und hatte die Augen geschlossen. Kaia beugte sich über sein Gesicht und küsste ihn sanft.

»Es ist alles gut«, sagte sie leise.

»Das ist es«, meinte er.

Sie sah zum Dorf hinüber und konnte Gala ausmachen, die ihr zuwinkte. Kaia winkte zurück.

Viele Menschen der Stadt waren in den Wald gezogen, hatten den Schmutz hinter sich gelassen und ein neues Leben begonnen. Die Menschen des Waldes wiederum durchstreiften die Straßen hinter den Mauern, um alles kennenzulernen, das einmal zur alten Welt gehört hatte.

Und sie liebten das Meer.

Die meisten von ihnen hatten inzwischen das Schwimmen gelernt, der Rest war gerade dabei herauszufinden, wie man trotz Wellen über Wasser blieb.

Kaias Blick wanderte weiter. Hinüber zur neuen Hütte von Adam und Elea. Elea war inzwischen schwanger und der arme Adam, der sich so mutig dem Kommandanten gestellt hatte, völlig hilflos. Selbst hier hörte Kaia, wie Elea mit ihm schimpfte, er solle ihr nicht dauernd hinterherlaufen, sondern endlich mal etwas Richtiges tun.

Dabei tat er das die meiste Zeit. Adam war oft in der Stadt, durchstreifte die Lager unterhalb der Zentrale und brachte Dinge mit, die die Menschen des Waldes gebrauchen konnten. Allerdings keine Waffen und keine elektronischen Geräte. Der neue Rat hatte beschlossen, alle Waffen und die gesamte Munition, die Goya angehäuft hatte, zu vernichten. Und so war es geschehen.

»Schimpft sie wieder mit ihm?«, fragte Pern lächelnd, ohne die Augen zu öffnen.

»Ja.«

»Seit die beiden zusammen sind, ist es mit der Ruhe im Wald vorbei.«

Kaia spürte, wie ein Grinsen ihre Lippen verzog. »Immerhin haben sie sich etwas zu sagen, du liegst nur rum und schläfst.«

»Ich schlafe nicht. Schlafende reden nicht mit anderen. Ich denke nach.«

»Und worüber?«

»Ob ich dich küssen soll.«

»Was hält dich ab?«

Er warf sich blitzschnell herum, packte Kaia und zog sie an sich.

»Nichts hält mich davon ab.«

# Epilog

Der Mann war dürr und abgemagert. Die Wochen und Monate im Gefängnis hatten Goya nicht gutgetan und seine Schritte waren schwer, während er durch das trockene Flussbett des Canyons stapfte.

Nach einem Jahr in Gefangenschaft hatte ihn der neue Bürgerrat freigelassen, aber aus der Stadt gejagt. Man hatte ihm die Möglichkeit gegeben, in den Wald zu gehen, um mit eigenen Augen zu sehen, dass die Veränderungen, die das Virus hervorrief, nicht zum Schlechten waren, davon wollte Goya jedoch nichts wissen. Also hatte er sich statt nach Norden Richtung Osten gewandt und war schließlich in der Mojave-Wüste gelandet.

Nun marschierte er seit drei Tagen durch diese menschenfeindliche Umgebung, ohne Wasser und Nahrung zu finden.

Die Haut an seinen ungeschützten Armen und im Gesicht schälte sich inzwischen in großen Streifen ab und seine Kehle war staubtrocken, aber sein Wille war ungebrochen.

*Idioten!*

Er würde wiederkommen. Niemand konnte ihn aufhalten. Alle würden erkennen, dass sie ihn brauchten, dass nur er in der Lage war, sie zu führen und für sie zu sorgen.

Schweiß lief über seine Stirn in die Augen, ließ ihn blinzeln. Sein Blick verschwamm, während er einen mühsamen Schritt vor den anderen setzte, ohne zu merken, dass er seit einer Stunde im Kreis lief.

Die Sonne brannte heiß vom Himmel. Sein Mund war vollkommen trocken, die Lippen rissig. Er leckte darüber, aber das änderte nichts, da aller Speichel verbraucht war.

Goya blieb stehen, legte den Kopf in den Nacken und schaute zum Himmel auf.

Das blendende Weiß schmerzte.

Ein Krächzen verließ seinen Mund.

Dann fiel er kopfüber in den Staub.

## Danksagung

Das war sicherlich die ungewöhnlichste Geschichte, die ich jemals geschrieben habe. Dass sie entstanden ist, verdanke ich meinen Lesern, die mir schon auf vielen Pfaden gefolgt sind und mir immer die Unterstützung geben, um neue zu erkunden. Ich danke euch von Herzen.

Dieses Buch musste geschrieben werden, denn wir Menschen stehen am Wendepunkt unserer Geschichte. Wenn wir fallen, fällt die ganze Welt mit uns. Es gilt, etwas zu erkennen, das Sarah perfekt im Buch ausgedrückt hat:

*Schau dich um. Das hier ist das Paradies. War es schon immer. Wir wurden nicht daraus vertrieben. Wir müssen nun wieder erkennen, dass wir Teil der Schöpfung sind und alles miteinander verbunden ist. Es immer war und immer sein wird.*

Darin steckt eine tiefe Wahrheit, die ich spüren kann. Also habe ich diese Worte aufgeschrieben, damit auch ihr sie hören könnt.

Es ist Zeit, unser Handeln zu ändern.

Alles neu zu denken.

Wekwerth, Rainer
Shadow Land – Tödliche Wildnis
ISBN 978 3 522 50762 2

Umschlaggestaltung: Frauke Schneider unter Verwendung von Bildern von depositphotos_100638992 © MADDRAT/depositphotos_90623654 © themisha/depositphotos_263840212 © 118_24 mailru
Lektorat: Claudia Pietschmann
Satz und Innentypografie: Kadja Gericke
Reproduktion: DIGIZWO GbR, Stuttgart
Druck und Bindung: CPI books GmbH, Leck

FSC www.fsc.org
MIX
Papier | Fördert gute Waldnutzung
FSC® C083411